Christina Maria Schweiger

# Der getauschte Mann

## (Aiden McGilles)

## *Das Buch*

1.Weltkrieg Irland 1916
Der junge Aiden McGilles gerät in die Fänge von
britischen Soldaten, die durch Irland streiften, um junge
Männer für die Kämpfe an der Westfront in Flandern,
Frankreich anzuwerben.
Erst als er an der Front dem unglaublichen Grauen des
Krieges ausgesetzt ist, begreift er, dass er nie mehr zu
seiner Familie nach Irland zurückkehren wird.
Als er unter der großen Schlacht an der Sommé verletzt
in einen Bombenkrater stürzt, begegnet er dem deutschen
Soldaten Franz v. Letten, der schwerverletzt in dem
Bombenkrater liegt und mit dem Tode ringt.
Schnell wird Aiden bewusst, dass Franz kein Feind ist,
sondern ein Freund, der ihm in den letzten Stunden
seines Lebens einen unglaublichen Vorschlag macht, um
ihm, Aiden, eine Chance zu geben, der Grausamkeit des
Krieges zu entkommen.
Aiden sieht keinen anderen Ausweg und lässt sich darauf
ein. Damit beginnt für ihn eine abenteuerliche und
gefährliche Reise, auf der er auch seiner großen Liebe
begegnet.

 Autorin
Christina Maria Schweiger wurde 1965 geboren und
arbeitet als Sekretärin und an der Rezeption eines
familiengeführten Hotels. Ihre Leidenschaft sind soziale
Projekte wie Hospiz und Trauerarbeit und seit 2007
arbeitet sie als Autorin. Sie veröffentlichte bereits eine
Roman-Trilogie sowie eine Dorfchronik ihres
Heimatortes.

Christina Maria Schweiger

# Der getauschte Mann

Roman

Bibliographische Information der Deutschen Nationalbibliothek

Die Deutsche Nationalbibliothek verzeichnet diese Publikation in der Deutschen Nationalbibliothek, detaillierte bibliographische Daten sind im Internet über http://dnb.d-nb.de abrufbar.

©Dezember 2020  Christina Maria Schweiger , 2. Auflage
Herstellung und Verlag: BoD -Books  on Demand, Norderstedt
Lektorat: Stefan Schweiger, Christina Schweiger
Umschlaggestaltung: Stefan Lindner, Christina Schweiger
ISBN: 9-783752-647280

# ON HURTING GROUND

Poetic Silhouettes
On soldiers, history, love and tragedy

By
Michael J. Whelan

---

On Hurting Ground
That membrane
The dusty soil
Keeps departed souls
Loved ones
Disconnected
An echoing earth
Repository of broken bones
Separated
We long for them
**Those gone before**
**To reconnect**
**Like those who live**
**Once more to walk**
**On hurting ground**

In Erinnerung an alle gefallenen Soldaten und an diejenigen, die die Grausamkeit eines Krieges überlebt haben.

Die Mohnblume (englisch *poppy*) soll – in Anlehnung an das Gedicht „In Flanders Fields" des Kanadiers John McCrae – an die *vom Blut der Soldaten des Ersten Weltkrieges geröteten Felder* Flanderns erinnern. Zudem begann damals auf den frisch aufgeschütteten Hügeln der Soldatengräber als erstes der Klatschmohn zu blühen.
*(Quelle: wikipedia: rembremce poppy)*

# The Leprechaun

In a shady nook one moonlit night,
A leprechaun I spied
In scarlet coat and cap of green,
A cruiskeen by his side.
Twas tick, tack, tick, his hammer went,
Upon a weeny shoe,
And I laughed to think of a purse of gold,
But the fairy was laughing too.

With tiptoe step and beating heart,
Quite softly I drew nigh.
There was mischief in his merry face,
A twinkle in his eye;
He hammered and sang with tiny voice,
And sipped the mountian dew;
Oh! I laughed to think he was caught at last,
But the fairy was laughing too.

As quick as thought I grasped the elf,
"You're fairy purse," I cried,
"My purse?" he said, "tis in her hand,
That lady by your side."
I turned to look, the elf was off,
And what was I to do?
Oh! I laughed to think what a fool I'd been,
And, the fairy was laughing too.

*Robert Dwyer Joyce 1830-1883*

# Prolog

## Irland 1905

### Calbhach und die goldene Münze

Es geschah vor vielen, vielen Jahren.
Das Jahr schrieb 1905 und neigte sich langsam dem Ende
zu. Düster und grau begann der Tag. Kaum Licht drang
durch die dicken Nebelschwaden, die seit dem frühen
Morgen über das grüne, hügelige Gebiet der Hills of Tara
zogen.
Inmitten dieser saftig, grünen Hügellandschaft der heutigen
Provinz Leinster, County Meath in Irland, oben auf den Hills
of Tara, stand auf der Anhöhe, einem sogenannten
Feenhügel, eine alte, vom vielen Regen verwitterte
Holzbank, gut versteckt unter einem tief herabwachsenden
Baum.
Auf dieser Bank saß ein kleines Männchen. Ihm schien der
Regen und das nasskalte Wetter nichts anzuhaben. Nein, im
Gegenteil. Mit zufriedenem Gesichtsausdruck räkelte er sich
auf der Bank. Er war gerade aus einem kurzen
Mittagsschläfchen erwacht.
Das Männchen war sehr elegant gekleidet mit einem grünen
Wams, über dem er eine braune Weste trug. Auf dem Kopf
thronte ein riesiger grüner Hut, den er tief in seine faltige
Stirn gezogen hatte. Hervorstach eine knubbelige Nase,
sowie der rotbraune Bart, der die untere Partie seines
Gesichtes einrahmte. Aus seinem dicklippigen Mund ragte
eine lange graue Pfeife, aus der dichter Rauch quoll, sobald
er daran zog.

Gerade streckte er seine stämmigen kurzen Beine von sich und begutachtete seine eleganten Schuhe, die aus feinem, braunem Leder gefertigt waren und auf deren Oberseite eine blankpolierte goldene Spange prangte.

Stolz betrachtete er seine neuen Schuhe. Hatte er sie doch erst gestern fertiggestellt. Denn wie viele anderen Lepreschauns auch, war Calbhach ein Schuhmacher.

Mit einem zufriedenen Seufzer nahm er die Flasche Whiskey, die neben ihm auf der Bank stand in die Hand, trank einen kräftigen Schluck, und rülpste zufrieden, nachdem der Whiskey warm und brennend durch seine Kehle gen Magen geronnen war.

*Ja so lässt es sich leben.*', dachte Calbhach und ließ träge und zufrieden die Arme neben sich auf die Bank sinken. Doch hatte er nicht mehr daran gedacht, dass er kurz bevor er eingeschlafen war, seine beiden wertvollen Münzen neben sich auf die Bank gelegt hatte. Zuvor hatte er sie, wie so oft, poliert und stolz angesehen, was er mit Vorliebe tat.

Nun hatte er die Münzen in seiner Unachtsamkeit mit der Hand von der Bank gestupst und bevor er reagieren und nach ihnen greifen konnte, rollten Sie auch schon den Hügel hinab. Die große Silbermünze voran und die Goldene folgte in kurzem Abstand.

Calbhach sprang von der Bank hoch und stürzte aufgeregt hinter seinen Münzen her den Hügel hinab. Doch da das Leder seiner neuen Schuhe noch sehr steif war und die Sohle sehr glatt, war es gar nicht einfach für Calbhach einen sicheren Halt mit den Schuhen im feuchten Gras zu finden. Immer wieder rutschte er aus, warf dabei seine kurzen stämmigen Arme in die Höhe um das Gleichgewicht zu halten und nicht hinzufallen.

Fluchend und schimpfend rannte er stolpernd und rutschend den Hügel hinab und ließ dabei, trotz der Anstrengung, seine beiden Münzen nicht aus den Augen. Sie ließen sich nicht bremsen und auch nicht von dem langen Gras aufhalten, sondern sie rollten in aufrechter Haltung immer schneller den Hügel hinab. Auch als es bereits flacher wurde und der Hügel in eine grüne, flache Wiese überlief, rollten sie unaufhörlich weiter.

Calbhach erreichte gerade das Ende des Hügels und stolperte so unglücklich über einen Stein, dass er mit dem Kopf voraus zwei Purzelbäume schlug, bevor er sich auf die Seite legen und damit seinen rasanten Fall stoppen konnte.

Für einen kurzen Moment blieb er völlig benommen liegen. Doch schon nach wenigen Sekunden dachte er an seine Münzen und er sprang schnell auf und rannte weiter.

'Damn é arís!.', rief er immer wieder wütend auf Gälisch, was so viel hieß wie '*Verdammt nochmal*', und fuchtelte dabei mit seinen kurzen Armen wild in der Luft, als ob er damit die Münzen zum Anhalten bringen könnte.

Immer wieder stolperte er mit seinen neuen, noch nicht eingelaufenen Schuhen. So schön er sie auch fand, gerade bereute er es, dass er nicht seine alten, eingetretenen Schuhe trug, mit denen er sicherlich viel schneller gewesen wäre.

Doch er hatte keine Wahl und es war ihm einerlei, wie oft er hinfiel. Immer wieder sprang er auf seine kurzen, stämmigen Beine und rannte weiter seinen Münzen hinterher. Sie waren sehr wertvoll für ihn, wie für jeden anderen Leprechaun auch. Jede der Münzen hatte eine spezielle, besondere Gabe. Die Silberne zum Beispiel, konnte sein Besitzer ausgeben so oft er wollte, sie wanderte immer wieder in seine Hände zurück und gewährte ihm dadurch ewigen Reichtum.

Die goldene Münze hatte die besondere Gabe, seinen Besitzer aus schwierigen Situationen zu befreien.

Mit dieser Münze findet man immer einen Weg, der richtigen Intuition zu folgen sodass wahre Wunder geschehen konnten.

Calbhach spürte regelrecht Panik in sich aufsteigen, bei dem Gedanken, dass er seine Münzen nicht mehr finden würde, oder sie gar ein Anderer findet und an sich nahm. Damit wäre er, Calbhach, verloren. Wie sollte er in dieser rauen, harten Welt hier überleben, ohne seinen Schatz, ohne den Schutz der Münzen.

All dies schoss ihm durch den Kopf, während er immer noch lief. Längst hatte er seine Münzen aus den Augen verloren, da er zu oft gefallen war. Er folgte der leichten Einkerbung im feuchten Gras, die die Münzen hinterließen, während sie unermüdlich weiter rollten.

Ein Stück den Hang hinunter, sah Calbhach plötzlich ein kleines, altes, sehr baufälliges Cottage, das direkt in der Flucht des Weges der Münzen stand. Calbhach hoffte so sehr, dass die Münzen dort endlich aufgehalten wurden.

Als er schweratmend am Cottage ankam, sah er, dass ein kleiner, blonder Junge vor der Tür auf dem Boden saß und mit einem kleinen Holzstück im feuchten, braunen Matsch spielte. Dieses Holzstück hatte für ihn die Funktion als eine Art Hammer, denn damit schlug er immer wieder auf etwas ein, dass glänzender Natur war und aus dem braunen Match hervorblitzte.

Calbhach blieb abrupt stehen und wollte schon laut aufschreien, als er sich eines Besseren besann. Er wollte den Jungen nicht erschrecken.

Wenn der Junge seine Eltern durch sein Geschrei aus dem Haus lockte und sie die beiden Münzen, bei dem Jungen entdeckten, wären seine Chancen noch geringer, sie jemals wieder zurückzubekommen.

Die Familien hier waren sehr arm, sie schreckten vor nichts zurück, um an etwas Geld oder Gold zu kommen. Und jeder in Irland wusste, falls er einem Leprechaun begegnet, dann ist auch Gold und Silber nicht weit, genauso wie Whiskey und Tabak.

Es kam nicht oft vor, dass man einen Leprechaun zu Gesicht bekam und falls man doch jemals einem begegnet, dann lässt man ihn auch nicht mehr aus den Augen und schon gar nicht entkommen. Denn nur dann, nur dann wird man es schaffen, dem Kobold das Geheimnis des Ortes zu entlocken, wo der verborgene Goldschatz versteckt lag. Wie es in der Legende heißt, befand sich dieser geheimnisvolle Ort am Ende eines Regenbogens.

Deshalb halten sich die Kobolde auch nur ungern in der Nähe von bewohnten Häusern oder Orten auf.

Aber Calbhach hatte nun keine andere Chance. Er musste sich ganz diplomatisch und ruhig an den Jungen heranmachen und ihm die beiden Münzen entlocken.

Sein Vorhaben stellte sich als sehr schwierig heraus. Der Junge bemerkte Calbhach erst, als er schon direkt vor ihm stand. Neugierig, aber nicht ängstlich, sah er das kleine Männchen an.

»Wer bist du denn?«, fragte der Junge neugierig und hämmerte weiterhin im Match auf die beiden Münzen ein, die dadurch immer weiter in der weichen Erde versanken.

»Ich heiße Calbhach.«, antwortete das Männchen nach außen hin freundlich, aber innerlich bebend vor Aufregung.

»Und wer bist du? Und wie alt bist du denn?«, fragte das Männchen scheinheilig.

»Ich heiße Aiden und bin sechs Jahre alt. Morgen habe ich aber Geburtstag und werde sieben Jahre alt.«, erzählt er aufgeregt.

»Aha.. aha.. aha.. aha! Schönes Kerlchen bist du.«

Galbhach überlegte fieberhaft wie er am besten auf die beiden Münzen zu sprechen kam.

Es war eine Eigenart von Calbhach, alles mit seinem 'Aha..aha..aha..aha' zu kommentieren.

»Aiden, aha.. aha.. aha.. also, ist dir nicht kalt hier draußen?«, begann er vorsichtig sein Gespräch.

Der Junge hatte nur eine halbzerfetzte, graue Jacke an, die mehr Löcher hatte, als Stoff zu sehen war.

Aiden sah kurz zu ihm hoch und schüttelte den Kopf.

»Sind deine Eltern nicht zuhause?«, fuhr Calbhach fort ihn auszufragen.

»Nein, sie sind in die Stadt gefahren, müssten aber bald wieder zuhause sein.«, berichtete ihm der kleine Aiden offenherzig.

»Und du bist ganz alleine zuhause?«

»Nein, meine Schwester ist noch hier, sie macht gerade das Abendessen.«

»Aha aha aha aha…Shit…So, so!« ärgerte er sich und überlegte immer noch krampfhaft wie er dem Jungen die Münzen abknöpfen konnte, ohne dass er einen Aufstand machen würde.

»Bist du ein Kobold?«, fragte der Junge und sah Calbhach neugierig an, grub dann die beiden Münzen aus dem Schlamm, nahm jede in eine Hand und stand auf.

Als Calbhach sah wie der Junge die beiden Münzen in den Händen hielt erschrak er und wollte schnell zugreifen, doch der Junge war flinker und steckte die beiden Münzen, ohne sie zu säubern, in seine Hosentasche.

»Was hast du denn da?«, fragte Calbhach heuchlerisch, als ob er nicht wüsste, dass dies seine Münzen waren.

Aiden sah ihn misstrauisch an. Er wollte auf keinen Fall seinen Schatz, der so einfach in sein Leben gerollt war, wieder hergeben. Und wie er von den Erzählungen seiner Eltern ahnte, stand da ein Kobold, ein Leprechaun, vor ihm. Aiden hatte keine Angst vor dem kleinen Männchen. Er sah eigentlich ganz freundlich aus, dachte er sich.

Calbhach beschloss, ganz ehrlich mit dem Jungen zu reden und ihm zu sagen, dass das, was er da gefunden hatte, ihm gehörte. Und würde dann darauf bestehen, dass er ihm die beiden Münzen wieder zurückgeben musste.

»Kleiner Junge. Das, was du da gefunden hast, das sind meine Münzen. Sie sind mir von dem Hügel dort oben heruntergerollt und ich konnte sie nicht mehr einfangen, bis sie schließlich bei dir gelandet sind. Aber jetzt habe ich sie ja gefunden und du gibst sie mir doch zurück, oder?« und zog dazu ein drolliges Gesicht.

Aiden sah Calbhach unentschlossen an. Er versenkte seine schmutzige Hand in seine Hosentasche und holte die beiden Münzen langsam heraus. Immer wieder sah er von den Münzen zu Calbhach und wieder zurück. Er wusste nicht was er machen sollte und Tränen traten in seine Augen.

Calbhach sah seinen traurigen und enttäuschten Blick und Mitleid machte sich in seinem sonst sehr eigennützig fühlenden Herz breit.

Er würde sich aus seiner Schatzkiste einfach eine neue goldene Münze holen.

»Weißt du was mein Junge. Du gibst mir die silberne Münze zurück und die goldene Münze darfst du behalten. Was meinst du, ist das ein Handel?«, schlug er dem kleinen Aiden sichtlich berührt vor.

Dieser überlegte mit kindlicher Ernsthaftigkeit und sah immer wieder wehmütig auf die beiden Münzen. Schließlich hob er seinen Blick zu Calbhach.

»Na gut, dann gebe ich dir die silberne Münze zurück.«, antwortete Aiden zögerlich und er reichte Calbhach die silberne Münze, doch die Goldene steckte er sofort wieder in seine Hosentasche.

»Danke kleiner Junge. Bewahre diese Münze immer gut auf und trage sie immer bei dir. Und wenn du eines Tages einmal in Not sein solltest oder dich in einer schwierigen Situation befindest, dann nimm diese Münze in die Hand und sie wird dir helfen, was immer auch geschehen mag.«

»Danke lieber Leprechaun.«, rief er Calbhach daraufhin freudig zu.

In diesem Augenblick öffnete sich die rote gestrichene Eingangstür des kleines Cottage und seine Schwester rief laut nach Aiden.

Er drehte sich zu ihr um.

»Sieh mal, Eimear!«, Aufgeregt deutete er mit seiner Hand in Richtung Calbhach. Doch der war verschwunden. Aiden sah sich irritiert um.

»Was soll ich sehen?«, fragte seine Schwester ungeduldig. »Komm endlich herein und wasche dir deine Hände. Mummy und Daddy kommen gleich zurück.«

Aiden suchte mit seinem Blick immer noch vergeblich nach Calbhach unterdessen er in der linken Hand, die er in der Hosentasche vergraben hatte, seine Goldmünze festhielt, seinen Schatz.

»Ach nichts. Ich komme«, rief er seiner Schwester zu, mit einem geheimnisvollen Lächeln im Gesicht und dem Wissen,

dass er gerade einem Kobold begegnet war, der ihm eine Goldmünze geschenkt hatte. Und er würde sich immer an die Worte von Calbhach erinnern und die Münze in Ehren halten und immer bei sich tragen.

# Irland, Hills of Tara März 1916

## Aiden Mc Gilles

Aiden streifte sich schnell seine braune Wollweste über. Er wollte seinen Eltern auf dem Feld helfen, die Schafe zusammenzutreiben. Es waren ungewöhnlich milde Märztage und die Tiere verbrachten bereits viel Zeit auf den Weiden, rund um das Cottage.

Schnell trank er noch seinen Becher leer, obwohl der Tee schon kalt geworden war, da klopfte es wild an der Tür des Cottage.

Aiden lief erstaunt zur Tür ob des energischen und ungeduldigen Klopfens. Wer könnte das sein? Sie bekamen nur sehr selten Besuch hier draußen.

Eimear befand sich gerade in Dublin für einige Tage, um dort Schaffelle zu verkaufen. Sie konnte dort bei einer Tante übernachten und genoss diese Tage sehr und die Freiheit alleine Zeit in der Stadt zu verbringen und hoffte darauf, dort bald einen Mann kennenzulernen.

Als Aiden die Tür öffnete, standen dort einige Soldaten der britischen Armee, wie er an den Uniformen erkannte. Darunter auch ein Nachbarsjunge Namens John.

Stolz und aufgeregt erklärte dieser, dass er sich entschlossen hatte, den britischen Soldaten und der britische Armee in den Krieg zu folgen. Und falls er mitkäme, könnte er auch in der irischen 16. Division unter Generalmajor W.B. Hickie gegründet, kämpfen.

Die 16. Division an freiwilligen irischen Rekruten ist im Dezember 1915 nach Frankreich einmarschiert, um die Britten dort zu unterstützen.

Sie benötigten jedoch laufend Nachschub an 'menschlichen Waffen', wie sie es nannten. Und so waren Sie wieder unterwegs übers Land um neue Soldaten zu mobilisieren und mitzunehmen nach Frankreich, um sich in Kürze der am 1. Juli 1916 geplanten britisch-französischen Großoffensive gegen die deutschen Stellungen anzuschließen, die schließlich auch die geplante, großen Schlacht an der Sommé bestreiten würde, erklärte ihm einer der Soldaten.

Aiden hatte schon davon gehört, dass britische Soldaten unterwegs waren in irischen Gefilden. Möglichst viele Iren sollten sich den Briten anschließen, um gemeinsam in den Kampf zu ziehen.

Die 1913 gegründete Unabhängigkeitsbewegung 'Irish Volunteers' war nun in zwei Lager gespalten. Während die Gründer der Bewegung grundsätzlich eine Rekrutierung auf Irland abgelehnt hatte, um die britische Armee aufzufüllen, unterstützte die Mehrheit, fast 70% der Irish Volunteers nun den Krieg gegen Deutschland und ließen sich von den Briten befehligen.

So feilschten die Briten um jeden irischen Freiwilligen, den sie anwerben konnten.

Es spielte dabei keine Rolle, ob diese jungen Männer kampfunerfahren waren. Ab 17 Jahren galten sie als militärtauglich und wurden völlig ahnungslos und nicht ausreichend ausgebildet an der Waffe, an die Front geschickt.

Aiden hörte aufmerksam und interessiert zu, als ihm die britischen Soldaten in schönsten Tönen ausmalten, welchen Dienst und welche Ehre er für sein Land und auch für Großbritannien beisteuert, wenn er mit in den Krieg zieht.

Die Soldaten erklärten ihm, dass er zuerst an der Waffe ausgebildet und dann erst an der Front kämpfen wird.

Aiden ließ sich mehr und mehr hineinziehen in diesen Bann der blendenden Worte der Soldaten.

Seine Eltern befanden sich gerade auf dem Feld und er sagte den Soldaten, er wollte dies gerne erst mit seinen Eltern besprechen.

Einer der Soldaten packte ihn daraufhin grob am Arm.

»Wenn du dabei sein willst, dann musst du sofort mitkommen. Wir haben keine Zeit, um bis morgen auf dich zu warten.«, rief er Aiden eindringlich zu und setzte ihn damit unter Druck.

»Pack ein paar Sachen zusammen. Viel wirst du nicht brauchen. Die Uniform und Ausrüstung bekommst du von der britischen Armee. Wir werden deinen Eltern auf dem Feld Bescheid geben und du kannst dich dort verabschieden.«

Aiden wurde es nun doch etwas mulmig im Bauch. Was sollte er tun? Einerseits wäre er sehr gerne dabei und er würde sich beweisen können im Kampf des Krieges für sein Land. In seiner jugendlichen Unerfahrenheit alles was Gewalt und Krieg anbelangte, erfasste er das Ausmaß dieser Entscheidung in keinem Augenblick. Er sah nur den Ruhm und die Ehre, die er sich erkämpfen könnte, um dann stolz als Held zurückzukehren in seine Heimat, nach Irland.

Aber andererseits dachte er daran, dass er seine Eltern nicht alleine lassen konnte mit der ganzen Arbeit auf den Feldern. Sein Vater war schon lange sehr kränklich und konnte oft den ganzen Tag nicht vom Bett aufstehen.

Dann musste Aiden hier sein und die Arbeit seines Vaters übernehmen.

Und außerdem, was würde seine Mutter dazu sagen? Während er noch mit sich um eine Entscheidung rang, drängten die Soldaten ihn immer mehr, bis er schließlich einlenkte und sich so hatte blenden lassen, dass er in seine Kammer ging und in seinen alten Leinenbeutel eilig einige Kleidungsstücke stopfte.

Er sah an sich herunter. Er trug eine alte, geflickte Hose und ein graugestreiftes Hemd, das auch an den Ärmeln schon eingerissen war.

Doch außer seinem Sonntagsanzug hatte er nichts anzuziehen, was vorzeigbar wäre.

Er griff nach seinen festen Schuhen und seiner Wolljacke.

Als er schon an der Tür stand, blieb er plötzlich stehen, drehte sich nochmal um und sah auf sein Bett.

Er ging darauf zu, kniete sich nieder und zog unter dem Bett eine alte Dose hervor. Aiden öffnete die Dose und nahm die goldene Münze heraus, die sich darin befand. Er sah sie einen Moment lang an und erinnerte sich wieder, als sie vor vielen Jahren, beim Spielen vor dem Cottage, vor seine Füße gerollt war.

Immer noch erinnerte er sich an das Männchen mit dem grünen Wamst, das vor ihm stand und die Münzen zurückhaben wollte.

Aiden wusste, er hatte nicht geträumt, obwohl der Kobold nicht mehr zu sehen war, als er ihn seiner Schwester Eimear vorstellen wollte.

Aber der Kobold sagte ihm sogar seinen Namen und hatte ihm diese goldene Münze geschenkt und ihm gesagt, dass er diese Münze immer bei sich tragen sollte, da sie ihm Glück bringen wird und ihn immer aus jeder noch so auswegslosen Situation befreien würde.

Daran dachte Aiden jetzt in diesem Augenblick und lächelnd steckte er sie in seine Hosentasche. Er würde die Münze immer bei sich tragen und er vertraute darauf, dass sie ihm Glück bringt und ihn beschützen würde.

Dann ging er zurück zu den Soldaten, die schon vor der Türe auf ihn warteten und sie machten sich auf den Weg zu den Feldern.

*

Seine Mutter schrie verzweifelt auf, als Aiden auf dem Feld mit den Soldaten auf sie zukam. Er musste nichts sagen, sie wusste auch so, was geschehen war. Tränenüberströmt fiel sie ihm um den Hals und flehte ihn an, nicht freiwillig den Soldaten zu folgen.

Sein Vater stand nur stumm daneben und blickte seinem Sohn in die Augen.

»Du musst tun, was du tun musst, Sohn. Mach deinem Land keine Schande.«, sagte er nur. Er wusste, dass er ihn nicht aufhalten durfte, so schwer es ihm auch fiel.

Aiden blickte über die Schulter seiner Mutter, die immer noch an seinem Hals hing, zu seinem Vater. Er konnte nicht einschätzen was er wirklich dachte. Sein Gesicht wirkte ausdruckslos.

Aiden hätte sich in diesem kurzen Moment, der getränkt war von Emotionen, gewünscht, dass ihn sein Vater aufgehalten hätte. Doch der Moment verging und es fiel kein weiteres Wort mehr. Außer dem verzweifelten Weinen seiner Mutter war es totenstill auf dem Feld.

Die Soldaten riefen nun ungeduldig zur Eile und zogen die Mutter grob von ihrem Sohn weg.

Aiden traten Tränen in die Augen, doch er wollte sich vor den Soldaten keine Blöße geben und schluckte tapfer die plötzlich aufkommende Panik hinunter, richtete sich auf und lief hinter den schon davoneilenden Soldaten her. Er drehte sich nicht mehr um. Er hörte seine Mutter laut weinen und klagen und sein Herz drohte zu zerspringen.

*

## Westfront / Frankreich 1916

Mit einem großen Frachtschiff wurden die irischen Rekruten zuerst von Irland nach England gebracht, wo sie zwei Wochen in einem Lager verharrten und ihnen das Schießen und die Handhabung der verschiedenen Waffen notdürftig beigebracht wurde.

Ende April wurde Aiden mit vielen tausenden Soldaten an die Westfront nach Frankreich abgesandt, um die Franzosen gegen das Deutsche Heer zu unterstützen, indem sie beim Bau von Frontgräben und Munitionslagern eingesetzt wurden.

Vor der Reise nach Frankreich wurden sie alle kahlrasiert und Aidens rotblonder Schopf fiel auf den schlammigen Boden unter ihm. Als er in den Spiegel blickte, erkannte er sich kaum wieder.

Seine großen, blauen Augen wirkten viel größer als sonst und seine helle Haut, mit den blassrosa Sommersprossen, die sich auf seiner Nase bis zu seinen Wangen hin ausbreiteten, kam ohne Haare noch viel stärker zur Geltung. Sein ganzes Gesicht schien eingefallen zu sein, da er schon einiges an Gewicht verloren hatte.

Die schwere Arbeit und die mageren Essensrationen trugen ihren Teil dazu bei.

Mehr und mehr ist ihm in diesen Wochen, in denen er nahe der Frontlinie in den neu ausgehobenen Gräben arbeitete und viele Verletzte und grausam verstümmelte Soldaten sah, bewusst geworden, auf was er sich eingelassen hatte.

Die meisten Soldaten um ihn herum waren auch Neulinge und nicht viel älter als er.

Doch diese Kampflust, die viele kampfbereit und mit motivierten Kampfschreien unterstrichen, konnte er nicht teilen. An manchen Tagen wusste er überhaupt nicht mehr, was er hier eigentlich tat. Von Heldentum und Ruhm spürte er nichts in sich.

Allein harte Arbeit, Grauen und Entsetzen prägte seinen Tag und immer mehr verschloss er sich vor Gefühlen und Emotionen, um es aushalten und durchhalten zu können. Die Wochen vergingen nur langsam und der Monat Juni begann mit sehr warmen Temperaturen.

*

Aiden sollte nun, Mitte Juni, mit einem Trupp zum Fort Vaux im französischen Verdun, nahe dem Dorf Vaux-Devant-Damloup, geschickt werden, um dort mit den Franzosen, die massiven Angriffe der Deutschen auf das Fort abzuwehren.

Doch es kam anders, denn am 7. Juni 1916 kapitulierten die Truppen unter Kommandant Sylvain Eugéne Raynal vor den Deutschen und die Gegenangriffe zur Verteidigung des Forts an den darauffolgenden Tagen blieben erfolglos.

Und so geschah es, dass die Deutschen das Fort Vaux bis Ende Oktober besetzen sollten.

Deshalb gaben die Franzosen Mitte Juni die Order, den Trupp mit den noch sehr jungen, kräftigen und frischen Soldaten, der für Fort Vaux bestimmt war, nun direkt an die Front an die Sommé zu schicken.

Ihre Aufgabe war die 7tägige Artillerievorbereitungen ab 24. Juni 1916 zum Beginn der Somméschlacht zwischen Gommécourt nordwestlich von Bapaume und

Vermandovillers südwestlich von Péronne zu unterstützen. Der Beginn des Infanterieangriffs war am 1. Juli 1916 geplant.

Sie wurden also aufgeteilt und teils mit Zügen, teils in langen Fußmärschen, gelangte Aiden mit dem Trupp in die französische Region Hauts-de-France an den Fluss Sommé in Flandern, im Westen Frankreichs.

*

Bei der Ankunft am 23. Juni 1916 wurde Aiden in der irischen 36th Division eingesetzt. Was er noch nicht wissen konnte, war, dass diese Ulster Division, mit der er am 1. Juli 1916 kämpfen sollte, allein in dieser einen Schlacht über die Hälfte ihrer Soldaten verlieren wird. Dies wurde der verlustreichste Tag in der britischen Militärgeschichte. Alleine an diesem Tag verlieren die englischen Truppen ca. 60.000 Mann, darunter rund 20.000 Gefallene.

Insgesamt gab es 104 Divisionen mit 2,5 Millionen Soldaten in der Schlacht an der Sommé von Juli 1916 bis November 1916.

Dieser erste große Kampfeinsatz wurde für Aiden zu einem traumatischen Geschehnis. Später wurde ihm bewusst, dass er diesen Tag wohl nur deshalb überlebt hatte, weil er durch seine Unerfahrenheit dazu beordert wurde, mit vielen anderen Neuankömmlingen den Frontgraben nicht zu verlassen, sondern dort Stellung zu halten, um etwaige einfallende Gegner zu eliminieren.

Aiden wusste nach Stunden nicht mehr, wie viele Schüsse er abgefeuert und wie viele Soldaten er erschossen hatte. Der Schützengraben war voll von Leichen und Verletzten.

Deutsche, Franzosen und Briten vereint im Tod. Denn obwohl die Schlachtfelder sehr weitläufig waren, stießen doch immer wieder Soldaten aus dem feindlichen deutschen Lager weit vor.

In den Kampfpausen wurden weitere Gräben ausgehoben und befestigt, bis in die Nacht hinein. Täglich stieg die Verwahrlosung und die Kräfte der Soldaten wurden weniger. Alle zwei Wochen wurden sie für einige Tage, durch andere Soldaten ausgetauscht und in das Frontlager gebracht, das sich ein Stück hinter der Frontlinie befand, damit sie Kräfte sammeln konnten.

Die Wochen im Juli und August waren geprägt von Grausamkeit und Leid. Aiden spürte sich selber kaum noch und funktionierte, wie die meisten anderen Soldaten nur noch auf Befehl.

*

Der September hatte nun bereits Einzug gehalten. Seit zwei Tagen, saß Aiden mit den anderen Soldaten im Schützengraben oder sie lagen in ihren engen und schmutzigen Unterständen und warteten auf den nächsten großen Angriff.

Die Frontlinien lagen weit voneinander entfernt. Die Männer hielten sich in den Schützengräben zurück. Ein Erreichen der deutschen Gräben wäre gefährlich geworden, da diese mit Maschinengewehren unterwegs waren und aus festen Positionen feuerten und alle vorrückenden Truppen nieder mähten.

Die Soldaten warteten auf einen Befehl und dachten, dass es wohlmöglich einen Gegenangriff der Deutschen geben könnte, was jedoch nicht geschah. So hatten sie auch nicht das Verlangen sich weiter als nötig aus ihrem Frontgraben wegzubewegen. Sie lagen müde in ihren Schlafbuchten oder saßen in den breiteren Gängen der Schützengräben im Schlamm, da es die Tage vorher geregnet hatte, wartend auf die nächste Mahlzeit und den erlösenden Schlaf.

Doch am kommenden Morgen sollte die geplante große Schlacht beginnen. Auf Befehl des Generals werde das Feuer eröffnet.

Am Morgen des 6. Septembers um 6 Uhr gab der französische General Joseph Joffre den Tagesbefehl aus:

**"an die Armen…. In einem Moment, in dem sich eine Schlacht abspielt, von der das Schicksal des Landes abhängt, ist es wichtig, alle daran zu erinnern, dass dies nicht der Moment ist, nach hinten zu schauen; alle Anstrengungen müssen unternommen werden, um den Feind zu attackieren und zurückzuschlagen. Eine Truppe, die nicht weiter vorankommt, muss – koste es, was es wolle – das eroberte Gelände halten und sich an ihrem Platz töten lassen, anstatt zurückzuweichen. Unter den aktuellen Umständen kann ein weiteres Zögern nicht geduldet werden."** (Quelle Wikipedia "Schlacht an der Sommé)

\*

Aiden schlief kaum in dieser letzten Nacht der bevorstehenden Schlacht. Er lag mit den Kameraden im Unterstand des Schützengrabens und starrte in den schwarzen Himmel.

Immer wieder huschte eine Maus oder eine Ratte, die so groß waren wie Kaninchen, zwischen ihren Füßen umher und er hatte Angst davor, von einer dieser riesen Ratten angefallen zu werden.

Er schloss seine Augen, um diese huschenden Schatten nicht mehr zu sehen. Doch manchmal blinzelte er, die Augen einen spaltbreit geöffnet, zum Himmel. Dort konnte er einzelne Sterne erkennen am schwarzen Nachthimmel, die jedoch immer wieder von grauen Wolken verdeckt wurden. Seinen Freund John, mit dem er Irland verlassen hatte, hatte er seit Wochen nicht mehr gesehen. Er war in eine andere Einheit eingeteilt worden.

Um Aiden herum viele Engländer unter seinen irischen Landsleuten. Viele Soldaten in seiner Einheiten kämpften schon seit längerem und waren abgestumpft und teilnahmslos. Die meisten wirkten kalt und abgebrüht. Aber vielen, wie Aiden auch, stand die blanke Angst vor dem bevorstehenden Kampf ins Gesicht geschrieben.

Es war ungewöhnlich still in dieser Nacht. Jedem der Soldaten war bewusst, in ein paar Stunden mussten sie bereit sein und das Feuer eröffnen.

Einige holten ihre Briefe, die sie von ihren Frauen oder Familien bekommen hatten, hervor und lasen sie noch einmal. Sahen lange Zeit die Bilder ihrer Frauen und Kinder an oder zeigten sie ihren Kameraden. Niemand wurde laut, einige schliefen sogar. Die Nerven lagen in solchen Maße blank, dass dies schon bei vielen zur Starrheit oder gar zum Irrsinn geführt hat.

Besonders betroffen waren die Soldaten, die schon seit Anfang des Krieges 1914 im Einsatz waren. Immer wieder abwechselnd zwei Wochen im Graben, dann wurden sie für einige Tage in die Etappe verlegt. Doch diese Tage vergingen zu schnell und sie mussten wieder zurück in den Graben und unter unwürdigem Dasein und mit ständiger Lebensgefahr konfrontiert.

Viele der Soldaten waren nur noch eine funktionierende Hülle ihrer selbst.

Gewöhnlich wurden Soldaten, die direkt an der Front dienten, nach zwei Jahren nach Hause geschickt, da sie so ausgebrannt waren, dass sie keine Kampfleistung mehr bringen konnten. Doch die Truppen konnten nicht mehr mit genug frischen Soldaten aufgestockt werden und deshalb war jeder Mann nötig, auch wenn viele kaum noch wussten, was sie taten.

Aiden zog sich in diesen Stunden vor dem Kampf in seinen Gedanken in seine eigene Welt zurück, nach Irland, in ein Leben, das zwar arm war, aber er in Frieden und in wunderschöner Umgebung nahe den Hills of Tara aufgewachsen war.

Die Nacht verging und er beobachtete und hörte immer mehr die leisen Befehle, die durch den Graben zogen.

Immer wieder wurden neue Beobachter losgeschickt, um den Gegner auszukundschaften.

Dies war eine sehr gefährliche Aufgabe, die nur von erfahrenen Soldaten übernommen wurde, da Scharfschützen und Artilleriebeobachter der Gegner jede Bewegung wahrnahmen und sofort einen Angriff gestartet hätten.

Als der Morgen langsam zu dämmern begann, wurden viele der Soldaten sehr unruhig.

Kaum jemand sprach ein Wort, als sie ihr dürftiges Frühstück, eine Schüssel Haferbrei, mit dem Löffel in den

Mund schaufelten und die dünne Brühe tranken, die mit Kaffeeersatzpulver aufgegossen war.

Aiden lehnte bereits an der Grabenwand und lud sein Gewehr, wieder und wieder.

Seine Hände zitterten vor Aufregung und er hatte Angst, dass er es nicht schaffen würde, die Patronen nachzuladen.

Ein schon etwas älterer Soldat, der aus London stammte, sein Name war James, wie er ihm mitteilte, beobachtete Aiden, wie er mit seinem Gewehr hantierte.

James schüttelte seinen Kopf als er das Gewehr begutachtete.

Es gab verschiedene Versionen der Einsatzwaffe. Das Enfieldgewehr, zu dessen Standardausrüstung ein Bajonett gehörte, konnte maximal 20 Schuss in Folge abgeben.

Das Gewehr das Aiden in der Hand hielt war eine Version davon, die eigentlich nur zu Ausbildungszwecken benutzt wurde und jeder einzelne Schuss neu geladen werden musste.

Dieses Gewehr hatte er gestern als Ersatz bekommen, da ein Mangel an Kriegswaffen herrschte.

James nahm Aiden das Gewehr aus der Hand.

»Ich werde dir ein anderes besorgen. Das ist Wahnsinn mit diesem Gewehr, das du nach jedem Schuss nachladen musst.«

James ging davon und kam kurz darauf mit einem neuen Gewehr zurück, das zwanzig Schuss in Folge abfeuern konnte.

Aiden bedankte sich und sah sich die Waffe genauer an.

»Du wirst dieses Mal nicht verschont bleiben und musst auch auf das Feld raus. Der Befehl sagt aus, dass alle Mann über die Schützengräben hinaus auf dem Schlachtfeld kämpfen müssen.«, informierte ihn der Soldat.

Aiden brach der Schweiß aus bei dem Gedanken. Aber er wusste, dass er keine Wahl hatte.

James gab ihm noch ein paar Tipps und riet ihm, so lange wie möglich nur vom Graben aus zu schießen. Er fasste ihm väterlich an die Schulter und wünschte ihm viel Glück.

Der Augenblick war gekommen.

Eilig lief der Befehlshaber durch den Graben und gab das erste Zeichen für den Angriff. An der gegenüberliegenden deutschen Front war noch alles ruhig, wie die Artilleriebeobachter mitgeteilt hatten.

Einige Soldaten krochen vorsichtig über den Grabenrand. Die Dämmerung hatte schon eingesetzt, doch es war noch nicht hell. Keine Wolke zeigte sich am Himmel, so dass es ein sonniger Tag werden würde.

In der Morgendämmerung ließen sich in der Ferne die Umrisse der Gegenfront erkennen.

Immer noch war alles ruhig. Die üppig grüne Landschaft zwischen den Fronten schien im Moment noch scheinbar märchenhaft und ruhig.

Aiden blieb im Graben stehen und niemand nahm Notiz von ihm. Jeder Einzelne war mit sich selbst beschäftigt und wartete auf den Angriffsbefehl.

Dann war es soweit.

Er zuckte zusammen, als die ersten Schusssalven losbrachen. Alle fingen an zu laufen und ein Höllenlärm setzte ein.

Aiden wusste in den ersten Minuten gar nicht was mit ihm geschah. Kugelhagel überall.

Einige besonders kampfbereite Soldaten stürmten die provisorischen Holzleitern hinauf, um dann in die weite

Vegetation, in Richtung der Gegenseite zu laufen und zu sterben.

Er hielt sich weiterhin zurück und dachte an die Worte von James, so lange es geht, sich im Graben oder nahe dem eigenen Graben aufzuhalten, um diesen zu verteidigen von vorrückenden Feinden.

Große Angst erfasste Aiden und erschüttert nahm er die vielen Toten wahr, die bereits um ihn herumlagen.

Doch dann wurden alle aufgerufen, in den offenen Kampf auf das Feld vor ihnen zu stürmen und den Gegner zu attackieren und zurückzudrängen.

Aiden versuchte seine Angst auszublenden. Plötzlich wurde ihm übel und er musste sich übergeben, doch es half alles nichts, er musste den anderen Soldaten folgen.

Mit zitternden Knien stieg er die Holzleiter hoch, sah das weite Schlachtfeld vor sich. Wie eine Ameiseninvasion kletterten neben ihm ebenfalls Kameraden an den Leitern hoch und liefen schreiend los.

Aidens Knie schienen nachzugeben, nur mit Mühe hielt er sich an der Leiter fest. Dann packte er sein Gewehr, griff an sein Bajonett, das vorne an seinem Gürtel befestigt war und stürmte los, wild um sich schießend, ohne genaues Ziel. Immer wieder fiel er hin, stolperte über Verletzte und bereits tote Soldaten.

Er wusste nicht wie lange er schon lief, waren es Minuten oder Stunden, als er stolperte und einfach liegenblieb. Sein Gesicht lag im Schlamm und er bekam nur wenig Luft.

Er rührte sich nicht. Er schaute nicht nach links oder rechts, blieb einfach bewegungslos liegen. Erstarrt in Angst und Schrecken dachte er sich, die Augen einfach zu schließen und nicht mehr aufzustehen.

Auf einmal wurde er unter der Schulter gepackt und hochgezerrt.

Aiden ließ es geschehen und rechnete damit, sogleich erschossen zu werden. Doch er wurde von den starken Armen mitgeschleift. Er wusste nicht wohin, bis er am Rand des Schützengrabens niedergelegt wurde.

»Bist du verletzt? Spring zurück in den Schützengraben Junge, schnell.«, rief ihm der Soldat zu, der ihn hierher geschleift hatte. Es war James, der ihn immer wieder anbrüllte.

Aiden rührte sich nicht, blieb einfach liegen und starrte den Mann an, der ihm daraufhin ein Schubs mit dem Fuß gab und er mit voller Wucht ungebremst in den Schützengraben fiel.

Als er unten aufschlug, schrie er auf und erwachte wie aus einer Trance.

Er erwachte aus seiner Starrheit und sah und dachte langsam wieder klar. Mühsam rappelte er sich hoch. Völlig erschöpft lehnte er sich an die Schützengrabenwand. Kraftlos sank er in die Knie und ließ sein Gewehr fallen. Er hasste Waffen und noch mehr hasste er diesen Krieg.

Für einen kurzen Moment schloss er die Augen.

Er war so müde und wusste nicht, wie lange er noch durchhalten musste, wie lange der Kampf noch andauern würde. Um ihn herum herrschte völliges Chaos.

Seine Kameraden liefen entweder unkontrolliert umher oder lagen verletzt, laut stöhnend am Fuße des Schützengrabens und warteten auf Hilfe. Dazwischen lagen die Toten.

Er blendete das grausame Geschehen, das um ihn herum herrschte aus. Nur einen kurzen Moment wollte er sich ausruhen. Kraftlos hob er seine zitternden Hände hoch.

Er konnte sich jetzt schon nicht mehr daran erinnern, wie es war, nicht zu zittern.

Er dachte daran, dass gestern am Morgen der Himmel noch blau gewesen war. Und er sah diesen Himmel vor sich, verflogen waren in seiner Vorstellung die schwarzen Rauchschwaden der Geschütze, Panzer und Kanonen, keine Geräusche waren zu hören, keine Gewehrschüsse, keine Schreie von Verletzten oder Sterbenden.

Er blickte zum Himmel, schloss seine Augen und für einen kurzen Moment atmete er die kühle, frische Luft der Erinnerung ein und versetzte sich für Momente zurück in sein Heimatland nach Irland. Er sah die grünen, saftigen Wiesen, die alte Eiche, hoch oben auf dem Hügel, nahe seinem Elternhaus. Er dachte an das alte, riesige, grünbewachsene Hügelgrab New Grange, das er von dort aus in der Ferne sehen konnte. Er liebte seine Heimat Irland über alles.

Er dachte an seine Eltern, an seine Schwester Eimear und daran, dass er sie wahrscheinlich nie mehr sehen würde. Dieser Krieg war so grausam und doch gab es kein Entkommen.

*

Immer noch lehnte Aiden mit dem Rücken an der Wand des Schützengrabens, mit zitternden Händen und Tränen in den Augen und dachte an seine Eltern und an den Tag, an dem er sie verlassen hatte.

Wenn er doch nur eine Ahnung davon gehabt hätte, dass dies eine Reise ohne Wiederkehr ist, dann hätte er eine andere Entscheidung getroffen.

Doch heute, knapp sechs Monate später, befand er sich hier im Schützengraben in Frankreich, inmitten einer grausamen Schlacht, umringt von Verletzten und Toten. Heute, am 6. September, war sein Geburtstag. Er ist 19 Jahre alt geworden.

Seinen Geburtstag verbrachte er in dieser grausamen Schlacht und er befürchtete, sein Geburtstag könnte auch sein Todestag sein.

Automatisch fasste Aiden an die Tasche seiner grauen, schmutzigen Uniformhose. Gott sei Dank, sie war noch da. Durch den Stoff der Hose, konnte er die Umrisse der Münze fühlen.

»Bitte hilf mir.«, flüsterte Aiden verzweifelt, »Ich will nicht sterben.«

Tränen rannen ihm übers Gesicht, während neben ihm ein Soldat den Graben herabstürzte und blutend neben ihm liegenblieb. Aiden beugte sich zu ihm.

Der Mann fasste nach seiner Hand und hielt sich bei ihm fest. Aiden sah verzweifelt um sich und begann laut nach den Sanitätern zu schreien. Doch niemand hörte ihn.

Zu durchdrungen war die Luft, von Gewehrschüssen, Kanonenschlägen und Geschrei der Soldaten auf dem Schlachtfeld und im Schützengraben.

Er beugte sich wieder zu dem Mann, doch er hatte die Augen geschlossen und seine Hand erschlaffte.

Aidens Hand zitterte immer noch. Sein Blick irrte wild umher. Er wusste, er musste wieder aufs Feld. Er konnte nicht hier unten bleiben und warten, bis alles vorbei war.

Er wusste, auch wenn er diesen Kampf überleben sollte, was unwahrscheinlich war, bei diesem Ausmaß, dann würde der nächste Kampf kommen und alles begann von vorne.

Nein, Aiden hatte keine Wahl.
Ein letztes Mal schloss er kurz seine Augen, dachte an seine
Eltern und seine Schwester und sprach schnell ein Gebet.

»Christus sei mir zur Rechten,
Christus mir zur Linken.
Er die Kraft.
Er der Friede.
Christus sei, wo ich liege.
Christus sei, wo ich sitze.
Christus sei, wo ich stehe.
Christus in der Tiefe,
Christus in der Höhe,
Christus in der Weite.
Christus sei im Herzen eines jeden,
der meiner gedenkt.
Christus sei im Munde eines jeden,
der von mir spricht.
Christus sei in jedem Auge,
das mich sieht,
Christus in jedem Ohr,
das mich hört.
Er mein Herr,
Er mein Erlöser.«
(Patrick, Apostel von Irland +493)

Dieses Gebet gab ihm Kraft. Jeden Sonntag war er mit
seinen Eltern in die Kirche gegangen.
Nie hat er es ernst genommen und oft nicht verstanden,
warum die Menschen so sehr an diesen Gebeten hingen.
Jetzt konnte er es verstehen. Es verlieh ihm Halt in diesen

Situationen und es begleitete ihn schon die ganzen letzten Monate, die er hier im Krieg verbrachte.

Aiden konnte verstehen, wie wichtig es war, etwas zu haben woran man glauben konnte, wenn die Not, die Angst und der Tod vor der Tür stehen.

Mühsam rappelte er sich hoch. Der Arm des toten Soldaten neben ihm fiel von seinem Schoss auf die schlammige Erde. Aiden bückte sich nochmals und legte dem Soldaten beide Hände auf den Bauch und bekreuzigte ihn.

Dann nahm er sein Gewehr, ging auf die nächststehende Leiter zu und stieg hoch.

Er wollte sich dem Kampf und dem Tod stellen, denn er hatte keine Wahl. Tief atmete er ein, als er auf das weite Schlachtfeld vor sich blickte und rannte los.

*

Aiden rannte wie ein Verrückter. Er schrie so laut, dass seine Lunge schmerzte. Er rannte über das Schlachtfeld, durch die bereits schwer geschädigte Vegetation, auf den Feind zu. Sehen konnte er nur wenig, denn die Luft war grau und trüb vom Rauch der Kanonenschüsse und der Panzerangriffe.

Das ganze Schlachtfeld glich teilweise einer verbrannten und verkohlten Ebene. Verbranntes Gras auf verbrannter Erde, vereinzelt verkohlte Baumstümpfe. Überall lagen Verletzte oder Leichen, über die er stolperte. Schüsse zischten an seinem Kopf und Körper vorbei.

Doch er nahm diese kaum wahr und lief immer weiter. Er schrie unter Tränen, die ihm über die Wangen liefen.

Kein einziges Mal hatte er geschossen, obwohl er sein Gewehr im Anschlag hielt.

Plötzlich spürte er einen Schmerz an seinen Beinen. Er war in eine Stacheldrahtsperre gelaufen, die schon halb niedergetrampelt war und der Gegenseite, also Deutschland, zur Absicherung ihrer Stellung diente. Zu nahe war er schon auf die deutsche Frontlinie zugelaufen.

Aiden musste stehenbleiben, ansonsten wäre er mit seinem ganzen Körper in den Stacheldraht gefallen.

Mit bloßen Händen und unter noch lauterem Schreien, versuchte er sich aus dem Zaungestrüpp zu befreien. Adrenalin pumpte durch seinen Körper wie eine Droge.

Endlich war es ihm gelungen, sich zu befreien. Ungeduldig riss er an seinen Beinen. Seine Hände waren blutig, genauso seine Beine unter der nun endgültig zerfetzten Hose.

Es war Aiden gleichgültig. Er spürte keinen Schmerz mehr, als ob er jegliches Gefühl abgespaltet hätte.

Als er sich endlich losgerissen hatte, stürmte er blindlinks weiter. Sein Gewehr hatte er liegengelassen.

Dies alles passierte innerhalb von Minuten, in denen sein Denken vollkommen ausgeschalten war.

Plötzlich blieb er stehen, das Chaos wütete weiter. Nicht weit von Aiden entfernt schlug eine Kanonenkugel ein. Steine und Erde prasselten auf ihn ein.

Er hörte die Schreie von Soldaten, die getroffen waren.

Wie in einer Trance rannte er weiter, nachdem er sich ein Gewehr gepackt hatte, das neben ihm auf dem Boden lag.

Kurz sah er zurück und plötzlich spürte er einen heftigen Schmerz an seinem rechten Bein und ging in die Knie.

Schnell rappelte er sich wieder hoch.

Doch ein Schuss hatte sein rechtes Bein getroffen und regelrecht aufgerissen, unterhalb des Knies.

Aiden lief noch ein paar Schritte, dann stolperte er und stürzte in einen, durch eine Panzergranate entstandenen Trichter.

Dort fiel er direkt auf einen am Fuße des Kraters liegenden Soldaten, der einen markerschütternden Schmerzschrei ausstieß.

Erschrocken wollte Aiden sich sogleich aufrichten, doch die Hand des unter ihm liegenden Soldaten hielt ihn zurück.

Der Mann packte ihn an seiner Jacke und zog ihn fest auf seinen Körper. Nun lagen die beiden Gesicht an Gesicht aufeinander.

Aiden starrte den Mann furchtsam an, als er plötzlich die Schmerzen in seinem Bein realisierte und laut zu stöhnen begann.

Unterdessen erkannte er an der feldgrauen Uniform des Soldaten, dass dieser ein deutscher Soldat war. Aiden durchfuhr ein eisiger Schreck.

Der Mann bewegte seine Lippen, als wollte er ihm etwas sagen, doch Aiden konnte ihn nicht verstehen.

Nach nur einem kurzen Moment des Zögerns, legte er sein Ohr an dessen Mund. Der Soldat begann wieder seine Lippen zu bewegen.

»Bleib liegen Junge. Ich tu dir nichts.«, wisperte der Soldat unter Schmerzen.

Aiden verstand kein Wort. Was wollte ihm der Soldat sagen? Er sah dem Soldaten irritiert in die rot unterlaufenen Augen, die voller Schmerz und angstvoll geweitet waren.

»Stay boy. Do not be afraid of me.«, brachte der Soldat mühsam auf Englisch hervor.

Aiden sah ihn überrascht an.

Der deutsche Soldat sprach englisch mit ihm.

»Sie sprechen meine Sprache?« Immer noch erstaunt sah er ihm ins Gesicht.

Plötzlich zischten Maschinengewehrschüsse über Aidens Kopf hinweg. Schnell rollte er vom Körper des deutschen Soldaten und legte sich an ihn gepresst neben ihm auf den Boden. Der Kugelhagel hörte auf und Aiden hob wieder seinen Kopf.

Der deutsche Soldat drehte sich zu ihm herum. Aiden sah, dass die linke Bauchseite unter dem zerrissenen, feldgrauen Waffenrock des deutschen Soldaten stark blutete.

Als er sich wieder dem Gesicht des deutschen Soldaten zuwandte, sah er, dass dessen Blick vor Schmerz trüb wurde. Und auch Aiden konnte die Schmerzen an seinem Bein kaum aushalten und stöhnte bei jeder Schmerzwelle laut auf. Er wusste nicht was er tun sollte. Wieder packte ihn der Soldat an seiner Uniformjacke und zog ihn nahe an sich heran.

»Mein Vater war ein deutscher Diplomat, der die englische Sprache beherrschte. Deshalb verstehe ich deine Sprache.«, wisperte der Soldat ihm zu. »Wie heißt du? Wie alt bist du Junge?«

»Aiden, ich heiße Aiden. Ich bin neunzehn Jahre.«, antwortete er. »Ich habe heute Geburtstag.«, dabei traten ihm Tränen in die Augen.

Die Situation war völlig surreal für Aiden.

Der deutsche Soldat stöhnte plötzlich laut auf und hielt seine Hand an seine verletzte linke Seite.

»Alles Gute zum Geburtstag mein Junge.«, presste er angestrengt heraus und versuchte dabei zu lächeln.

»Wie heißt du?«, fragte Aiden den Mann.

»Franz, ich heiße Franz von Letten und bin 41 Jahre, mein Junge. Du könntest mein Sohn sein. Wo kommst du her?«
»Aus Irland.«, antwortete Aiden.
Langsam fasste er Vertrauen zu dem deutschen Soldaten.
Er blieb einfach neben ihm liegen. Um sie herum, herrschte das Kriegschaos.
»Irland«, wiederholte der Soldat. »Mein Vater war schon dort und erzählte mir als Kind von dem grünen Land.«
Für einen Moment blickte Franz in den rauchdurchzogenen Himmel über sich.
»Ich werde sterben mein Junge.«
Aiden packte Franz an seinem rechten Ärmel und schüttelte ihn.
»Nein, Franz, wir werden nicht sterben. Die Schlacht ist bald vorbei und die Sanitäter werden uns retten.«, brüllte Aiden hilflos und verzweifelt.
Innerhalb dieser kurzen Zeit fühlte sich Aiden mit diesem deutschen Soldaten sogleich stark verbunden inmitten dieser Grausamkeit.
Auch wenn sie beide Feinde waren, so fühlte er, dass dieser Deutsche keinen Hass ihm gegenüber empfand, genauso wie er auch keine Feindgefühle spürte.
»Bist du schwer verletzt?«, fragte Franz, hob den Kopf ein wenig.
»Ich wurde am Bein getroffen.«
»Fehlt dir sonst noch etwas?«, schwach legte Franz seine Hand auf Aidens Arm.
»Nein ich glaube nicht.«, antwortete Aiden.
»Das ist gut. Ich mach dir jetzt einen Vorschlag. Und wir müssen schnell handeln, mein Junge. Du sollst diesen Krieg überleben.«

Noch vor wenigen Minuten sah Aiden sich dem sicheren Tod ausgeliefert, als er auf das Schlachtfeld lief.

Doch nun spürte er bei den Worten von Franz plötzlich ein aufbegehren in sich. Er wollte leben, er wollte nicht sterben.

»Wir werden den Krieg überleben. Wir beide, du und ich«, schrie Aiden verzweifelt.

»Hör mir zu Junge. Wir tauschen die Uniformen. Oder besser gesagt, das, was davon noch übriggeblieben ist.«

Erschrocken sah Aiden Franz an.

»Warum sollen wir die Uniformen tauschen? Weshalb?«

»Weil du zu nahe an der deutschen Frontlinie bist. Warum bist du überhaupt so nahe an den deutschen Graben gelaufen? Wenn sie nach dem Kampf die Verletzten einsammeln, dann werden sie dich als Kriegsgefangenen festhalten oder schlimmstenfalls  gleich hier auf der Stelle erschießen, wie es so oft von manch kampfwütigem Soldaten getan wird.«, eindringlich redete Franz auf Aiden ein. »Willst du hier in einem Massengrab enden an deinem Geburtstag?«

Aiden traten wieder Tränen in die Augen, aus Angst und auch von den Schmerzen in seinem Bein herrührend.

In seinem Kopf breitete sich eine unglaubliche Panik aus.

Er konnte nicht klar denken und wollte nur die Augen schließen und aus diesem Alptraum erwachen.

»Aber wie soll das funktionieren?«, Aiden sah Franz irritiert an.

»Du musst mir helfen. Ich kann mich kaum bewegen. Du musst mir die Schuhe, Hose und die Jacke ausziehen, auch wenn sie ziemlich zerfetzt und blutig ist. Tut mir leid.«, wisperte Franz.

Das Sprechen strengte ihn unglaublich an.

»Dann ziehst du mir deine Sachen an. Ich bin schon so abgemagert, dass die Größe kein Problem sein dürfte. Und die Länge der Hosenbeine fällt ja nicht mehr auf, so zerfetzt wie deine Hose ist.«

Aiden starrte Franz ungläubig an.

»Überlege nicht lange Junge. Höre einfach auf mich. Du hast keine Wahl. Tu was ich dir sage. Es wird schon etwas ruhiger. Wir haben nicht lange Zeit für Erklärungen. Wir tauschen die Uniformen, du wirst von den Deutschen in ein Lazarett gebracht und wenn du Glück hast, nach Hause geschickt, falls du erstmal nicht mehr kriegstauglich bist mit deinem Bein.«

»Nach Hause? Aber ich bin in Irland zuhause!« rief Aiden bitter.

»Junge, du hast keine andere Chance. Bitte reiß dich zusammen. Wir müssen uns beeilen.«, beteuerte Franz noch einmal mit brüchiger Stimme und angestrengt, da er sich die englischen Worte mühsam in Erinnerung rufen musste.

»Wie soll das funktionieren? Ich kann die deutsche Sprache nicht? Ich kenne niemanden in Deutschland. Ich bin ein Feind. Und wo soll ich hin in Deutschland?«, rief Aiden verzweifelt, seine Stimme durchtränkt von Angst.

»Nein, mein Junge, wir sind keine Feinde. Die Männer die hier kämpfen sind keine Feinde. Sie wurden zu Feinden gemacht, von den vermeintlich Mächtigen ihres Landes.«, flüsterte Franz verbittert, bevor er weiter eindringlich auf Aiden einredete.

»Gut, das mit der Sprache wird natürlich ein Problem sein. Du wirst solange kein Wort sprechen, bis du die deutsche Sprache beherrscht. Das wird nicht weiter auffallen, denn viele traumatisierte Soldaten sprechen oder hören nichts mehr. Du musst schlau sein, dann wirst du es schaffen. Meine Frau wird dir helfen. Und wenn der Krieg vorbei ist, dann kannst du zurück in dein Heimatland gehen.«

Aiden hörte Franz immer noch ungläubig zu. Der Plan, dem er ihm da gerade vorschlug, war ungeheuerlich und er fühlte sich total überfordert.

»Geh zu meiner Frau. Erzähle ihr von mir, von unserem Aufeinandertreffen.«,

Tränen rannen nun über die Wangen von Franz, als er an seine Frau Elisabeth dachte.

»Erzähle ihr, wie wir aufeinander getroffen sind. Sage ihr wie sehr ich sie liebe und dass ich vom Himmel aus auf sie aufpassen werde. Und sage ihr, dass ich weiß, dass sie gut für dich sorgen und dir helfen wird. Mein Junge, das wird sie tun, bestimmt. Sie ist eine gute Frau, mit einem großen Herzen. Und sie hat sich immer einen Jungen gewünscht, was uns leider nicht vergönnt war. Elisabeth, meine Frau, kann auch etwas Englisch, ihr werdet euch verstehen Jetzt beeile dich Junge.«

Erschöpft von den Schmerzen und seinen Erklärungen schloss Franz seine Augen.

In Aidens Kopf hämmerte es.

Was sollte er tun? Sollte er auf den Vorschlag eingehen, den ihm dieser deutsche Soldat hier gerade darbot?

Vielleicht bekam er dadurch wirklich eine Chance, aus diesem Krieg auszubrechen, in den er sich so unüberlegt und naiv hineinmanövriert hat? Aber ob er dies alles durchhalten wird?

Die Aussicht zu überleben, um dann eines Tages, nach dem Krieg wieder zu seiner Familie zurückkehren zu können, ließen plötzlich alle Bedenken in den Hintergrund rücken.

Doch wollte er auch nicht, dass Franz, der deutsche Soldat, stirbt.

»Junge, komm schon. Überlege nicht so lange. Ich halte nicht mehr lange durch. Beeile dich. Das ist deine Chance.« Aiden richtete sich etwas auf.

Die Schmerzen in seinem Fuß waren höllisch und sein Fleisch brannte bis zum Oberschenkel. Unter Tränen begann er seine Jacke auszuziehen. Durch die Vertiefung des Kraters waren sie gut geschützt.

Die Schüsse um sie herum waren weniger geworden. Zu viele Soldaten waren bereits in dieser Schlacht gefallen.

Dunkle Rauchschwaden schwebten über das Schlachtfeld und ließen keinen Weitblick zu. Man konnte die Hand vor Augen kaum sehen. Doch dieser Umstand war Aiden und Franz sehr hilfreich.

Als Aiden sich seine Hose von den Beinen streifte, nachdem er seine Schuhe aufgebunden und ausgezogen hatte, schrie er vor Schmerzen auf. Er presste seinen Mund an seinen Jackenärmel und biss sich selber in den Arm, um nicht noch lauter zu schreien.

Franz sah ihm dabei zu und mit seiner rechten Hand knöpfte er sich in der Zwischenzeit seine einreihig geknöpfte Uniformjacke auf.

Dann riss er die abnehmbaren Schulterklappen, die mit Paspeln versehen waren, welches das Armeekorps indizierte, in dem er diente, von der Jacke. Ebenso waren auf den Klappen selbst die Regimentsnummer und sein Monogramm eingestickt.

Franz riss die Klappen von seinen Schultern und warf sie, soweit er konnte. Aiden sollte nicht seinem Regiment zugeordnet werden können, da ansonsten doch jemand

Verdacht schöpfen würde, der ihn, Franz kannte.

Franz hatte innerhalb von Minuten einen Plan im Kopf. Er wollte diesen Jungen retten.

Er spürte, dass er sterben würde. Zu stark war er verletzt worden. Seine Kräfte schwanden von Minute zu Minute und Franz hoffte, dass er noch solange durchhalten würde, bis Aiden ihn einigermaßen angezogen hatte.

Franz wollte dass sein Sterben wenigsten den einen Sinn haben sollte, dass ein Junge wie Aiden vielleicht überleben würde.

Franz hätte jedem anderen auch geholfen.

Er war Lehrer an einer Knabenschule in Deutschland, in München und schon von Kindesbeinen an sehr sozial geprägt.

Erst vor einigen Tagen hatte er von seiner Frau einen Brief erhalten, indem sie ihm schrieb, dass die Schule zu einem Lazarett umfunktioniert worden sei, wegen Platzmangels in den vorhandenen Krankenhäusern.

Sie schrieb ihm, dass die Kinder im Keller der Häuser notdürftig unterrichtet wurden. Aber die meisten Eltern ihre Kinder aufs Land geschickt hätten, da sie dort sicherer waren.

Elisabeth schrieb ihm auch, wie sehr sie ihn vermisste und Angst um ihn hatte. Und sie schrieb, dass er durchhalten und auf sich aufpassen sollte. Dass sie ihn umarmte und sich darauf freute, wenn sie ihn bald vom Zug abholen dürfte, wenn er zurückkommt aus diesem fruchtbaren Krieg.

Ja, seine Elisabeth glaubte fest daran, dass sie sich wiedersehen würden.

Franz liefen Tränen über die Wangen, bei den Erinnerungen an den Brief und an seine Frau.

Er dachte an seine Schule, die es nicht mehr gab, genauso wie es auch ihn bald nicht mehr geben würde, auf dieser Welt. Alles wurde zerstört durch diesen sinnlosen Krieg, Städte, Dörfer, Häuser, Straßen, ganze Landschaften. Menschenleben wurden geopfert für Macht und Gier. Dieser Befehlsgewalt konnte man sich nicht entziehen.

*

Aiden schwitze mittlerweile vor Anstrengung so sehr, dass ihm das Wasser in Strömen übers Gesicht lief.
Bevor er jedoch noch seine langen Unterhosen auszog, half er Franz bei dem schwierigen Unterfangen, die Hose auszuziehen. Blut klebte überall an der Jacke und der Hose. Durch die Bauchverletzung bei Franz war es schwierig, ihn seiner Kleidung zu entledigen. Jede Bewegung verursachte ihm unbeschreibliche Schmerzen und er sich kaum selber aufrichten konnte.
Aiden musste ihn am Rücken abstützen, damit er ihm die Jacke von den Armen ziehen konnte. Franz stöhnte immer wieder laut auf. Als es endlich geschafft war, kam nun die Hose an die Reihe. Als Aiden die Knöpfe seiner Hose öffnete traten ihm erneut Tränen in die Augen, bei dem Anblick der tiefen Bauchverletzung.
Das baumwollene Unterhemd war an dieser Stelle blutdurchtränkt und zerfetzt. Darunter sah Aiden, wie immer mehr Blut aus der Wunde lief.
Schnell holte er aus der Innentasche seiner Uniformjacke ein Halstuch, in das er kurz vor dem Kampf die goldene Münze gewickelt hatte. Schnell nahm er die Münze heraus und legte sie in seinen Schuh der seitlich neben ihm stand, damit sie

im Gewühl der Kleidung nicht verloren gehen würde.

Dann drückte er das Halstuch auf die Wunde, um die Blutung zu stoppen. Franz stöhnte laut auf.

»Franz, bitte halte deine Hand hier drauf.«

Als Franz nur mit einem weiteren schmerzvollen Laut reagierte, packte Aiden dessen rechte Hand und legte sie auf das Halstuch.

»Hier, halte das Tuch fest und drücke sie auf die Wunde.«, wiederholte Aiden verzweifelt.

»Ich versuche dir jetzt die Hose auszuziehen.«

Aiden stöhnte laut auf, als er an der Hose zog und Franz vor Schmerz weit die Augen aufriss und dabei ein unmenschlicher Laut aus seinem Mund drang.

\*

Dies alles geschah inmitten der Schlacht, die immer noch um die beiden Männer wütete. Die Rauchschwaden wurden immer dichter und plötzlich wurde Aiden durch einen heftigen Stoß, den er auf seinen Rücken bekam, auf Franz geworfen. Franz schrie laut auf und Aiden versuchte sich schnell aufzurichten.

Doch so einfach war dieses Unterfangen nicht, da er massives Gewicht auf seinem Rücken spürte.

Und jetzt erst realisierte er, dass ein Soldat hinter ihm, auf seinem Rücken lag.

Mit aller Kraft richtete Aiden sich auf und drehte sich um und der tote Soldat rutschte auf die Erde.

»Fühle ob er noch einen Puls hat.«, wisperte Franz erschöpft.

Aiden fasste schnell mit seinen Fingern an den Hals des Mannes, aber er konnte keinen Puls mehr fühlen.

Es war ebenfalls ein Soldat mit britischer Uniform.

Für ein paar Sekunden schloss Aiden seine Augen und hätte sich am liebsten einfach auf die Erde gelegt, um nie wieder aufzustehen.

»Komm schon Junge. Steh auf. Wir müssen weitermachen. Es bleibt uns nicht mehr viel Zeit.«, rief Franz mit matter Stimme.

Aiden richtete sich auf und sie sahen sich für Sekunden in die Augen.

Der getrübte Blick von Franz, in dem der Schmerz erkennbar war, bat Aiden um Mut.

Komm schon Junge, schienen sie zu sagen und er nahm seine letzte Kräfte zusammen.

Er rollte den toten Soldaten ein paar Zentimeter weg von sich, bevor er sich wieder Franz zuwandte.

Schnell schnürte er die Schuhe von Franz auf und streifte sie von seinen Füssen. Dann zog er ihm die Hose von den Beinen. Mühsam entledigte er ihn anschließend noch von der langen grauen Unterhose.

Gleich danach nahm er seine eigene zerfetzte Unterhose und zog sie über Franz Beine nach oben. Und auch die blutige Uniformhose, deren rechtes Bein nur noch aus Fetzen bestand vom Knie abwärts.

Dies alles bewerkstelligte Aiden in einer unmenschlichen Haltung und Kraftanstrengung. Halb sitzend, halb liegend, schwitzend, weinend und schreiend, denn er konnte sich mit seinem Bein nicht hinknien.

Schnell zog er die graue, wollene Unterhose von Franz über sein gesundes Bein, bevor er das zweite Bein mit aller Kraft aufriss bis zum Knie und es vor Schmerzen stöhnend über sein verletztes Bein zog. Im Liegen zog er die Unterhose hoch.

Dann stützte Aiden Franz, als er den Versuch machte, ihm das Unterhemd auszuziehen. Doch Franz schrie vor Schmerzen und Aiden ließ ihn zurücksinken.

Er versuchte es anders. Er rollte das Unterhemd von Franz hoch bis zu seinem Brustkorb, zog ihm erst den linken Arm, dann den rechten Arm aus den Ärmeln, um das Unterhemd schließlich über seinen Kopf zu ziehen. Endlich war es geschafft. Erschöpft ließ sich Aiden auf seinen Rücken zurücksinken.

Als er seinen Blick wieder anhob sah er, dass Franz seine Augen geschlossen hielt.

»Franz, Franz!«, rief Aiden panisch und beugte sich über sein Gesicht. Aber Franz reagierte nicht. War er tot?

*

Immer wieder packte er Franz bei den Schultern und schüttelte ihn verzweifelt und unter Tränen.

»Franz, Franz, bitte, du darfst nicht sterben!«

Mutlos ließ sich Aiden zurückfallen. Was sollte er nun tun? Franz lag halbbekleidet vor ihm. Er konnte ihn doch nicht so liegen lassen.

Er suchte unter dem Gewühl der Kleidung sein eigenes Unterhemd. Dann zog er es Franz über den Kopf und steckte seine Arme vorsichtig in die Ärmel und zog es so behutsam er konnte über seinen verwundeten, blutenden Bauch.

Das blutige Halstuch war von der Wunde gerutscht und lag neben Franz auf dem Boden. Aiden hob es hoch und drückte es wieder auf die immer noch blutende Wunde am Bauch.

In diesem Moment hörte er ein leises Stöhnen und er sah, dass die Augenlieder von Franz zu flattern begannen. Schnell beugte er sich über sein Gesicht.

»Franz, Franz, kannst du mich hören?«, rief er abermals verzweifelt. Aiden konnte seine Stimme selbst kaum hören, weil gerade wieder mehrere Bomben in der Nähe einschlugen.

Dann endlich, Franz öffnete ein wenig seine Augenlider. Benommen und überrascht blickte er Aiden an, doch dann begann er zu verstehen wo er sich gerade befand und realisierte wieder seine Schmerzen, die ihn aufstöhnen ließen. Er atmete ein paar Mal tief durch und schloss wieder seine Augen. Doch dann bewegte er seine Lippen und formte angestrengt Worte mit seinem Mund.

»Junge, in meiner Jackentasche steckt der Brief für meine Frau. Bitte bringe ihn ihr. Sage ihr, dass es mir leid tut, dass ich nicht zu ihr zurückkehren kann und dass ich sie sehr lieb habe.«, wisperte er mit schwacher Stimme.

Aiden konnte ihn kaum verstehen, deshalb hielt er sein Ohr ganz nah an Franz Mund.

»Ja Franz, ich werde es ihr sagen, ganz bestimmt werde ich sie finden.«, antwortete Aiden verzweifelt.

Franz hob seinen Arm und strich mit seiner Hand sachte über Aidens schmerzverzogenes Gesicht und ein dankbares Lächeln zeigte sich auf seinen ausgetrockneten Lippen.

»Du weißt was du nun zu tun hast, Junge. Auf dem Brief steht die Adresse in München. Ich wünsche dir alles Gute. Du wirst einen Weg finden. Glaube daran.«

Diese letzten Worte waren kaum mehr hörbar und Franz schloss seine Augen und sein Atem stockte einige Male, bevor er ganz verlosch, sein Arm fiel kraftlos auf die Erde und sein Kopf kippte zur Seite.

\*

Aiden saß wie betäubt neben Franz. Jetzt war er wieder ganz allein. Der Schmerz in seinem Inneren schien ihn zu überwältigen und übertönte die Schmerzen an seinem Bein, sodass er kaum mehr atmen konnte.

Er blieb regungslos sitzen für einen Moment. Eine ungeheure Schwere legte sich auf seine Seele. Was sollte er jetzt tun?

Für ein paar Sekunden dachte er daran, einfach aufzugeben. Sich einfach auf das Schlachtfeld und in den Kugelhagel zu stürzen und sich seinem Schicksal zu ergeben. Doch dann dachte er an seine Familie zu Hause in Irland. Und eine immense Kraft in ihm bei den Gedanken ließen ihm mit einem Mal einen tiefen Atemzug nehmen.

Er hob seinen Kopf, sah zu Franz, dann drehte er sich zu dem hinter ihm liegenden toten Soldaten und wusste plötzlich mit einer inneren Gewissheit, dass er leben wollte. Ja, er entschied sich in diesem kleinen Moment der Stärke in ihm für das Leben.

Ob er es aus diesem Krieg herausschaffen würde, war ein anderes Thema, aber er, Aiden McGilles, entschloss sich, es wenigstens zu versuchen.

Franz hat ihm diese Chance geboten, in die Rolle eines deutschen Soldaten zu schlüpfen, um eine kleine Chance zu bekommen.

Und wenn er seine Rolle gut spielte, dann würde er vielleicht eines Tages seine Familie in Irland wiedersehen.

Aiden griff zu seinen Schuhen und holte aus einem der Schuhe die goldene Münze heraus und hielt sie unter Tränen in seinen Händen.

Was hatte der Kobold damals zu ihm gesagt über die Kraft der Münze?

Sie würde ihm in jeder ausweglosen Situation helfen. Und sie hatte ihn, Aiden, zu Franz geschickt. Und nun hatte ihm Franz diese Möglichkeit, dieses Wunder geboten.

Schnell legte er die Münze zurück in den Schuh. Und mit dieser Kraft und Stärke, die seinen Körper und seine Sinne durchflutete, zog er die über und über mit Blut, Schmutz und Staub bedeckte Uniform von Franz an.

Das rechte Hosenbein, das er unter Schmerzen über sein verwundetes Bein gezogen hatte, riss er auf und zerfetzte es so gut es ging, genauso wie schon vorher die wollene Unterhose, sodass sein verletztes Bein offen lag.

Als er fertig angezogen war, griff er in seinen Schuh und holte die goldene Münze heraus und schob sie in die Innentasche der grauen Uniformjacke. Dabei ertastete er den Brief, von dem Franz gesprochen hatte, den er an seine Frau Elisabeth geschrieben hatte für den Fall, dass er es nicht nach Hause schaffen würde.

Aiden zog ihn vorsichtig heraus. Er wollte ihn auf keinen Fall beschädigen.

Auf der Außenseite stand die Adresse in Deutschland. Und er wusste, dass wird seine Anlaufstelle in Deutschland sein.

Der Brief war an Elisabeth von Letten adressiert, wohnhaft in der Agnesstraße 11 in München, Deutschland, entzifferte er die fremden deutschen Worte.

Aiden hielt sich den Brief kurz an sein Herz. Was wird Franz´ Frau sagen, wenn er plötzlich auftauchte bei ihr? Wie wird sie reagieren, wenn sie vom Tod ihres Mannes erfährt und dafür er, ein Fremder, vor ihrer Tür steht? Wird sie ihn wirklich bei sich aufnehmen und ihm helfen?

Sofort verscheuchte er diese Gedanken, denn erst einmal musste er es überhaupt dorthin schaffen.

Aiden erfasste, er würde abhängig sein von ihr. Denn nur ein unbedachtes Wort aus seinem Mund konnte das ganze Vorhaben zunichtemachen, dies war ihm sehr bewusst.

Er steckte den Brief wieder in die Innentasche der Uniformjacke. Dann schloss er die noch verbliebenen Knöpfe der Jacke.

Noch einmal beugte er sich über Franz.

»Ich werde den Brief zu deiner Frau bringen und ihr von deinen letzten Worten erzählen. Ich verspreche es dir.«

Dann nahm er seine eigene Uniformjacke und zog sie über den rechten Arm von Franz.

Mit all seiner Kraft hob er dann den Oberkörper von Franz etwas in die Höhe und schob die Jacke hinter seinen Rücken. Als er versuchte den linken Arm von Franz in den Ärmel der Jacke zu bekommen, sah er dass es aussichtslos war. Die Jacke war einfach zu klein für Franz und er wollte ihm auf keinen Fall den Arm brechen. Auch wenn er es nicht mehr spüren würde. Also ließ er sie unter seinem Rücken liegen. Er wusste, dass dem niemand eine Beachtung schenken würde. Zum Schluss zog er ihm noch die Stiefel über die Füße.

Aiden überlegte, was er nun tun sollte. Einfach hier bleiben? Geschützt in diesem Bombenloch neben den beiden Leichen? Er horchte auf.

Wieviel Zeit bereits vergangen war, wusste er nicht. Es gab nur noch vereinzelte Gewehrsalven und Bomben fielen auch nur noch mit langen Abständen. Aber Aiden war bewusst, es konnte noch Tage andauernd. Dies war nur eine kurze Verschnaufpause, bevor sich die Schlacht fortsetzen würde. Oberhalb des Bombenkraters, in dem sich Aiden befand, zog ein dünner Rauchschleier über das Feld. Immer wieder hörte er in einiger Entfernung vereinzelt Gewehrsalven aus Maschinengewehren.

Aiden richtete sich halb auf und spähte über den Rand des Bombenkraters.

Überall lagen tote Soldaten. Der Boden war verbrannt und glich einem verwüsteten Steinacker. Ein Friedhof für tausende von Männern, die bereit waren, ihr Leben zu opfern. Die freiwillig oder unfreiwillig in diesen Krieg gezogen waren, um für ihr Vaterland zu kämpfen und hofften sie kämen als Helden gesund wieder nach Hause zu ihren Familien. Und nun lagen sie hier, tot, sinnlos gekämpft und gestorben für Macht, Heldentum und Besitz, den niemand mit in den Tod nehmen konnte.

Aiden bückte sich zurück in den Bombenkrater. Wieder fragte er sich, was er tun sollte? Hier abwarten?

Er legte sich auf den Rücken und starrte in den rauchdurchzogenen Himmel mitten im Niemandsland zwischen den Fronten.

Plötzlich übermannte ihn eine unglaubliche Erschöpfung und seine Augenlider begannen zu flattern und er versank in eine tiefe Ohnmacht.

\*

Aiden schlug mühsam die Augen auf. Er brauchte einen Moment um zu realisieren, wo er sich befand. Doch in Sekundenschnelle wurde ihm bewusst, was passiert war. Hektisch richtete er sich auf und ihm wurde es augenblicklich übel und nichts als bloße Galle schoss ihm aus dem Mund. Mit dem Ärmel fuhr er sich über das Gesicht und blickte zu Franz, der leichenblass und erstarrt neben ihm lag. Aiden wusste nicht wie lange er selbst nun schon dagelegen hatte.

Die Luft war immer noch durch den Rauch getrübt. Sein Mund war ausgetrocknet und seine Lippen aufgerissen und blutig. Langsam und mit einer ungeheuren Kraftanstrengung schob er seinen Körper mit den Armen hoch und drehte sich auf den Bauch. Mit dem gesunden Bein stützte er sich an der Kraterwand ab und hievte sich etwas hoch.

Vorsichtig lugte er über den Rand des Kraters.

Aiden bückte sich zurück in den Bombenkrater. Wieder fragte er sich, was er tun sollte? Hier abwarten?

Plötzlich nahm er eine dämonische Stille wahr, die über dem Schlachtfeld lag.

Er hielt den Atem an und spähte wieder vorsichtig über den Rand seines Schutzkraters.

Alles war ruhig, unheimlich ruhig, bis plötzlich vereinzeltes Stöhnen von Verwundeten zu hören war, das immer lauter und lauter wurde.

Es dauerte eine Weile, bis alle aus ihrer Schockstarre erwachten und auch diese Ruhe vernahmen, um dann mit einem Male zaghafte Hilferufe auszustoßen, soweit sie noch ein Laut hervorbrachten.

Aidens Blick fiel ein letztes Mal zu Franz, bevor er aus dem Bombenkrater kroch.

Mit den Armen zog er sich hoch und so gut er konnte, half er mit seinem gesunden linken Bein nach.

Das rechte Bein konnte er nicht bewegen.

Es schmerzte höllisch. In den letzten Minuten hatte er diese Schmerzen kaum mehr wahrgenommen.

Das Adrenalin pumpte pausenlos durch seinen Körper und half ihm, den Schmerz zu verdrängen und durchzuhalten.

Als er oben, am Rand des Bombenkraters lag, kroch er immer weiter vorwärts. Er wollte ein gutes Stück weg sein von Franz, damit sie auf keinen Fall irgendwie in Verbindung gebracht wurden.

Kurz überlegte er, ob er es vielleicht schaffen würde, zurück in den eigenen Schützengraben zu kriechen. Doch als er an sich heruntersah, realisierte er, dass er nun die deutsche Uniform von Franz trug. Auch wusste er, dass er zu weit entfernt war. Schnell verwarf er diesen Gedanken wieder und kroch mühsam weiter.

Als er einige Meter geschafft hatte, vorbei an zahllosen Toten und verwundeten, wimmernden Körpern, blieb er erschöpft auf dem Bauch liegen und schloss die Augen. Er war mit seinen Kräften am Ende und ließ jeglichen Kampf in sich los, worauf er in eine erlösende Bewusstlosigkeit fiel.

*

Aiden schlug die Augen auf. Noch immer lag er bäuchlings auf dem Schlachtfeld. Sein Gesicht hielt er mit einem Arm bedeckt. Er erwachte aus der Ohnmacht und benommen fragte er sich, wie lange er wohl schon so dagelegen hatte.

Er hob  seinen Kopf. Es herrschte eine dämonische Atmosphäre.

Keine Kampfgeräusche, keine Kanonenschläge waren im Moment mehr zu hören. Alles schien stillzustehen. Nur dass verzweifelte Stöhnen und manch unmenschlicher Schrei von verletzten Soldaten durchdrang die Stille.

Rauchschwaden lagen immer noch über dem Schlachtfeld. Die Schlacht stand für einen Moment still. Das Monster hat seine Beute verschlungen.

Nur schemenhaft konnte Aiden die um ihn herum verstreut liegenden Soldaten erkennen. Viele Verletzte, viele Tote.

Nicht weit von ihm entfernt sah er eine Gestalt, die immer wieder versuchte aufzustehen, aber jedes Mal scheiterte. Beide Beine waren abgerissen.

Aiden wandte seinen Blick ab. Ein unbeschreibliches Gefühl von Grauen durchfuhr seinen Körper und urplötzlich nahm er den Schmerz an seinem Bein wieder wahr.

Wie eine Welle überrollte er ihn und er versenkte sein Gesicht unter lautem Stöhnen in seine Hände.

Nach einigen Minuten rollte er sich auf den Rücken und blickte in den grauen Himmel über ihm. Tränen rannen über sein Gesicht und er wimmerte wie ein kleines Kind.

»Mama, Papa, wo seid ihr!«, wisperte er verzweifelt, »Wäre ich doch niemals weggegangen von euch.«

Plötzlich hörte er laute Rufe und drehte seinen Kopf zur Seite.

»Immer zwei Mann zusammen. Dreht jeden Einzelnen um und seht nach, ob sie noch leben. Die Verletzten nehmt ihr mit, die Toten lasst ihr noch liegen, die holen wir später. Und nehmt auch die Engländer und die Franzosen mit. Beeilt euch.«

Durch die Rauchschwaden sah er, wie völlig erschöpfte, aber unversehrte Soldaten auf das Schlachtfeld strömten.

Aiden beobachtete drei Männer die auf ihn zusteuerten. Er begann am ganzen Leib zu zittern und schloss die Augen, überrollt von seiner Angst und den Schmerzen in seinem Bein.

Die Männer standen nun vor ihm und er hörte wie einer davon etwas sagte und ihm dann mit dem Fuß in die Seite stieß. Aiden stöhnte laut auf, als der Schmerz durch seinen ganzen Körper jagte.

»Hey du, lebst du noch?«, rief einer der Männer roh.

Aiden verhielt sich still, aus Angst, da er kein Wort verstand.

»Ihm hat es wohl die Sprache verschlagen.«, sagte ein anderer der Männer und kniete sich zu ihm hinunter und tätschelte grob seine Wange.

Aiden schlug die Augen auf und sah direkt in das Gesicht eines der deutschen Soldaten, der sich nah über sein Gesicht beugte.

»Er lebt noch.«, rief dieser und machte eine Handbewegung in Richtung der Trage.

»Legt ihn gleich auf die Trage und bringt ihn zum Verbandsplatz.«

»Wie heißt du?«, fragte der Mann, der vor ihm kniete.

In Aiden hielt die Panik an. Er verstand den Mann nicht. Was sollte er tun? Wie sollte er sich verhalten?

Was für eine schwachsinnige Idee, fuhr ihm durch den Kopf, sich als deutscher Soldat auszugeben.

Er würde in kürzester Zeit auffliegen und dann als Kriegsgefangener enden oder vielleicht gleich noch hier erschossen werden. Er wusste nicht, was die bessere Wahl wäre.

Plötzlich griff ihm der vor ihm kniende Mann in die Innenseite der Uniformjacke.

»Wenn du nichts sagst, dann gib mir wenigstens deine Marke.«, rief der Soldat ungeduldig. Weiter suchte er die Innentasche der Jacke ab.

Hervor zog er schließlich den Brief, der für Elisabeth, Franz Frau, bestimmt war.

Auf dem Umschlag stand ihr Name 'Elisabeth von Letten' und die Adresse 'Agnesstraße 11 in München'.

»Ah, da haben wir ja schon etwas. Bist du der Herr von Letten?«. Er sah dabei prüfend Aiden an. »Seht mal, ein Herr von und zu also.«, rief er den anderen beiden Soldaten höhnisch zu.

Aiden schwieg immer noch. Was sollte er auch sagen. Er verstand nichts, konnte nichts sagen und deshalb nickte er nur mit seinem Kopf.

Wieder überrollte ihn eine Schmerzwelle, die ihm den Atem nahm und wimmernd schloss er die Augen.

Der Soldat erhob sich und ließ die beiden anderen Männer mit der Trage zu Aiden.

Diese packten ihn unter den Schultern und an dem Bein, das nicht verletzt war und zerrten ihn grob auf die Trage.

Aiden schrie laut voller Schmerz auf und ihm wurde schwarz vor Augen.

Den Brief steckten die Soldaten wieder in die Innentasche seiner Uniform.

Kurz suchte der Soldat nach der Erkennungsmarke, doch er fand die kleine Lederhülle nicht, in der sich die Erkennungsmarken normalerweise befanden.

Die goldene Münze hatten er jedoch nicht entdeckt in der kleinen Innentasche der Uniformjacke.

Schnell legte er dem bewusstlosen Aiden die Finger an die Hauptschlagader am Hals, um zu fühlen, ob er nur bewusstlos war oder nun doch gestorben sei. Aber er konnte deutlich seinen Puls fühlen.

»Bringt ihn zum Hauptverbandsplatz und kommt dann mit der nächsten Trage zurück.«, befahl er den beiden anderen Hilfssoldaten und schaute sich suchend um, welcher, der am Boden liegenden Männer, sich noch bewegte.

# Westfront/Frankreich September 1916

## Feldlazarett

»Was schlägt mich da? Nein, lasst mich in Ruhe. Ich will nicht.«, schrie es in Aiden und er schlug mit seinen Händen um sich, solange bis er von starken Armen festgehalten wurde und er aus dem Alptraum erwachte.

Erschrocken blickte er einem großen Mann in die Augen, der sich über ihn beugte und ihn an den Armen festhielt.

Aiden wisperte lautlos vor sich hin.

»Where am I?«

Konnte aber gerade noch im letzten Augenblick die Worte zu einem undeutlichen Gemurmel verschlucken, weil er sich blitzartig erinnerte wo und warum er hier war.

Der Mann, dessen schmutziger Kittel sicher einmal weiß gewesen war, sah ihn fragend an.

Aiden schloss schnell wieder seine Augen und ließ seinen Kopf auf die Seite fallen. Er stellte sich bewusstlos.

Er brauchte Zeit um klar zu werden und nachzudenken.

Der Arzt fasste ihm an die Stirn, stand dann auf, rief noch jemanden etwas zu und entfernte sich von dem notdürftigen Krankenbett, einer instabile, schmalen Liege.

Aiden atmete erst einmal auf. Dann nahm er erleichtert wahr, dass seine Schmerzen an seinem Bein etwas erträglicher geworden waren.

Vorsichtig hob er seinen Kopf, öffnete seine Augen nur einen Spaltbreit und sah an sich hinunter.

Nur eine graue Wolldecke lag auf seinem Körper, aus der sein verbundenes Bein hervorragte.

Dann sah er sich um.

Er lag, mit noch einigen anderen Verletzten, in einem großen, grauen Zelt, an deren Wänden ein großes rotes Kreuz in den Stoff aufgemalt war. Nur ein schmaler Gang trennte die Verletzten voneinander.

Die meisten der anderen lagen schlafend auf den Krankenliegen. Andere starrten apathisch mit offenen Augen an die Zeltdecke.

An seiner linken Seite lag ein Mann mit einem dicken Verband um Kopf und Augen und stöhnte vor sich hin.

Aiden legte seinen Kopf wieder zurück und schloss seine Augen. Er konnte keinen klaren Gedanken fassen und fühlte sich wie benebelt.

Immer wieder dachte er, wie es nun weitergehen würde. Er war den Deutschen ausgeliefert, mit dem einen Vorteil für ihn, dass sie dachten, er sei ein Deutscher.

Aber für wie lange? Würden sie ihn nach Deutschland transportieren? Aiden wusste nicht, ob seine Verletzung schwer genug war. Vielleicht würden sie ihn hier pflegen und dann wieder an die Front zurückschicken.

Bei dem Gedanken überfiel ihn eine erneute Panik. Nein, lieber wollte er gleich sterben, als nochmals in diese grausame Hölle einer Schlacht zurückzukehren. Aber hatte er eine Wahl?

Ein junger Mann, ebenfalls in einem sehr schmutzigen, einst wohl weißen, Kittel trat an sein Bett.

Aiden riss ängstlich die Augen auf, als er das Ding in den Händen des Mannes sah.

Eine lange Nadel ragte aus einem runden Behälter, in dem sich eine Flüssigkeit befand. So etwas hatte er noch nie gesehen. War er doch vorher auch noch nie bei einem Arzt gewesen.

Seine Mutter hatte ihn mit Heilkräutern und Tee gesund gepflegt, wenn er eine Erkältung hatte.

Und irgendeine ernsthafte Krankheit hatte er bisher nicht. Und außerdem hätten sie sich gar keinen Arztbesuch leisten können.

*

Sein Vater befand sich einmal in einem Krankenhaus in Dublin, nachdem er auf dem Feld zusammengebrochen war. Was ihm gefehlte hatte, wusste Aiden nicht. Sein Vater sprach nicht über den Aufenthalt im Krankenhaus. Aiden war damals erst 8 Jahre alt und seine Mutter brachte den Vater auf dem Heukarren mit dem angespannten Gaul, nach Dublin. Beide kamen Tage lang nicht zurück. Er und seine Schwester Eimear, sie war damals 12 Jahre alt, blieben in dieser Zeit alleine in dem Cottage und versorgten die Hühner und Schafe, so gut sie es konnten. Aiden fragte seine Schwester oft nach seinen Eltern und wann sie wieder kommen würden. Doch Eimear konnte ihm keine Antwort darauf geben. Sie hatte selber große Angst, dass die Eltern nicht zurückkommen würden.

Doch nach einer Woche, er fütterte gerade neben dem Cottage die Hühner, hörte er das Wiehern eines Pferdes und er sah auf. Dann erspähte er den Heuwagen seiner Eltern und er lief ihnen jubelnd entgegen, nachdem er die Blechschüssel mit den Körnern auf den Boden geworfen hatte.

*

Auf Aidens Gesicht legte sich ein Lächeln, als er an diese Begebenheit dachte und spürte die Freude und Erleichterung wieder die er damals fühlte, als seine Eltern zurückgekommen waren.

Er dachte voller Wehmut an seine Eltern, seine Schwester und an sein Zuhause, dort am Fuße der Hills of Tara, die Feenhügel wie man sie in Irland auch nannte.

*

Steht man auf den Hügeln auf Tara, kann man dort, in alle Richtungen, ein riesiges Gebiet überblicken. Und bei gutem, klarem Wetter kann man von dort aus die Berge aller vier irischen Provinzen – Munster, Leinster, Connacht und Ulster – erkennen. Seit Jahrhunderten galt der Hügel als Heimat von Göttern und Druiden. Seine Mutter hatte ihm oft diese Legenden und Geschichten erzählt.

Am liebsten saß Aiden dort, auf einer Bank unter einem Baum und spielte die Geschichten nach, die sich einst hier abgespielt hatten. Und seine Lieblingsgeschichte war die von dem Stein Lia Fáil, auch Stein des Schicksals genannt, der oben auf dem Hügel, heute als Wahrzeichen stand.

Einst war Hochkönig Conn voller Sorge gewesen, dass sein Reich aus dem Universum angegriffen würde. Aus diesem Grunde ließ er Druiden und Geschichtsschreiber nach Tara kommen und den Sternenhimmel genauestens observieren. Während einer Rede soll er auf einen Stein getreten sein, der daraufhin so laut schrie, dass er meilenweit zu hören war. Der Stein erhielt den Namen Lia Fáil, Stein des Schicksals. Man sagt, dass er heute noch schreit, wenn Irland in Gefahr ist.

*

Aiden erwachte abrupt aus seinen Erinnerungen, als er eine Hand an seinem Arm fühlte.

Dann fiel sein Blick wieder auf dieses Ding in der Hand des jungen Arztes. Was wollte er damit?

Der Mann beugte sich zu ihm hinunter und sagte etwas. Er sah ihn mit großen, misstrauischen Augen an. Der Mann sagte wieder etwas.

»Ich gebe Ihnen jetzt noch einmal eine Spritze. Das ist Penicillin. Sie brauchen dass, damit Sie keine Infektion in Ihrem Bein bekommen. Falls dies passiert, müssen wir Ihr Bein möglicherweise doch noch amputieren. Verstehen Sie mich?«, fragend sah der junge Hilfsarzt Aiden an, als er dessen verwirrten Blick bemerkte.

Aiden starrte die Spritze an, dann wieder den jungen Arzt und verstand kein Wort.

Schließlich legte er panisch beide Arme über seine Augen und stöhnte laut auf.

»Haben sie mich verstanden? Ich brauche Ihren Arm um Ihnen die Spritze zu geben.«, sagte der Arzt und griff sich Aidens rechten Arm.

Doch dieser wehrte sich und verschränkte fest beide Arme über seinem Gesicht.

Wieder versuchte der junge Arzt, den Arm von Aidens Gesicht zu ziehen. Doch Aiden setzte all seine Kraft ein, um sich zur Wehr zu setzen.

Der junge Arzt sah sich hilflos um. Schon kam der ältere Arzt zurück an sein Bett.

»Na was ist los Alois?«

»Er will sich die Spritze nicht geben lassen.«, erklärte er seinem Vorgesetzten hilflos.

»Das haben wir gleich.«, sagte der Arzt, stellte sich hinter Aiden, an den Kopfteil der Liege, nahm mit aller Kraft die Arme von seinem Gesicht und drückte sie links und rechts auf die Krankenliege, neben den Körper und hielt ihn eisern fest. Aiden wollte sich wehren, doch dem stählernen Griff des Arztes konnte er sich nicht entgegen setzen. Als er sich dann mit seinem ganzen Körper wehrte, schrie er vor Schmerz auf, da er durch die ruckartige Bewegung in seiner Hüfte, seine Beine auch bewegte. Und durch sein verletztes Bein schoss ein grausamer Schmerz, was ihn sofort außer Gefecht setzte.

Er wimmerte, ergab sich und hielt still.

Der Arzt redete auf ihn ein. Aiden sah ihn aufgewühlt an.

»Junge, wir müssen dir die Spritze geben, damit du dein Bein behalten kannst. Verstehst du. Dein Bein muss sonst abgeschnitten werden oder du wirst sterben.«

Aiden fühlte Verzweiflung in sich aufsteigen.

Er verstand kein Wort. Er konnte nur durch die Gesten, die der Arzt mit seiner Hand andeutete, ahnen, was er ihm sagen wollte. Er dachte, sie wollten ihn mit dieser Nadel stechen und dann sein Bein abschneiden.

Immer noch hielt der Arzt seine Arme fest.

Aiden gab schließlich auf und der Arzt nickte dem jungen Arzt zu, der im nun die Spritze geben konnte.

Aiden sah ihm dabei zu, wie er auf seine Armbeuge klopfte und dann die große Nadel in sein Fleisch bohrte, so dass er teils erschrocken, teils aus Schmerz aufschrie.

Instinktiv wollte er sich wieder wehren und bewegte seinen Körper abermals zur Abwehr, doch der Schmerz in seinem Bein ließ ihn sofort wieder innehalten.

Der Schmerz, die Wut und seine Angst ließen ihm einen lauten Schrei ausstoßen, der tief aus seiner Kehle drang.

*

Als er die Augen aufschlug sah er sich verwirrt um. Wo war er? Irritiert und seine Sinne wie in einem dichten Nebel gefangen, sah er sich um, bis plötzlich die Erinnerung wieder über ihn hereinbrach. Sein Bein, sie wollten es abschneiden, dachte er panisch und hob seinen Kopf und sah an sich hinunter.

Erleichtert sah er, dass sein Bein noch da war. Doch gerade im Moment fühlte er keinen Schmerz. Was er nicht wusste, war, dass er mit Morphium behandelt wurde. Dieses Opiat nahm ihm seine Schmerzen, die Angst und den psychischen und körperlichen Stress.

Aiden richtete sich ein wenig auf und sah sich um.

Rechts von ihm lag ein Mann, dessen Gesicht fast komplett verbunden war. Nur ein schmaler Schlitz ließ seinen Mund frei, durch den ein immerwährendes Stöhnen drang.

Links von ihm lag ein Soldat, von dessen linkem Arm nur noch ein kurzer Stumpf übriggeblieben war.

Der Soldat sah ihn an, jedoch mit leerem Blick und stumm. Aiden hatte den Impuls etwas zu ihm zu sagen, doch gerade noch hielt er sich zurück.

Schnell drehte er seinen Kopf weg, legte sich zurück auf die Krankenliege und versuchte nachzudenken.

Es fiel ihm nicht leicht, seine Gedanken zu ordnen, da er durch diesen Nebel in seinem Kopf keinen klaren Gedanken fassen konnte.

Was würde mit ihm jetzt passieren?

Diese Frage stellte er sich immer wieder. Würde vielleicht sein Bein gar nicht so schlimm verletzt sein, sodass sie ihn wieder auf das Kampffeld zurück schicken?

Bei diesem Gedanken stöhnte er auf.

Nein, er will nicht mehr zurück in diese Grausamkeit.

Plötzlich kam ihm ein ungeheurer Gedanke.

Wäre es der Fall, dass sein Bein gesund werden würde und er zurück auf das Kampffeld müsste, dann würde er auf der falschen Seite kämpfen.

Durch dieses ganze Unterfangen wäre er gezwungen, auf seine Landsleute zu schießen und gegen sein Land zu kämpfen.

Er verschränkte die Arme vor seinem Gesicht um seine Tränen zurückzuhalten. Mein Gott, wie verfahren doch die ganze Situation war. Was sollte er nur tun, wenn es genau dazu käme?

Noch eine Weile rang er mit seinen Ängsten, bevor er schließlich wieder in den erlösenden Schlaf fiel.

Währenddessen machte der Regimentsarzt eine kurze Stippvisite durch das Krankenlager.

»Ich denke, das mit dem Bein hier bekommen wir wieder hin.«, sagte der Regimentsarzt zu dem jungen Hilfsarzt, als er vor Aidens Bett stand. »Aber wenn er weiterhin nicht spricht und reagiert, dann müssen wir ihn weiterschicken zum Kriegslazarett nach Kortrijk. In diesem Zustand ist er nicht mehr geeignet für die Front.«

Der junge Hilfsarzt nickte zustimmend.

»Warten wir noch bis morgen ab, ob sich etwas ändert. Ansonsten schicken wir ihn weiter.«

Mit diesen Worten drehte er sich um und wandte sich seinem nächsten Patienten mit dem amputierten Arm zu.

Aiden bekam von alledem nichts mit. Er schlief immer noch und wachte erst Stunden später auf, als ein Mann ihn am Ärmel rüttelte.

Er hatte einen Blechnapf Suppe und einem Stück Brot dabei und stellte es auf die niedrige Holzkiste, die neben Aidens Krankenliege stand.

»Hier ist dein Abendessen. Kannst du alleine essen?«, fragend sah der Mann ihn an.

Aiden hörte seine Worte, doch verstand nichts davon. Er sah auf die Suppe und das Brot und wieder zu dem Mann und er meinte zu verstehen, was er ihm sagen wollte und nickte dem Mann zu, der sich daraufhin umdrehte und ging.

Er sah in den Blechnapf und die dampfende Brühe stieg ihm in die Nase, worauf sofort sein Magen in Aufruhr geriet und knurrende Geräusche von sich gab.

Aiden richtete seinen Oberkörper auf und drehte sich vorsichtig auf die Seite. Er stützte sich auf seinen Ellbogen, nahm mit der anderen Hand die Blechschüssel und hielt sie an seine Nase und roch daran.

»Potato soup«, rief er überrascht und erschrak sogleich, weil er realisierte, dass er laut gesprochen hatte.

Ängstlich sah er sich um, ob ihn jemand gehört hatte. Der Soldat neben ihm, mit dem amputierten Arm, sah ihn irritiert an.

»Hast du was gesagt?«, fragte er dann auch sogleich.

Aiden hob schnell den Blechnapf an seinen Mund, schlürfte etwas Suppe und ignorierte seinen Nebenmann.

Dieser drehte seinen Kopf wieder weg und nahm ebenfalls seinen Blechnapf in seine noch vorhandene rechte Hand und widmete sich seiner Mahlzeit. Doch immer wieder warf er einen misstrauischen Blick auf Aiden.

Er war sich sicher, dass er etwas gehört hatte, doch das hörte sich eigenartig fremd an. Als er seine Mahlzeit beendet hatte, drehte er sich zu Aiden.

»Ich heiße Eugen. Wie heißt du?«

Aiden sah von seinem Blechnapf hoch. Redete er mit mir, dachte er erschrocken. Schnell senkte er seinen Kopf und löffelte seine Suppe.

»Na dann nicht.«, murmelte Eugen und legte sich zurück auf seine Krankenliege.

Auch Aiden stellte seine Suppenschüssel zurück auf die Holzkiste und legte seinen Kopf auf das Kissen.

Er dachte an Franz. Was für ein Wahnsinn war es doch, sich auf diesen Vorschlag einzulassen. Wie sollte das gutgehen? Sie würden bald Verdacht schöpfen, wenn er nicht sprach. Und es war nur eine Frage der Zeit, bis jemand auf die Wahrheit stoßen würde, wer er wirklich war.

*

Seine wachen Phasen verbrachte Aiden von nun an in unsäglicher Angst vor einer Entdeckung. Und ihm wurde bewusst, dass diese Angst ihn nun begleiten würde, jede Sekunde.

Falls er es schaffte, hier im Lazarett unentdeckt zu bleiben, wusste er nicht, was ihn in Deutschland erwarten wird.

Was würde Franz Frau sagen, wenn er plötzlich auftaucht? Würde sie ihn aufnehmen? Oder würde sie ihn verraten und den Deutschen ausliefern?

Mit einem Mal wurde ihm gewahr, dass er nicht wusste, welche Wendung sein Schicksal auch nehmen würde die bessere Wahl wäre.

Hierzubleiben würde bedeuten, mit aller Wahrscheinlichkeit auf dem Schlachtfeld zu sterben. Nach Deutschland geschickt zu werden, weil er nicht mehr einsatzfähig war, würde bedeuten, dass er überleben würde. Wenn auch als Kriegsgefangener, falls sein Lügenspiel auffing.

Doch irgendwann, wenn der Krieg vorbei war, konnte er vielleicht zurückkehren in sein Heimatland nach Irland.

Bei diesem kleinen Hoffnungsfunken begann Aidens Herz laut zu klopfen und er klammerte sich an dieses kleine Stück Hoffnung, dass er plötzlich fühlte.

Er wollte es versuchen und erinnerte sich an Franz Worte, er solle einfach stumm bleiben, nicht reagieren und nichts sagen, dann wird alles seinen Lauf nehmen.

Mit diesen Gedanken schlief er schließlich wieder ein, bis er auf einmal spürte, wie jemand etwa auf seinen Bauch ablegte. Erschrocken fuhr er hoch.

Die beiden Ärzte standen vor ihm und hatten zwei Tafeln auf seinen Bauch gelegt.

»Hier ist die Diagnosetafel für den Verwundeten von Letten. Wir schicken ihn erst einmal in den Sanitätsbunker nach St. Quentin. Dort wird man weitersehen, was mit seinem Bein wird. Es sieht nicht so schlecht aus damit.«

Mit diesen Worten richtete sich der Regimentsarzt an Aiden, der ihn jedoch wieder nur mit verwirrten Blick ansah.

»Hörst du mein Junge? Um dein Bein steht es gar nicht so schlecht. Das kriegen wir wieder hin.«

Reglos nahm Aiden die unverstandenen Worte wahr.

»Man möchte meinen, der Junge versteht uns nicht?«, mutmaßte der zweite Arzt.

»Ja es macht den Anschein.«, nachdenklich und misstrauisch blickte der Regimentsarzt Aiden an und hob seinen rechten

Zeigefinger dabei an seinen Mund.

Aiden hielt den Atem an, als er den argwöhnischen Blick des Regimentsarztes bemerkte. Jetzt wird es gleich vorbei sein, jetzt würden sie ihn als Feind entlarven. Alles bebte und zitterte in ihm, bis sich dieses Zittern auch auf seine Hände übertrug, die er dann schnell ineinander verschlang, um sie ruhig zu halten.

Aber der Regimentsarzt bemerkte das Zittern seiner Hände und deutete mit seinem Zeigefinger darauf.

»Da sehen sie das Zittern? Dies deutet auf ein Trauma hin, erklärte er dem noch jungen Arzt.

»Vielleicht hat es ihm die Sprache verschlagen, oder er hat durch eine Granate das Gehör verloren? Oft wird durch die Druckwelle auch dieses Zittern bei den Soldaten ausgelöst. Dies könnte erklären, warum er nicht reagiert.«, erläuterte er dem Hilfsarzt. »Das sollen dann die Ärzte im Lazarett in St. Quentin abklären. Möglicherweise simuliert er ja nur, wie so viele vor ihm schon.«, fuhr er skeptisch mit seinen Erklärungen fort. »Er ist auf jeden Fall transportfähig und kann morgen früh mit auf den Krankentransport in den Sanitätsbunker nach St. Quentin.« entschied er. »Wenn das Zittern und die Sprachlosigkeit nicht aufhört, kann er notfalls in einem Ersatzbataillon in der Heimat noch eingesetzt werden. Dass sollen dann die Kollegen entscheiden.«

Er nahm die Diagnosetafeln von Aidens Bauch und riss jeweils einen der roten perforierten Ränder ab, was bedeutete, dass dieser Soldat transportfähig war und legte sie zurück.

»Und vergessen Sie den Sack mit seinen Habseligkeiten nicht. Binden Sie ihn an sein gesundes Bein, damit er nicht verloren geht«, befahl er dem jungen Hilfsarzt, der erst wenige Tage hier an der Front im Einsatz war.

Dies war sein erster Krankentransport, den er bis zum nächst größeren Lazarett begleiten sollte.

Die Ärzte wandten sich zur nächsten Krankenliege und Aiden hielt immer noch seine Hände fest, die zitterten wie Espenlaub.

Er wusste zwar nicht, was der Arzt gesagt hatte, aber er realisierte, dass er nicht entlarvt war und war erst einmal erleichtert.

Die folgende Nacht konnte er kaum schlafen, sosehr beschäftigten ihn seine Gedanken um seine Zukunft. Und jedes Donnern der Kanonen auf dem Schlachtfeld, das er in der Ferne vernahm, tat sein Übriges dazu.

Gestern Nacht war es ruhiger gewesen, doch heute überdauerte der Kampflärm die ganze Nacht.

Aiden hatte eine leise Ahnung, dass sie irgendetwas mit ihm vorhatten. Aber was wusste er nicht und er wartete angespannt darauf, was passieren wird.

*

In der Nacht kamen die Schmerzen in Aidens Bein wieder zurück und zogen sich in den folgenden Stunden bis hoch in seinen ganzen Körper.

Wimmernd lag er da, bis endlich, in den frühen Morgenstunden, der junge Hilfsarzt kam und ihm erneut eine Spritze in den Arm gab.

»Das ist für deine Schmerzen, damit du den Krankentransport aushalten kannst.«, erklärte ihm der junge Arzt.

Dieses Mal wehrte sich Aiden nicht, da er jetzt wusste, dass ihm dieses Ding, mit dem der Arzt in seinen Arm stach, ihm die Schmerzen nehmen würde.

»In zwei Stunden wirst du abgeholt.«, erklärte ihm der Hilfsarzt und sah ihn fragend an und wartete auf eine Reaktion.

Doch Aiden starrte ihn nur verständnislos an und begann wieder zu zittern. Achselzuckend drehte der Arzt sich um und ging davon.

Dann war es soweit. An seine Krankenliege traten Männer mit einer Holzpritsche, die sie neben seinem Lager abstellten und ihn dann, nicht gerade sanft, darauf hievten.

Aiden schrie auf vor Schmerz, weil einer der Männer, ihn auch an seinem verletzten Fuß anpackte als sie ihn von der Krankenliege hoben. Schweißperlen überdeckten sein schmerzerfülltes Gesicht.

Sie legten eine graue, grobe Wolldecke über seinen Körper. Ein Mann band den grauen Sack mit Aidens wenigen Habseligkeiten an sein gesundes Bein und legte die Diagnosetafel unter die Decke.

Dann hoben sie ihn hoch und trugen in aus dem Sanitätszelt. Es war noch früh am Morgen, und die Luft draußen war durchzogen von Nebelschwaden der beginnenden Herbstzeit. Immer noch donnerte das Kanonenfeuer in nicht allzu weiter Entfernung.

Aiden wurde zu einem alten Pferdewagen getragen und dort neben zehn anderen Verletzten gelegt.

Seine Trage wurde an Seilen an der Pritsche des Kutschwagens angebunden, damit diese bei der holprigen Fahrt über unwegsames Gelände nicht vom Wagen rutschen konnte.

Aiden drehte seinen Kopf zur Seite und entdeckte seinen Nebenmann mit dem amputierten Arm.

Eugen sah ihn an. Angst stand in seinen Augen.

»Glaubst du, dass sie uns nach Hause lassen? Ich möchte so gerne nach Hause zu meiner Frau und meinen Kindern. Aber was werden sie sagen, wenn ich mit nur einem Arm heim komme?«, murmelte er verzweifelt und sah Aiden an, der ihn nur verständnislos anstarrte.

»Ach ja, du hörst ja nicht.«, resigniert drehte er sich wieder weg.

Der junge Hilfsarzt stieg vorne zum Kutscher hoch und dann begann die Fahrt.

Aiden spürte jeden Schlag, wenn der Holzpritschenwagen in ein tiefes Schlagloch fuhr.

Alle Verletzten stöhnten jedes Mal laut auf. Es war eine Horrorfahrt und wie lange sie dauern würde, wussten sie nicht.

Aidens Gedanken wanderten zurück zu der Zeit, als er noch unbedarft zuhause bei seinen Eltern lebte. Mit seiner Schwester Eimear gestritten hatte, die er aber über alles liebte und die immer auf ihn aufgepasst hatte.

Plötzlich fiel ihm die goldene Münze ein. Ein tiefer Schrecken erfasste ihn, dass sie verloren sein könnte. Wo hatte er sie hingetan?

Er konnte sich plötzlich nicht mehr erinnern. In seinen Schuh? Oder in seine Jacke? Schnell fasste er nach dem Sack, der an seinem Bein festgebunden war und zog ihn zu sich hoch.

Er löste das Band und griff in den Sack. Dort konnte er die Uniformjacke fühlen. Panik übermannte ihn. Er löste das Zugband des Sackes und zog die Uniformjacke halb heraus und durchsuchte alle Taschen. Dann fand er den Brief von Franz an seine Frau Elisabeth und war erleichtert, dass dieser noch da war.

Er suchte weiter, seine Verzweiflung wuchs von Sekunde zu Sekunde. Doch endlich, in einer der kleinen Innentaschen der Uniformjacke, fand er die goldene Münze. Sie hatten sie anscheinend nicht gefunden oder für wertlos betrachtet. Sonst wäre sie wahrscheinlich nicht mehr hier.

Aiden hielt sie in seinen Händen, schloss die Augen und dachte daran, was der Kobold zu ihm über die Münze gesagt hatte.

Er konnte sich noch an jedes einzelne Wort erinnern.

*'Weißt du kleiner Junge, bewahre diese Münze immer gut auf und trage sie immer bei dir. Und wenn du eines Tages einmal in Not sein solltest oder dich in einer schwierigen Situation befindest, dann nimm diese Münze in die Hand und sie wird dir helfen, dich tragen und führen, was immer auch geschehen mag.'*

Als Aiden an diese Worte dachte, drückte er die goldene Münze, mit seiner Hand, noch fester an seine Brust.

Er wollte so sehr daran glauben, dass alles gut wird und dass er wieder nach Hause zu seinen Eltern und in seine Heimat finden würde.

Schnell verstaute er die Münze sicher in der Innenseite der Jacke. Er hoffte inständig, dass er sie nicht verlieren würde. Es war das Einzige, die einzige Hoffnung, die ihm blieb.

*

## Westfront/Frankreich 1916
## Saint Quentin – Etappenlazarett
## 10. September

Nach stundenlanger Fahrt, mit nur wenigen Pausen, hielt der Pritschenwagen endlich an. Aiden richtete sich hoch und versuchte über den Rand der Ladepritsche etwas zu sehen. Doch er fühlte sich so erschöpft, dass er seinen Körper gar nicht mehr spüren konnte und ließ sich schnell wieder zurückfallen.

Der Kutschwagen stand vor einem großen, imposanten Gebäude auf dessen grauer Wand wieder dieses große rote Kreuz zu sehen war. Es war eine Art Bunkeranlage.

Viele Menschen liefen vor dem Gebäude geschäftig umher. Mehrere Lastwagen und weitere Pferdegespanne standen in einer Schlange.

Von jedem Gefährt wurden Tragen mit Verletzten heruntergehoben und in das Gebäude durch eine breite Holztür getragen.

Eine resolute Frau in Schwesterntracht mit weiß-grauer Schürze und am Ärmel eine Binde mit einem roten Kreuz aufgedruckt, gab den Männern streng Anweisungen.

Nun war der Kutschwagen, auf dem Aiden lag, an der Reihe abgeladen zu werden.

Ein Mann stieg zu ihnen auf die Pritsche und löste die Seile, die ihre Tragen gehalten hatten.

Dann schob er eine Trage nach der anderen nach vorne, wo schon zwei Männer warteten und sie von der Lade zogen.

Alles ging sehr schnell und schonungslos. Es wurde wenig Rücksicht genommen auf die Verletzten.

Als Aiden an der Reihe war, hielt er sich ängstlich an den Rändern seiner Trage fest, da er befürchtete herunterzufallen.

Als es endlich geschafft war, trugen die Männer ihn, unter Anweisung der energischen Schwester, in das Gebäude.

Der Sanitätsbunker in St. Quentin, in den Aiden gebracht wurde, diente seit zwei Monaten als Etappen-Kriegslazarett.

Hier wurden nochmal alle dringend nötigen Operationen vorgenommen und die Verletzten aussortiert.

Einige, die nach Hause geschickt werden müssen, die, die nicht transportfähig waren und letztendlich diejenigen, die hier gesund gepflegt und dann wieder an die Front zurück geschickt werden konnten.

Anders als in dem Feldlazarett in dem sich Aiden vorher befand, gab es hier neben vielen Ärzten, fast noch mehr Frauen, die ausgebildete Krankenschwestern waren.

Aiden wurde in einen Raum gebracht, in dem die Neuankömmlinge erst untersucht und je nach Diagnose auf andere große Räume verteilt wurden.

Er fühlte sich mehr als hilflos. Dauernd wurde er angesprochen und verstand kein Wort, starrte nur teilnahmslos die Schwestern an.

Nach einer Weile kam die ältere, resolute Schwester, die ihm bereits bei seiner Ankunft aufgefallen war an sein Bett und sprach mit ihm.

Sie sah ihn abwartend an, nachdem sie nach seinem Namen gefragt hatte.

Als er keine Antwort gab, fragte sie noch einmal, nun schon etwas ungeduldiger.

Aidens Blick wurde ängstlich unter ihrer prüfenden Musterung und er wendete schnell seinen Blick von ihr ab.

Die Schwester fasste ihn an seinem Arm. Er sah sie wieder an und die Angst stand ihm ins Gesicht geschrieben.

»Verstehst du mich Junge?« Sie beugte sich zu ihm hinunter. »Mein Gott, du bist ja wirklich noch ein junges Bürschchen. Wie alt bist du denn?«

Wieder bekam sie keine Antwort. Misstrauisch sah sie ihn an.

»Kannst du mich nicht verstehen oder willst du mich nicht verstehen?«

In dem Moment kam ein Arzt vorbei, den die Schwester sogleich an das Bett von Aiden heranwinkte.

»Na Schwester Irene, was gibt es hier für ein Problem?«

»Er spricht nicht. Laut Diagnosetafel heißt er Franz und hat ein verletztes Bein, das aber, wie es aussieht, wieder in Ordnung kommen wird. Aber er gibt keine Antwort und scheint traumatisiert zu sein.«

Der Arzt sah ihn prüfend an.

»Vielleicht sind seine Ohren beschädigt und er hört nichts von dem, was sie zu ihm sagen? Schreiben Sie es auf die Tafel am Bett, ich werde ihn mir später ansehen. Zuerst muss ich mich um die schwerer Verwundeten kümmern. Verbinden sie sein Bein neu, damit es sich nicht entzündet. Und wenn er Schmerzen hat, geben Sie ihm eine Spritze. Und schauen sie nach, auf seiner Tafel, ob er schon gegen Tetanus geimpft worden ist?«

Die Schwester nickte dem Arzt zu und drehte sich wieder zu Aiden.

»Hast du gehört, wenn du Schmerzen hast, dann gibst du mir Bescheid.«

Doch wieder bekam sie keine Antwort. Sie drehte sich schulterzuckend um und machte sich daran, den nächsten Verletzten anzusehen.

*

Der Tag verging nur langsam für Aiden. Er lag auf seinem Krankenbett, umgeben vom geschäftigen Treiben der Krankenschwestern.

Immer wieder wurde ein Verletzter aus dem Raum geholt und erst nach Stunden wieder zurückgebracht.

Manche der Verwundeten saßen auf ihren Betten und unterhielten sich mit dem Nebenmann, manche lagen einfach nur da und starrten an die hohe Decke des aus grauem Stein gemauerten Raumes.

Andere lagen mit geschlossenen Augen da und wimmerten in ihrem Schmerz vor sich hin.

Aiden hatte Hunger und hoffte, dass die Schwestern ihm bald etwas zu essen bringen würden. Nicht einmal das konnte er fragen.

Es war so frustrierend für ihn, in dieser fremden Umgebung und mit diesen Menschen mit der fremden Sprache, die er nicht verstand. Und die immerwährende Angst, dass er entlarvt werden würde.

Nur ein Gedanke besänftigte ihn. Es wäre immer noch besser, entlarvt zu werden und als Kriegsgefangener zu enden, als wieder an die Front in den Kampf zurückgeschickt zu werden.

Wieder und wieder machte er sich Vorwürfe, warum er sich hatte mitreißen lassen von den britischen Soldaten, in den Krieg zu ziehen.

Was für eine gravierend, falsche Entscheidung er doch damals getroffen hatte.

Schnell versuchte er die trüben Gedanken wegzuwischen, da im bewusst war, dass all das Nachgrübeln keinen Sinn hatte. Es ist nun einmal so geschehen und nun musste er mit den Konsequenzen leben und versuchen einen Weg zu finden, aus diesem Chaos.

Mit der Hand angelte er unter seinem Bett den grauen Sack hervor. Er griff hinein und holte die Uniformjacke heraus und suchte nach der goldenen Münze.

Lange betrachtete er sie, das Einzige, außer seinen Erinnerungen, dass ihm aus seiner Heimat geblieben war.

Das Einzige, an das er sich festhalten konnte und das ihm einen Funken Hoffnung gab.

Und je länger er die Münze ansah, je mehr spürte er eine Energie und Kraft in sich und das Bewusstsein darüber, dass er sich führen lassen musste und sich weiterhin beharrlich stumm und taub stellen.

Er konnte nichts anderes tun, ihm blieb gar keine andere Wahl, als stumm alles was ist und kommt anzunehmen und die Hoffnung niemals aufzugeben, dass er in seine Heimat zurückfinden würde.

Wie lange der Weg zurück dauerte, wusste er nicht, aber er spürte in sich plötzlich eine Sicherheit und einen Willen, dass es so sein wird.

Es wurde etwas leichter in ihm, es wich die Anspannung. Noch einen Moment hielt er die goldene Münze in seinen Händen, sah seine Mutter und seinen Vater vor sich, wie sie ihm entgegenwinken und seine Schwester Eimear auf ihn zulaufen würde, wenn er wieder nach Hause kam.

Und ein Lächeln legte sich auf seine Lippen und erleuchtete sein ganzes Gesicht bei seinen Gedanken an sein Zuhause.

In dieser Energie verweilte er einen Augenblick und wusste,

er konnte sich diesen Moment immer wieder zurückholen, egal wo er sich gerade befand.

Dann steckte er die Münze zurück in die Uniformjacke und legte den Sack unter sein Bett, schloss seine Augen, träumte in bewegten Bildern von seiner Heimat und schlief schließlich ein.

*

Die Tage vergingen.

Bisher hatten sich immer nur die Schwestern um sein Bein gekümmert. Die Ärzte waren total überlastet mit den Operationen und Amputationen. Die Zahl der neu ankommenden Verwundeten schien schier kein Ende zu nehmen.

Aiden lag in seinem Bett, schlief, träumte, beobachtete das Geschehen um sich herum. Er konnte immer noch nicht aufstehen.

Am schlimmsten war es für ihn, wenn er auf die Toilette musste. Er bekam eine Schüssel untergesetzt oder eine Flasche mit einem langen Hals in die er hinein urinieren konnte. Es war Aiden so peinlich, sich von den Schwestern den Hintern putzen lassen zu müssen.

Doch auch den anderen Soldaten erging es nicht anders und mit der Zeit konnte Aiden es mehr und mehr annehmen, dass es so war. Aber er hoffte, dass er bald selber aufstehen und zur Toilette gehen konnte.

Manchmal bekam er eine Spritze, wenn er besonders unruhig war und die Schmerzen wieder heftiger wurden.

Die ältere Schwester kam oft an sein Bett und sprach ihn an. »Ich bin Schwester Irene. Mein Name ist Schwester Irene.«

83

Aiden verstand, dass Irene ihr Name war.

Aus einem Impuls heraus hätte er am liebsten gesagt, dass sein Name Aiden sei, doch er unterdrückte es gerade noch rechtzeitig. Franz war jetzt sein Name. Er musste sich daran gewöhnen. Doch er entschloss, weiterhin so zu tun, als ob er nichts verstehen würde.

Die Schwester schien ihn besonders unter Beobachtung zu haben, wie er bemerkte. Oft musterte sie ihn aufmerksam und nachdenklich. Aiden wurde sehr unsicher unter ihrem Blick und wendete stets sein Gesicht schnell ab.

Und obwohl sie teilweise sehr hart und energisch wirkte, fasste er Vertrauen zu ihr und ihn erfasste das Verlangen, ihr alles zu erzählen. Doch das konnte er nicht riskieren.

Und auch die Sprachbarriere würde dies gar nicht möglich machen.

Mit der Zeit verstanden sie sich, ohne miteinander zu sprechen. Manchmal strich sie ihm mit ihrer rauen, schwieligen Hand über seine Wange und sagte etwas.

Durch den warmen Ton in ihrer Stimme, der der Stimme seiner Mutter ähnelte, wenn sie ihn oft getröstet hatte, konnte Aiden ahnen, dass sie es gut mit ihm meinte.

Nach einigen Tagen, Aiden hatte schon lange aufgehört, die Tage zu zählen, war es soweit, dass er sich im Bett aufsetzen konnte.

Die Schwestern halfen ihm, wuschen ihn gründlich und zogen ihm ein neues, frisches Hemd an.

Sie brachten ihm zwei lange Holzkrücken und sein erster Versuch, sich daran hochzuziehen, schien fast aussichtslos. Er hatte keine Kraft in seinen Armen und Schweißperlen traten auf seine Stirn unter der immensen Anstrengung.

Die Schwestern traten an seine Seite und fassten ihn unter

seinen Achseln und halfen ihm, sich an den Krücken hochzuziehen. Als er endlich stand, lachte er übers schweißbedeckte Gesicht.

»Gut gemacht mein Junge.«, sagte eine der Schwestern und klopfte ihm auf die Schulter.

Er setzte sich zurück auf das Bett und die Schwestern ließen ihn wieder alleine. Doch schon nach wenigen Augenblicken packte ihn erneut der Ehrgeiz und er wollte es wieder versuchen und diesmal alleine.

Nach einigen Anläufen gelang es ihm tatsächlich, sich alleine an den Krücken hochzuziehen und stand dann aufgerichtet da und lachte übers ganze Gesicht.

Dies wiederholte er noch einige Male und wurde von seinen Bettnachbarn angefeuert, wenn er sich mühevoll immer wieder an den Krücken hochzog. Bis er schließlich völlig erschöpft auf sein Bett zurückgefallen und bald darauf eingeschlafen war.

\*

Einige Zeit später stand ein Arzt an seinem Bett und rüttelte an seinem Arm, um ihn aufzuwecken. Er öffnete die Augen.

»Kannst du mich verstehen?«, fragte der Arzt.

Als Aiden ihn anstarrte, schüttelte der Arzt den Kopf.

»Ich denke er hat ein schweres Trauma durch die Granaten. Ob sein Trommelfell ganz zerstört ist, könnten wir nur durch eine Operation feststellen. Aber diese OP wäre hier zu aufwendig.«, sagte er zu den Schwestern.

»Aber warum spricht er dann nicht?«, erwiderte Schwester Irene, die auch am Bett stand.

»Ja das würde mich auch interessieren.«, nachdenklich fasste er sich ans Kinn.

»Vielleicht hat der Schock diese Symptome ausgelöst, ohne einen organischen Schaden. Das kommt ja öfter vor. Manchmal kann es Wochen dauern, bis sich die Sprache und das Gehör wieder einstellen. Andererseits, falls es doch ein Trommelfellschaden ist und wir nicht schnell reagieren, dann bleibt es bei einem Schaden, der sich nie mehr reparieren lässt. Ich denke dafür ist vielleicht schon eine zu lange Zeit vergangen.«

Der Arzt überlegte sein weiteres Vorgehen und zog ein Hörrohr aus Metall aus seiner Kitteltasche, hielt es an das rechte Ohr von Aiden.

Dann legte er seinen Mund auf die Öffnung und blies leicht hinein.

Aiden zuckte sofort zurück, da ja seine Ohren vollkommen in Ordnung waren und er nicht wusste, was der Arzt vorhatte mit dem eigenartigen Ding in seiner Hand.

»Er reagiert noch sehr gut. Ich versuche es nochmal.«, und schon legte er seinen Mund wieder auf die Öffnung des Hörrohres und sprach aber dieses Mal in das Rohr.

Aiden war dieses Mal darauf gefasst und versuchte instinktiv nicht zu reagieren.

Doch die Stimme des Arztes war durch das Rohr so stark zu hören, dass er wieder zusammenzuckte. Der Arzt wiederholte dasselbe noch einige Male und stellte fest, dass der Junge gut reagierte.

»Also die Ohren sind auf jeden Fall noch gut intakt. Am Hören kann es also nicht liegen, dass er nicht spricht.«

Der Arzt absolvierte die gleiche Prozedur auch noch am linken Ohr, mit dem gleichen Ergebnis.

Schwester Irene beobachtete indes Aiden genau, der dies auch bemerkte.

Beide blickten sich in die Augen und nach endlosen Sekunden für Aiden, zwinkerte ihm Schwester Irene plötzlich verschwörerisch zu.

»Vielleicht ist es besser, wenn wir ihn zurück nach Deutschland schicken und er sich dort in vertrauter Umgebung ausheilen kann.«, meinte Schwester Irene an den Arzt gewandt, der gerade seine Erkenntnisse auf der Diagnosetafel vermerkte.

Dieser blickte hoch, zu der Schwester, dann zu Aiden.

»Ja das wäre wohl am sinnvollsten. So traumatisiert ist er eh nicht einsatzfähig an der Front und hier blockiert er nur ein Bett, das wir dringend für andere Verletzte brauchen.«, entgegnete der Arzt.

»Wie sieht es mit seinem Bein aus?«, wandte er sich nochmal an Schwester Irene.

»Es heilt sehr gut. Er steht jetzt schon alleine auf mit den Krücken und kann selbstständig zur Toilette gehen.« erwiderte Schwester Irene.

»Wann geht der nächste Eisenbahnkrankentransport nach Deutschland zurück?«, fragte er Schwester Irene.

»In drei Tagen ist der nächste geplant, wenn alles gutgeht und sich die Frontlinie nicht weiter auf unsere Seite verschiebt.«

»Gut dann machen Sie alle Papiere fertig, ich unterzeichne sie, damit er reisefertig ist.«

»Ja, wird alles erledigt.«,

Sie nahm die Diagnosetafel, die er ihr reichte.

»Seine Mutter wird sich freuen.«, schob sie noch hinterher und lächelte Aiden aufmunternd zu.

Er sah die ganze Zeit dem Gespräch zwischen dem Arzt und der Schwester zu und wünschte sich, dass er irgendetwas verstehen könnte. Was passiert jetzt mit ihm? Wie würde es weitergehen?

\*

Am nächsten Tag übte Aiden weiterhin mit seinen Krücken und konnte nun schon einige Male im Mittelgang zwischen den Betten auf und ab gehen.

Ab und zu sprach ihn einer der Soldat an, die ihn beobachteten, doch Aiden zuckte nur entschuldigend mit seiner Schulter.

Am nächsten Morgen wagte er es zum ersten Mal, den Krankensaal zu verlassen und nach draußen zu gehen.

Vor dem Gebäude standen weitere Krankenlastwagen mit vielen Verletzten, die abgeladen wurden. Es nahm kein Ende.

Aiden lebte in seiner eigenen Welt, in seinen eigenen Gedanken, die weiterhin voller Energie und Hoffnung waren und nur in wenigen Momenten von seiner Angst überlagert wurden.

An diesem Abend kam Schwester Irene noch einmal an sein Bett und legte ihm einen neuen Verband an.

Ebenso brachte sie ihm neue Kleidung. Eine Hose und eine Jacke aus tarngrauem, rauen Stoff.

»Du darfst morgen früh nach Hause, mein Junge.«, plauderte sie mit ihm, unter dem sie ihm den Verband anlegte.

»Verstehst du mich, du darfst nach Hause fahren. Morgen früh ist es soweit.«, lächelnd sah sie in seine Augen, die sie verständnislos anstarrten.

Ganz nah beugte sie sich nun über sein Gesicht.

»you…. go… home.«, flüsterte sie ihm ins Ohr.

Aiden riss seinen Kopf herum und starrte sie entgeistert und ängstlich an. Hatte er gerade richtig gehört? Sie sprach mit ihm in seiner Sprache.

Schwester Irene sah ihn ermutigend an.

»Habe ich richtig geraten. Ich habe es jetzt mal in Englisch versucht. Ich weiß ja nicht, aus welchem Land du stammst. Aber keine Angst, ich werde dich nicht verraten.«, fügte sie in Deutsch an, wissend, dass er sie wieder nicht verstehen würde.

»All…. well.«, flüsterte sie wieder in sein Ohr und legte ihren rechten Zeigefinger auf ihre Lippen, um ihm zu zeigen, dass sein Geheimnis bei ihr sicher war.

Dann stand sie auf und ging.

Aiden war verwirrt. Wie hatte sie das herausgefunden?

Wie ist sie darauf gekommen, dass er der deutschen Sprache nicht mächtig war? Dass er ein Feind war und das er nach Deutschland wollte? Sie hatte ihn durchschaut, doch er hatte verstanden, dass sie ihn nicht verraten wird.

Er wusste nicht, dass Schwester Irene, hinter ihrer Strenge, ein unglaubliches Gespür und eine feine Auffassungsgabe hatte und sie schnell überblickte, dass mit Aiden irgendetwas nicht stimmte.

Besonders nachdem der Arzt die Diagnose gestellt hatte, dass seine Ohren nicht allzu schwer geschädigt sein konnten. Und sie zählte eins und eins zusammen und machte sich selbst ein Bild. Obwohl sie natürlich nicht wusste, wie es zu dieser Situation gekommen war, dass er als deutscher Soldat eingeliefert worden war.

Sie fragte sich, ob der Junge selbst auf die Idee gekommen

war, sich als verletzter Deutscher auszugeben oder ob ihm jemand, ein deutscher Soldat, dabei geholfen hatte.

Sie wusste nur eins, dieser Junge hatte seine Chance ergriffen. Und sie konnte es ihm nicht verübeln, dass er dieser Grausamkeit entkommen wollte. Wie auch immer das passieren sollte. Und sie wollte ihm dabei helfen. Sie wollte ihm eine Chance geben.

Traurig dachte sie an ihren gefallenen Mann und ihren Sohn, der noch irgendwo dort draußen kämpfte.

*

Es ist noch kein Jahr vergangen, als sie die Nachricht erhalten hatte, dass ihr Mann hier an der Westfront gefallen war. Sie lebten in Berlin. Schwester Irene war Oberschwester in der Charité in Berlin.

Nach dieser Todesnachricht hielt sie nichts mehr dort, denn auch ihr Sohn war hier an der Westfront im Einsatz. Und sie wollte in seiner Nähe sein und hier im Kriegslazarett arbeiten.

Jeden Tag betete sie für Ihren Sohn und auch für die vielen Tausenden von Soldaten und doch wusste sie, dass sie nicht verhindern konnte, dass zu viele Männer sterben würden in den Schlachten und vielleicht auch ihr Sohn.

Schwester Irene war eine sehr starke Frau, doch in ihrem Inneren hatte sie einen sehr weichen Kern, den sie jedoch nur selten zeigte.

Aber hier bei diesem Jungen, der sie so sehr an ihren eigenen Sohn erinnerte, als er in diesem Alter war, kam diese Seite zum Vorschein und sie wollte ihm helfen, egal wer er war und aus welchem Land er kam.

Für Schwester Irene gab es keine Feinde. Für Sie gab es nur Menschen, die alle gleich waren und die gleiche Hilfe verdienten. Sie dachte an seine Mutter, die bestimmt Höllenqualen litt, wenn sie nichts von ihrem Sohn hört, wie sie es oft wochenlang erlebte, wenn sie kein Lebenszeichen von ihrem Mann, bevor er gefallen war, bekam und nun sehnsüchtig auf jede Nachricht von ihrem Sohn wartete.

Sie würde diesem Jungen gerne noch mehr helfen und hätte gerne für ihn einen Brief in sein Land, an seine Mutter schicken wollen.

Doch es war einfach zu gefährlich. Die Briefe ins Ausland wurden alle kontrolliert. Und so teilte sie sein Geheimnis und wünschte ihm, dass er seinen Weg, welche Umwege er dabei auch gehen musste, wieder nach Hause finden würde.

*

Am nächsten Morgen war es dann soweit. Schon vor Sonnenaufgang sollte Aiden geweckt werden, der jedoch schon lange wach in seinem Bett lag.

Schwester Irene kam mit zwei Männern an sein Bett und nahm die Diagnosetafel an sich.

»Hier, diese müsst ihr auch noch mitnehmen. Das sind die Papiere und den Sack mit seinen Sachen haben wir ihm an sein gesundes Bein gebunden. Seid vorsichtig. Er heißt Franz, spricht aber nicht. Er ist schwer traumatisiert, wie ihr auf der Diagnosetafel lesen könnt.«, rief sie herrisch den beiden Männern zu.

Dann trat sie neben Aiden, strich im nochmal über seine Wange.

Mit ihren Augen versuchte sie ihm Mut zu machen.

»Ich wünsche dir alles Gute mein Junge. Du kommst zuerst nach Heidelberg und von dort nach München.«, erzählte sie ihm. »Ich weiß, dass du mich nicht verstehst.«, erwiderte sie auf seinen ratlosen Blick.

Dann wollte sie gehen, doch Aiden hielt sie an ihrer Hand zurück

und drückte diese ganz fest und zog sie zu sich heran. Schwester Irene beugte sich tief über sein Gesicht.

»Thank you for everything.«, flüsterte er ihr ins Ohr und gab ihr einen Kuss auf die Wange.

Schwester Irene sah ihn an und wischte sich ein paar Tränen aus den Augenwinkeln.

Sie erhob sich schnell und eilte davon. Es war nicht gut, in diesen Zeiten zu viele Gefühle zuzulassen.

Dann ging alles sehr schnell. Aiden wurde erneut mit einer Trage auf die Pritsche eines Krankenlastwagens gebunden. Dort befanden sich noch viele andere Verletzte und sie wurden zu einem nicht weit entfernt liegenden Bahnhof gebracht und in einen Zug verfrachtet, der sie nach Deutschland bringen sollte. Die Sonne ging gerade auf, als sich der Zug in Bewegung setzte.

*

## Heidelberg, Deutschland
## Kriegslazarett
## 30.September 1916

Aufregung erfasste Aiden zwischen all den deutschen Soldaten. Er fand keine Ablenkung, da er sich nicht mit seinen Mitgefährten unterhalten konnte. Oft wurde er angesprochen, worauf er nur mit den Schultern zuckte und auf seine Ohren deutete.

Jetzt wo er sich, im Zug, auf dem Weg nach Deutschland befand, kreisten seine Gedanken oft um die Frage, wie Elisabeth, die Frau von Franz, reagieren würde.

Die ersten Hürden hatte er überwunden. Nun kam er der Begegnung mit der Frau von Franz immer näher.

Würde sie ihn verraten? Würde sie ihm vertrauen können, wenn er ihr erzählt, wie er Franz kennengelernt und wie er ihm diesen Rollentausch vorgeschlagen hatte, bevor er gestorben war?

Aiden wusste jedoch, er hatte keine Wahl. Sie war der einzige Anlaufpunkt, den er hatte dort in Deutschland. Und Franz vertraute in seinen letzten Minuten fest darauf, dass seine Frau ihm helfen würde.

Die Reise dauerte nun schon einige Stunden. Einige Male hielt der Zug an, mal länger, mal nur für wenige Minuten. Aiden lag mit vielen Männern in einem Güterwagon, zusammengepfercht auf engstem Raum. Nur durch ein paar Luftschlitze kam etwas Frischluft in den Wagon.

Der Boden war dick mit Stroh ausgelegt, auf dem grobe, graue Wolldecken lagen.

Die Personenwagons standen nur für die ranghöheren Offiziere zur Verfügung und da sich auf seiner Uniformjacke keine Rangabzeichen mehr befanden, da diese Franz noch abgerissen hatte, befand er sich bei dem einfachen Soldatenvolk im Güterwagen.

Er dachte an die kurze Zeit, die er mit Franz in diesem Bombenkrater verbracht hatte.

Aber auch wenn es nur diese kurze Zeit war, wusste er, dass er dort einen großherzigen Menschen kennengelernt hatte.

Ein Wunder, wie er immer wieder dachte.

Wahrscheinlich wäre er jetzt schon tot, wenn er Franz nicht in dieser bedrohlichen Situation begegnet wäre.

Manchmal schlief Aiden für kurze Zeit ein, um dann von quietschenden Eisenbahnrädern wieder aufgeweckt zu werden.

Seinem Bein ging es immer besser. Er hatte noch leichte Schmerzen, doch diese waren gut auszuhalten.

Er spürte, dass es wieder in Ordnung kommen würde.

Er realisierte, dass der Umstand, dass er angeblich nicht sprach und hören konnte, ihm das Glück, das Wunder zukommen ließ, dass er nach Hause geschickt wurde, da er so nicht einsatzfähig war an der Front.

Doch manchmal war es nicht einfach, da er in seiner eigenen Welt und seiner Einsamkeit, fast verrückt wurde.

Wie gerne würde er mit Jemandem reden, würde jemanden erzählen von seinem Heimatland und seiner Familie.

Doch er wusste es war nicht möglich, bis er bei Franz Frau angekommen war und dann war es auch ungewiss, ob sie ihn verstehen wollte.

Franz hatte zwar erzählt, dass sie seine Sprache auch beherrschte, aber würde sie ihn anhören wollen?

Immer und immer wieder kreisten seine Gedanken unaufhörlich und drehten sich wie in einem Hamsterrad, das

94

nicht zum Stillstand kommt.

Nach einigen Stunden Fahrzeit hielt der Zug an und die Wagontüren wurden geöffnet. Aiden atmete tief den Sauerstoff ein, der durch die große Öffnung hereinströmte. Er hob seinen Kopf und sah, dass dichte graue Wolken den Himmel bedeckten.

Sie befanden sich auf einem Bahnhof, wie er vermutete, da auf den anderen Gleisen noch einige stillstehende Züge zu sehen waren.

Als er mit dem Schiff von Irland nach England verschifft worden war, wurden sie gleich anschließend zu einen großen Bahnhof gebracht, erinnerte er sich, als er nun die vielen Gleise und Wagons stehen sah.

Er wusste bis heute nicht, wie der Ort hieß. Sie wurden verfrachtet wie Tiere und sofort in einen großen, langen Zug getrieben, eingepfercht in die Wagons und zum Schiff, am anderen Ende Englands gebracht, mit dem sie dann nach Frankreich übergesetzt waren.

Für ihn war das alles neu gewesen. Nur einmal hat er vorher einen Zug gesehen, als er mit seinen Eltern in Dublin war. Aber der war nicht zu vergleichen mit der Größe und Länge dieser Züge.

Das Frachtschiff, mit dem er das irische Meer vor Monaten überquerte, hatte ihn sehr fasziniert und dort fühlte er sich noch wie ein Abenteurer, der auf große Reise ging.

Wohin diese Reise führte, ahnte er damals noch nicht. Hätte er es auch nur erahnen können, wäre er sicher weniger euphorisch gewesen.

Nun standen sie mit geöffneter Luke auf einem Bahnhof. Die anderen verletzten Soldaten redeten alle durcheinander und die, die aufstehen konnten, gingen zu der großen

Öffnung und beobachteten, was dort draußen vor sich ging. Aiden blieb noch liegen, obwohl er dringend zur Toilette musste. Er wartete ab, bis die ersten aus dem Wagon stiegen, dann richtete er sich auf und robbte mit seinen Armen über das Stroh auf die offene Türe zu. Hinter sich her zog er seine Krücken.

Als er dort angekommen war, setzte er sich auf und schwang vorsichtig seine Füße über die Kante. Mittlerweile hatte er schon wieder genug Kraft in den Armen, um sich auf den Krücken abzustützen. Diese setzte er auf den Boden und ließ sich vorsichtig, die Arme fest auf die Krücken aufgestützt, von der Kante des Zuges gleiten.

Dann sah er sich um. Wo konnte er sein Geschäft verrichten? Er sah einige Männer gegenüber an einem anderen Zug stehen, die sich auch dringend Erleichterung verschafften.

Er machte es ihnen nach und kehrte dann zu seinem Wagon zurück und sah sich weiter um.

Sein Magen knurrte erbärmlich und er hatte ungemeinen Durst.

Nach einer Weile kam eine Gruppe von Männern. Zwei davon trugen einen riesigen Bottich aus dem dichter Dampf stieg.

Die anderen trugen Kisten mit Blechnapfe und Becher, wieder andere trugen große Kanister, in denen sich wohl Wasser befand, wie er hoffte.

Erleichterung stieg in ihm auf. Endlich etwas zu trinken, dachte er.

Aus dem großen Bottich verteilten die Männer eine dünne Kartoffelsuppe und jeder bekam ein großes Stück Brot dazu, sowie einen Becher voll Wasser aus den Kanistern.

Zuerst wurden die Verletzten versorgt, die aus dem Zug ausgestiegen waren, dann wurden den Verletzten, die im Zug zurückgeblieben waren das Essen und das Wasser gebracht. Manche brauchten Hilfe, weil sie die Blechschüssel nicht einmal halten konnten, ohne alles zu verschütten. Andere konnten sich nicht aufsetzen und mussten löffelweise gefüttert werden.

Aiden setzte sich auf den Boden vor den Zug und fiel hektisch über die Suppe her und kaute das Brot dazu gierig, nachdem er den Becher Wasser in einem Zug ausgetrunken hatte.

Gott sei Dank bekam er nochmals einen Becher Wasser nachgeschenkt. Gerne hätte er auch noch etwas von der Suppe gehabt, doch die Ration reichte gerade mal für alle Soldaten dieses Wagons, zu dem er gehörte.

Aber fürs erste war der ärgste Hunger und Durst gestillt und nachdem die Männer wieder alle Blechnapfe und Becher eingesammelt hatten, wurden sie in den Wagon zurückgetrieben. Aiden fühlte sich wie die Schafe zuhause, die er oft auf die Weiden treiben musste.

Als er seinen Platz wieder erreicht hatte, legte er die Krücken auf das Stroh und ließ sich vorsichtig nieder.

Es verging noch einige Zeit, bis die große Wagontüre schließlich verschlossen wurde. Aiden hörte das Pfeifen und den Dampfausstoß der Dampflock und der Zug setzte sich langsam in Bewegung.

Bald darauf schlief er, unter dem monotonen Rattern der Eisenräder auf den Schienen, ein.

*

## Der Traum

Vogelgezwitscher begleitete ihn, als er über die sanften, saftig grünen Hügel der Hills of Tara schwebte. Er breitete seine Arme weit aus und schwebte wie ein großer Vogel umher, bis er den Baum erreichte, unter dem eine alte, graue Holzbank stand.

Er sah, dass seine Mutter dort auf der Bank saß und bitterlich in ihre fleckige Schürze weinte. Tränen traten ihm ebenfalls in die Augen und er wollte sich sogleich zu ihr setzen und sie trösten. Doch er konnte den Boden nicht erreichen. Immer wieder wurde er vom Wind davongetragen, der dort oben die meiste Zeit stürmisch wehte.

Und hatte er gerade noch dieses Schweben über die grünen Hügel seines Heimatlandes als sehr schön empfunden, stieg nun plötzlich Panik in ihm auf. Er wollte zu seiner Mutter und konnte nicht. Er versuchte ihr laut etwas zuzurufen, damit sie ihn sehen konnte, doch seine Stimme versagte und seine Worte wurden vom Wind davongetragen.

Immer und immer wieder versuchte er es, doch es gelang ihm nicht.

Plötzlich hob seine Mutter den Kopf und schaute in das alte dürre Geäst des Baumes, stand auf, zog aus ihrer Schürzentasche ein kleines Stück Stoff, dass an einer dünnen Schnur befestigt war und band es an einen Ast des Baumes. Sogleich fuhr der Wind durch das Geäst und der Stofffetzen flatterte im Wind. Sie griff noch einmal mit ihrer Hand nach dem Stofffetzen und streichelte darüber. Dann machte sie sich auf den Weg, den Hügel hinunter zum Cottage, wo die Arbeit auf sie wartete. Aiden wusste, dies war ein Rag Tree, wie sie solche Bäume in Irland nannten.

Dies waren sogenannte Wunschbäume. Man befestigt einen Stoff oder Papierfetzen mit einer Bitte oder einen Wunsch an dem Geäst des Baumes und hoffte, dass der Wind den Wunsch in den Himmel bringen würde.

Aiden beobachtete alles aus der Luft hoch oben und drehte seine Runden über dem Baum.

Was hatte seine Mutter dort an den Baum gebunden, fragte er sich?

Er schwebte ganz nah an diesen Ast, an dem das Stück Stoff angebunden war. Es standen nur ein paar Worte in der alten gälischen Sprache darauf *'Dia duit mo mhac. Tar abhaile go sláintiúil. (Gott schütze dich mein Sohn. Komm gesund wieder nach Hause.)'*

Aiden wusste, dass seine Mutter sich, genau wie er, gerne oben, auf den Hills of Tara, aufhielt, dort wo sich dieser Wunschbaum befand.

Seit jeher galt Tara als der Sitz der legendären Hochkönige und trug viele Geschichten und Legenden auf seinen Hügeln. Er dachte an die vielen Abenden, an denen er den Erzählungen seiner Mutter lauschte.

Traurigkeit und tiefe Sehnsucht nach seiner Familie ergriff sein Herz. Doch in diesem Moment ging der Baum, all das dürre Geäst, in Flammen auf und dicker Rauch nahm ihm den Atem. Er versuchte davonzufliegen, doch es gelang ihm nicht. Er wirbelte in den Flammen über dem Baum umher und der Rauch drang in seine Lungen und drohte ihn zu ersticken.

\*

Aiden schlug die Augen auf. Beißender Rauch nahm ihm den Atem. Er schnappte nach Luft, immer und immer wieder. Wo war er? Gerade war er doch noch über den Hills of Tara. Dort hatte er seine Mutter gesehen.

Er wollte aufstehen, konnte jedoch nicht. Jedes Mal fiel er mit einem Hustenanfall zurück und schnappte nach Luft. Das Geschrei der Männer um ihn herum wurde immer lauter, jedoch war kein Gewehrfeuer zu hören. Wo war er nur?

Plötzlich wurde er an den Schultern hochgezogen und sah dicken, braunen Rauch vor seinen Augen und er konnte vor lauter Husten kaum die Umgebung wahrnehmen.

Das Männergeschrei wurde immer hektischer und lauter, bis plötzlich mit einem kräftigen Ruck der Zug anhielt und alle Männer, die bereits aufgestanden waren, zu Boden fallen ließ.

Die Männer rappelten sich hustend hoch und zogen an der Wagontüre, um sie zu öffnen.

Aiden war so verwirrt, dass ihm immer noch nicht bewusst war, dass er nicht mehr träumte Er konnte nichts sehen in diesem dichten Rauch.

Dann endlich öffnete sich die Wagontüre und die Männer die sich bereits vor der Türe befanden sprangen schnell hinaus, fielen auf den Boden und rangen nach Luft.

Aiden handelte instinktiv, immer noch nach Luft schnappend und robbte auf den Ausgang zu.

Plötzlich wurde er richtig wach und realisierte, dass er sich in dem Zug nach Deutschland befand und nicht in den Lüften über den Hills of Tara.

Was war passiert?

War der Zug beschossen worden.

Aiden hatte schon öfter davon gehört, dass Züge und Schiffe beschossen wurden, um zu verhindern, dass von Seiten des Feindes, der Nachschub von Soldaten verhindert werden sollte.

Aiden lag auf dem Bauch in Richtung der offenen Wagontüre, dort wurde er von einem Mann, der herangeeilt war, unter den Schultern gepackt und aus dem Wagon geschleift.

Er schrie laut auf. Sein verletztes Bein schrammte über den Rand des Wagons und ein höllischer Schmerz durchfuhr ihn, von seinem Bein ausgehend durch seinen gesamten Körper. Gleichzeitig schnappte er weiterhin nach Luft, bis er schließlich erschöpft auf dem Boden vor dem Zug lag und nach Luft rang.

Das hektische Treiben um ihn herum, nahm er erst nach einigen Minuten wieder wahr.

Er setzte sich auf und als er auf die offene Wagontüre schaute sah er, dass im Wagon das Stroh qualmte und teilweise glühte.

Es war ein Feuer ausgebrochen. Aber wie konnte das passieren, fragte sich Aiden.

Er sah wie sie zwei Männer aus dem Wagon zogen. Sie lagen regungslos auf den Tragen. Draußen wurden sie abgesetzt und ein Mann mit einem weißen Kittel eilte herbei. Er kniete sich nieder, fühlte den Puls der Männer, an der Halsschlagader, schüttelte jedoch mit den Kopf.

Es wurden Decken gebracht und die beiden Männer damit abgedeckt.

Aiden schaute dem Geschehen schockiert zu. Was war passiert? Warum war Feuer ausgebrochen?

Uniformierte Soldaten kamen näher und im strengen Ton

befragten sie die umherstehenden Männer. Diese deuteten wütend mit den Fingern auf einen Mann der immer noch am Boden saß und hustete.

Die uniformierten Soldaten gingen auf den Mann zu und rissen ihn an seinen Armen hoch. Sie schrien auf ihn ein, doch dieser hustete weiter und hielt seinen Kopf gesenkt.

Aiden fragte sich wieder, was wohl passiert war? Dann sah er wie die Uniformierten die Kleidung des Mannes durchsuchten und fanden schließlich, wonach sie gesucht hatten und zogen eine zerknautschte Packung Zigaretten und Zündhölzer heraus.

Jetzt wurde Aiden einiges klar. Der Mann hatte im Zug geraucht und hat damit das trockene Stroh entzündet und so kam es zu dem Brand.

Unterdessen wurde von einigen Männern, das glimmende Stroh aus dem Wagon geschoben. Aiden, wie auch einige andere rückten weiter zur Seite, um nicht wieder diesem qualmenden Rauch ausgesetzt zu sein.

Der Mann, bei dem sie die Zigarettenpackung gefunden hatten, wurde, trotz seiner Verletzungen an Armen und Beinen, rücksichtslos hochgerissen und mitgenommen. Aiden sah ihnen nach und beobachtete, wie sie ihn in einen anderen Wagon hievten und dort festbanden.

Unterdessen wurde der verrauchte Wagon leergeräumt. Männer kamen, mit einem Holzkarren voller Stroh und Decken. Schnell wurde das Stroh im Wagon verteilt und die Decken ausgelegt.

Immer noch war es im Wagon grau von all dem Rauch. Doch es gab keine Alternative.

Der Zug war bis auf den letzten Platz besetzt und sie mussten wohl oder übel in den stinkenden Wagon zurück.

Doch damit sie mehr frische Luft bekamen, ließen sie die Wagontüre einen Spalt breit offen und es zog bei der Fahrt frische Luft herein.

Aiden lag auf seiner Decke und schlief erschöpft wieder ein. Er wusste nicht, wie lange die Reise noch dauerte und ein Teil in ihm, wünschte sich fast, dass sie noch ewig dauern würde, weil seine Angst vor der Ankunft in Deutschland und was ihn dort erwartete, immer mehr wuchs.

Stunden später hielt der Zug wieder an. Wasser wurde in jedem Wagon verteilt, doch niemand durfte den Wagon verlassen.

Was Aiden nicht wusste, sie waren nun an der Grenze zu Deutschland angekommen.

Der Zug setzte sich wieder in Bewegung.

Und es begann das letzte Stück der Fahrt ins Ungewisse für Aiden.

*

## Ankunft Heidelberg, Deutschland

## 02. Oktober 1916

Nach einigen Stunden, in denen Aiden meist vor sich hin dämmerte, hielt der Zug wieder an. Es dauerte aber noch einige Zeit, bis die Wagontüre ganz geöffnet wurde und ein Soldat etwas in den Wagon rief.

Aiden beobachtete die anderen Verletzten, die sich alle erleichtert anblickten und dann in Jubel ausbrachen. Manche umarmten sich oder brachen unter Lachen in Tränen aus. Sie waren nach Hause gekommen.

Aiden hielt sich zurück und wartete darauf, was nun mit ihm passieren würde.

Nach einiger Zeit standen plötzlich vier Männer vor dem offenen Wagon. Sie schrien mit bellender Stimme Anweisungen in das Wagoninnere.

Einer nach dem anderen wurde anschließend aus dem Wagon geholt und sie schlossen sich dem Strom von Menschen an, die sich in Richtung des kleinen Bahnhofgebäudes zubewegten.

Aiden richtete sich auf, nahm seine Krücken und seinen Rucksack, mit seinen Sachen und robbte zur Wagontüre, als er an der Reihe war.

Zwei der Männer griffen ihm unter die Arme und zogen ihn grob aus dem Wagon.

Als er draußen stand hängte er sich seinen Rucksack an die Schulter, bevor er sich auf seine Krücken stützte und dem Menschenstrom folgte.

Vor einem Gebäude aus roten Ziegeln standen verschiedene Fuhrwerke, auf denen an den Wagentüren wieder ein großes rotes Kreuz aufgedruckt war, wie er es nun schon oft gesehen hatte.

Aiden wartete bis er an die Reihe kam. Er sah sich um und entdeckte ein großes weißes Schild. Er versuchte die Buchstaben zu entziffern, die darauf standen. Langsam reihte er einen Buchstaben neben den anderen und formte dann mit seinen Lippen das Wort zu einem Ganzen.

'Heidelberg' flüsterte er schließlich. War das der Name der Stadt, in der er sich gerade befand?

\*

Lesen und schreiben lernte Aiden von seiner Mutter Eileen, als er noch ein Kind war. Sie liebte Bücher über alles und war in Dublin in einer Lehrerfamilie aufgewachsen, in der sie Lesen und Schreiben gelernt hatte. Aidens Vater, ihren späteren Mann, Farell Mc Gilles, hatte sie bei einem Familienausflug, auf die Hills of Tara kennengelernt.

Sie war gerade 18 Jahre alt gewesen und mit ihren Eltern dort in ein Pub eingekehrt und Farell traf sich gerade mit seinen Freunden auf ein Guinness dort.

Beide waren noch sehr jung, doch es genügten einige Blicke, die sie tauschten, um sich sofort ineinander zu verlieben.

Farell sprach das hübsche Mädchen, in Gegenwart ihrer Eltern an und bat mutig um eine Verabredung.

Und eine Woche später fuhr Farell mit dem Pferdefuhrwerk seiner Eltern nach Dublin, besuchte dort seine Angebetete und führte sie aus.

Seit diesem Tag waren sie unzertrennlich und nur ein halbes Jahr später hielt Farell um die Hand von Eileen an und machte sie zu seiner Frau, die er mit in das Cottage nahm, dass unterhalb der Hills of Tara lag.

Die Eltern von Aidens Mutter waren nicht sehr erfreut darüber, dass ihre Tochter einen einfachen Jungen vom Land heiraten wollte, aber schließlich hatte die jungen Leute sich durchgesetzt. Auch die Aussicht auf ein armes Leben in einem einfachen Cottage in der Einsamkeit konnte Eileen nicht vor der Heirat abschrecken.

Sie hatte in Farell die zweite Hälfte ihrer Seele gefunden, wie sie Aiden und seiner Schwester Eimear oft lächelnd erzählte. Und sie hätte für ihn alles aufgegeben, nicht nur ihr Stadtleben, dass sie nie bereut hatte.

Sie waren zwar arm, aber glücklich miteinander und diesen Reichtum konnte ihnen niemand nehmen.

Aiden lernte die Buchstaben schnell und wünschte sich oft, dass er mehr Gelegenheit und Bücher gehabt hätte, um zu lesen.

Doch Zuhause gab es wenige Bücher und die, die es gab, verstand er damals als Kind noch nicht.

Er las sie trotzdem, nur um sein Lesen mehr und mehr zu verbessern.

Als er zwölf Jahre alt wurde, bekam er zum Geburtstag von seinen Eltern ein Buch mit alten Sagen und Legenden über Irland.

Das Buch handelte von Kobolden und Feen, was ihn sehr begeistert hat. Oft stieg er auf die Hills of Tara und suchte nach dem Kobold, von dem ihm damals die Münzen vor die Füße gerollt waren. Aiden musste oft an ihn denken.

Doch niemals mehr kam es zu einer Begegnung und manchmal, wenn er so darüber nachsann, glaubte er selbst, dass er es sich damals nur eingebildet hatte und seine Fantasie ihm einen Streich gespielt hatte.

Doch die goldene Münze, die er immer noch besaß, ließ ihn immer wieder daran zweifeln, dass alles nur seiner Fantasie entsprungen war.

*

Noch während er das weiße Schild mit der Aufschrift Heidelberg studierte, war es soweit, dass er zu einem der Lastkraftwagen gerufen wurde, die schon bereit standen. Ein anderer Soldat half ihm und schob ihn von hinten auf die Ladefläche, auf der links und rechts Holzbretter befestigt waren, auf denen sie nebeneinander sitzen konnten.

Aiden stütze sich auf seinen Krücken ab, damit er genügend Halt fand, nachdem er sich einen Platz gesucht hatte.

Als die Ladefläche schließlich voll war, setzte sich das Gefährt in Bewegung.

Alle redeten aufgeregt durcheinander. Aiden hätte gerne verstanden, über was sich die Männer unterhielten.

Doch er musste sich wieder damit abfinden, völlig ausgeliefert und ohne Wissen zu sein, was nun passierte.

Da die Plane des Laderaums, in dem Aiden saß, an der Hinterseite nicht geschlossen worden war, konnte er unter der Fahrt nach draußen sehen.

Sie befanden sich anscheinend in einer größeren Stadt, denn die Straßen, durch die sie fuhren, waren dicht mit Häuser gesäumt.

Die Stadt schien von den grausamen Ausmaßen des Krieges weitgehend verschont geblieben zu sein.

Es gab kaum zerbombte Häuser und Straßen. An manchen Stellen standen Menschen und winkten ihnen zu und die verletzten Soldaten winkten fröhlich zurück.

Aiden hielt sich zurück, da er sich als Betrüger vorkam. Er, als Feind, gegen dessen Land er gekämpft hatte, konnte doch nicht diesen Menschen zurückwinken. So senkte er seinen Kopf und versuchte seine Gedanken zu beruhigen.

Dann sah er, dass sie über eine große prächtige Brücke fuhren, die über einen breiten Fluss führte.

Aiden hatte noch nie so eine prächtige Brücke gesehen. Ihm gefiel die Stadt auf Anhieb.

War das die Stadt, in der Franz mit seiner Frau lebte? Aiden wusste es nicht, er war oft so durcheinander, dass er sich nur wenig merken konnte, was er in der deutschen Sprache gelesen hatte.

Er griff in die Innentasche seiner Jacke, holte den Brief heraus und entzifferte zum wiederholten Male die Adresse, die darauf vermerkt war. München stand dort. Also war er noch nicht angekommen, denn diese Stadt hieß Heidelberg, wie er auf dem Schild vorhin gelesen hatte.

Schließlich hielten sie vor einem großen, stattlichen Gebäude. Links und rechts flankiert von prächtigen Flügeln mit Spitzdach. In der Mitte befand sich ein langer Balkon, der auf Steinsäulen gebaut war, unter denen sich der zweiflügelige Eingang befand, den man mit Hilfe einer imposant, geschwungenen Treppe erreichte.

Langsam leerte sich die Ladefläche. Einer nach dem anderen wurde von Schwestern in Empfang genommen und Viele benötigten Hilfe, um die geschwungene Treppe hochzusteigen.

Aiden stützte sich auf seine Krücken und hievte sich selber Stufe für Stufe nach oben.

Oben wartete schon eine weitere Schwester, die ihn am Arm nahm und in das Gebäude führte.

Dort gab es einen großen Saal, in dem weiße Eisenbetten aufgereiht waren. Dazwischen standen immer wieder kleine Holztische an denen Verletzte saßen und sich unterhielten oder Karten spielten.

Aiden wurde zu einem der Betten gebracht und erleichtert setzte er sich.

Erschöpfung überrollte ihn nach der langen Fahrt mit dem Zug. Sein Bein tat ihm höllisch weh und er hoffte, dass er bald etwas gegen die Schmerzen bekommen würde. Er hievte seinen Rucksack mit seinen Habseligkeiten auf das Bett auf eine graue Wolldecke, die teilweise in ein weißes Laken eingehüllt war.

Eine andere Schwester, mittleren Alters, kam an sein Bett und brachte ihm einen Teller mit Eintopf und ein Stück Brot, sowie einen Becher Wasser. Aiden nickte ihr freundlich zu als Dank und lächelte sie an.

»Wie alt bist du den mein Junge?«, fragte sie ihn mit warmer Stimme.

Verzweifelt zuckte er wieder mit der Schulter, wie so oft schon in den letzten Wochen.

Voller Mitgefühl sah die Schwester ihn an und deutete auf sich.

»Ich heiße Jutta. Jutta! Verstehst du das?«, fragend sah sie ihn an.

Aiden ahnte, dass sie ihm ihren Namen mitteilen wollte. Er traute sich jedoch nicht den Namen nachzusprechen, sondern nickte nur mit seinem Kopf.

Er griff in seine Jackentasche und zog den Brief von Franz heraus und zeigte ihn der Schwester, auf dem als Absender Franz von Letten stand. Dabei deutete Aiden auf sich, um ihr zu zeigen, dass er Franz sei.

Die Schwester nickte.

»Du bist Franz. Willkommen hier in Heidelberg. Na dann lass mich mal deine Diagnosetafel sehen.«

Mit der Hand deutete sie ein Rechteck in die Luft.

Aiden verstand sofort was sie meinte und zog seinen Sack heran, nahm die Diagnosetafel heraus und gab sie der Schwester.

»Ahh, ja, du hörst und sprichst nicht. Deshalb reagierst du nicht.« murmelte Schwester Jutta vor sich hin, währenddessen diese die Tafel studierte.

Aiden sah ihr dabei zu und betrachtete sie etwas genauer.

Sie trug eine saubere weiße Schürze über einem knöchellangen grauen Kleid. Auf dem Ärmel des Kleides befand sich eine Binde wieder mit einem roten Kreuz.

Ihr braunes Haar war weich zu einem lockeren Schopf aus dem Gesicht gebunden. Auf dem Kopf trug sie eine weiße Schwesternkappe.

Aiden schätzte, dass sie in etwa so alt wie seine Mutter sein müsste. Sie sah sehr nett aus, befand Aiden und erinnerte sie auch an Schwester Irene im Feldlazarett, obwohl diese um einige Jahre älter war.

Bisher hatte Aiden nur gute Erfahrungen mit den Deutschen gemacht. Zuerst Franz, dann Schwester Irene und nun Schwester Jutta. Aiden dachte, dass ein guter Stern wohl über ihm wachte. Oder hatte doch die goldene Münze etwas damit zu tun?

Und für einen kleinen Moment durchflutete ihn Dankbarkeit. Trotz all der Grausamkeit, fühlte er in diesem Moment Dankbarkeit, weil er diese Möglichkeit bekommen hatte, diesen fürchterlichen Krieg möglicherweise zu überleben.

Schwester Jutta legte ihm eine Hand auf die Schulter.

»Ist alles in Ordnung mit dir?«, mitfühlend sah sie in seine tränennassen Augen.

Aiden nickte und wischte sich die Tränen energisch aus den Augenwinkeln.

Die Schwester hängte die Diagnosetafeln an sein Bett und half ihm aus seiner Jacke.

Dann brachte sie ihm eine graue lange Unterhose und ein graues Hemd und deutete ihm an, dass er sich zuerst umziehen und sich dann hinlegen sollte.

»Hast du Schmerzen?«, fragte sie ihn und deutete auf sein Bein und verzog ihr Gesicht dabei, um ihm zu zeigen was sie meinte.

Aiden verstand und nickte wieder.

»Ich bringe dir sofort ein Schmerzmittel. Ich komme gleich wieder.«

Langsam zog er sich aus, die vor ihm liegenden Sachen an und legte sich auf das Bett und schlief sofort ein.

Nur ganz kurz wachte er noch einmal auf, als er einen Schmerz an seinem Arm fühlte, die von der Schmerzspritze herrührte, die ihm Schwester Jutta verabreichte.

Dann schlief er erschöpft weiter.

*

Als Aiden wieder erwachte, war es bereits Abend. Überall brannten die Öllampen und er sah sich den großen Saal genauer an.

Erst jetzt bemerkte er, dass ringsum den Saal ein Balkon führte, der gestützt auf gemauerten Säulen gebaut war. Stuck und Ornamente zierten die Wände und die hohe Decke.

Der Boden war mit einst wohl edlem Parkett ausgelegt, der mittlerweile aber abgestumpft und mit einer grauen Patina belegt war.

Aiden stand auf, nahm seine Krücken und machte sich auf die Suche nach der Toilette.

Er verließ den Saal und sah sich um. Immer noch wurden neue Verletzte in das Gebäude gebracht und ein geschäftiges Treiben herrschte.

Schwestern und Ärzte liefen herum oder saßen müde an Tischen, den Kopf in die Hände gelegt und die Augen geschlossen.

Im Vorbeigehen zeigte ihm eine Schwester den Weg zu den Toiletten.

Als er wieder an seinem Bett ankam, stand dort eine Schüssel mit demselben Eintopf, den es bei seiner Ankunft schon gab.

Hungrig machte Aiden sich über das Essen her. Das trockene Brot spülte er mit dem Becher Wasser hinunter, das neben dem Essen stand.

So verbrachte er zwei Tage in seinem Bett, ohne dass er von einem Arzt untersucht wurde.

Einmal am Tag kam eine Schwester und gab ihm eine Spritze und verband sein Bein neu. Das lief alles still und ohne Worte ab, da bereits alle wussten, dass er nichts sprach und nichts hören konnte.

Ab und zu ging er auf seinen Krücken ins Freie und genoss die einzelnen goldenen Sonnenstrahlen, die jetzt, Anfang Oktober, den Herbst zierten.

Aiden wusste gar nicht, ob er überhaupt noch eine Stimme hatte, da er schon so lange kein Wort mehr laut gesprochen hatte.

Aber er hatte keine Wahl. In seinen Gedanken malte er sich oft aus, dass irgendjemand auf die Idee kommen würde, dass er nicht sprach, weil er vielleicht die Sprache nicht beherrschte und sich als Feind eingeschlichen hat.

Doch bisher war dies nicht wirklich passiert, außer dass er manchmal misstrauische Blicke auf sich gerichtet spürte.

Als er wieder einmal draußen im Park spazierte, sah er überall schon herabgefallenes Laub und die grüne Farbe der Wiesen schien an Kraft zu verlieren.

Aiden dachte an seine Heimat Irland und die immergrünen, saftigen Wiesen und Hügel. Auch an die wunderschönen, intensiven Farben, die die Natur im Herbst dort zeigte. Unglaubliches Heimweh und Sehnsucht breitete sich in seiner Brust aus.

Schnell wischte er die trüben Gedanken beiseite, drehte um und ging wieder in den Krankensaal zurück.

\*

Nach weiteren zwei Wochen, die er hauptsächlich einsam in seinem provisorischen Bett verbrachte oder kleine Spaziergänge im Park vor dem Lazarett machte, wurde er kurz nach dem Frühstück von Schwester Jutta abgeholt.

Sie drückte Aiden seine Krücken in die Hand und deutete ihm an, dass er mitkommen sollte. Er brauchte die Krücken nur noch als Stütze, damit er sein verletztes Bein, das schon gut abgeheilt war, schonen konnte.

Sie brachte ihn in ein separates Zimmer, mit einer provisorischen Liege, auf die er sich setzte.

Kurz darauf kam ein Mann mit einem Arztkittel in den Raum.

Er setzte sich wortlos an den Schreibtisch, auf dem die Diagnosetafel von Aiden lag, die Schwester Jutta mitgenommen hatte.

Aiden sah dem Arzt erwartungsvoll, aber auch ängstlich dabei zu.

»Ja, was haben wir den hier? Schwester Jutta, wie sieht sein Bein aus?«

»Das heilt gut Herr Doktor. Er bekommt noch jeden Tag eine Spritze mit Schmerzmittel. Penicillin ist nicht mehr nötig.«

»Dann lassen sie es uns mal anschauen. Bitte legen sie den Verband ab, damit ich das Bein begutachten kann.«

Schwester Jutta ging zu Aiden und drückte ihn mit der Hand an seiner Schulter etwas zurück, um ihm anzudeuten, dass er sich hinlegen soll. Sie nahm am verletzten Bein den Verband ab.

Der Arzt trat an die Liege und begutachtete das Bein.

»Ja das sieht doch gut aus. Packen sie es wieder ein bitte. Und es reicht wirklich, wenn sie ihm nur noch leichte Schmerzmittel verabreichen. Das, denke ich, ist genug.«

Er drehte sich um und ging an seinen Schreibtisch zurück.

»Schwester Jutta, ich verstehe nicht, warum er hierher nach Heidelberg geschickt wurde? Das Bein ist bald wieder in Ordnung. Er kann mit Sicherheit in ein oder zwei Monaten wieder an die Front zurück. Das verwundert mich doch jetzt sehr. Er ist noch so jung und in seiner Manneskraft und kann dem Vaterland auch weiterhin noch dienen.«, erstaunt schaute der Arzt auf Aiden.

»Aber Herr Doktor Meinges, haben sie nicht gelesen. Der Patient spricht und hört offenbar nicht mehr.«

Schwester Jutta ging zu Doktor Meinges an den Schreibtisch

und zeigte ihm den Hinweis, auf der Diagnosetafel.

»Meines Wissens sind die Ohren auf einen Trommelfellschaden schon untersucht worden, der jedoch ausgeschlossen wurde, da er bei Tönen und auf Luft reagiert hat. Er scheint einem Trauma verfallen zu sein, das ihm die Sprache verschlagen hat.«

»Na dann machen wir doch hier noch ein paar Tests.«, entschied Doktor Meinges und erhob sich, um abermals an die Liege zu treten, auf der Aiden lag.

Er führte verschiedene Tests der Ohren durch, auf die Aiden immer reagierte, so sehr er sich auch anstrengte es nicht zu tun.

Zum Schluss kam der Arzt mit einer riesengroßen Spritze und Schwester Jutta hielt eine Schale unter Aidens Kopf.

»Ich spüle seine Ohren mal kräftig durch, vielleicht hat sich ja da einiger Dreck gesammelt und so sein Hörvermögen eingeschränkt? Was natürlich nicht seine Sprachlosigkeit erklärt. Aber es schadet ja nichts. Vielleicht gibt es sich von alleine wieder.«

Der Doktor erklärte Aiden zwar, was er vorhatte, doch dieser verstand ihn natürlich nicht. Auch wenn er mittlerweile einige deutsche Wörter kannte, die er aufgeschnappt hatte von den Verletzten oder den Schwestern, die er auch zuordnen konnte, was sie bedeuteten, so konnte er noch keiner Unterhaltung oder Erklärung folgen.

Doch er sah, was der Doktor vorhatte. In dieser riesengroßen Spritze war Wasser, das er ihm in die Ohren spritzte, so dass Aiden laut aufschreien wollte, ob diesem grässlichen Gefühl in seinen Ohren. Doch er unterdrückte es unter ungeheurer Anstrengung.

Nach der Untersuchung humpelte Aiden auf seinen Krücken wieder zurück zu seinem Bett und legte sich hin. Seine Ohren fühlten sich immer noch an, als würde ein ganzer Wasserfall durchrauschen und in seinem Kopf fühlte er einen leichten Schwindel.

Zur gleichen Zeit stand Schwester Jutta noch am Schreibtisch bei Doktor Meinges und wartete auf weitere Anweisungen bezüglich des Patienten Franz von Letten.

»Ich stelle für den Patienten von Letten einen provisorischen Entlassungsschein aus. Solange er nicht spricht und anscheinend nicht hört und nicht abgeklärt ist warum, kann er nach Hause fahren. Es kann durchaus sein, dass seine Psyche ein sehr starkes Trauma erlitten hat, das sich so auswirkt. Sein Bein ist jedoch gut verheilt.« erläuterte er der Schwester, während er mit gesenkten Kopf eifrig ein Dokument ausfüllte, das er der Schwester übergab.

Dann wandte er sich mit einem fragenden Blick zu Schwester Jutta.

»Haben sie vielleicht einen Verdacht, gegenüber dieses Jungen?«, wachsam sah er sie an.

»Was meinen sie damit?«, überrascht blickte sie ihn an.

»Naja, könnte ja auch sein, dass er uns etwas vormacht. Uns vielleicht gar nicht versteht? Sie wissen was ich meine?«

Schwester Jutta riss die Augen auf und schüttelte ungläubig ihren Kopf.

»Sie glauben, dass er nur vorgibt nichts zu hören und nicht sprechen zu können? Oder gar, dass er aus einem feindlichen Lager kommt? Nein, das kann ich nicht glauben. Er war ja einige Zeit im Feldlazarett und wenn es Hinweise darauf gegeben hätte, dann hätten die es dort doch bestimmt gemerkt und ihn entlarvt.«

Doktor Meinges zuckte mit den Schultern.

»Ich dachte mir nur, weil es bezüglich der Ohren keine Hinweise gibt, dass er Schäden hat. Und er wirkte auch nicht sehr verwirrt, was auf ein psychisches Trauma hindeuten würde.«, erläuterte der Doktor nachdenklich.

»Ich kann das nicht glauben, bei dem Jungen. Der ist noch so jung und was würde es ihm helfen. Er wäre ganz alleine und auf sich gestellt. Wie sollte er sich durchschlagen ohne dass er die deutsche Sprache beherrscht. Nein, das glaube ich auf keinen Fall.«, erwiderte Schwester Jutta.

»Naja, war nur so ein Gedanke. Es kommt ja oft vor, dass Soldaten desertieren oder überlaufen, um sich als Kriegsgefangene zu stellen, und damit dem Kampf an der Front zu entkommen.«

»Nein, Herr Doktor, dass kann ich mir bei diesem Jungen nicht vorstellen. Er wäre sicher schon längst aufgeflogen.«, erwiderte Schwester Jutta überzeugt.

»Ja, wie sie meinen. Achten sie aber bitte verstärkt auf Hinweise diesbezüglich. Man kann ja nie wissen. Ach, ich sehe gerade, wir haben hier ja eine Adresse in München. Naja, dann wird es schon seine Richtigkeit haben. Bitte verständigen Sie seine Familie, dass sie ihn in den nächsten Tagen in München in Empfang nehmen können.«

«Ja mache ich Herr Doktor. Ich denke wir werden ihn in einen Zug setzen müssen, da er sich am Bahnhof nicht mitteilen kann.», erwiderte Schwester Jutta.

«Ja kümmern sie sich bitte darum.», entgegnete Doktor Meinges und verließ den Raum, um sich um einen neuen Patienten zu kümmern.

Schwester Jutta ging unterdessen mit dem Arztbrief und dem Entlassungsschein zu Aiden ans Bett.

»Junge du darfst nach Hause.«, teilte sie ihm mit, nicht ohne seine Reaktionen genau zu studieren. Sollte vielleicht doch etwas an dem Verdacht von Doktor Meinges dran sein? Der Gedanke ging ihr nicht mehr aus dem Kopf.

»Hier habe ich deinen Entlassungsschein.«

Sie hielt ihn Aiden vors Gesicht, damit er ihn lesen konnte. Erschreckt zuckte er zurück. Dann nahm er den Schein in die Hand und tat so, als ob er ihn lesen würde.

»Ich gebe jetzt noch deiner Familie Bescheid, dass du morgen mit dem Mittagszug nach München fährst und dass sie dich dort am Bahnhof abholen können. Elisabeth von Letten, ist das deine Mutter? Für eine Frau bist du ja noch etwas jung oder?«, fragend blickte Schwester Jutta Aiden an. Er warf ihr nur verzweifelte Blicke zu, fasste sich an die Ohren und zuckte mit den Schultern.

»Na egal, ich bringe dich morgen zum Zug und schicke jetzt erst ein Telegramm nach München.«

Sie drehte sich um und wollte davoneilen, wandte sich dann aber noch einmal zu Aiden um.

»Ich komme morgen noch einmal und helfe dir beim Waschen und anziehen und verbinde deinen Fuß noch einmal neu.«

Aiden war irritiert.

Was wollte die Schwester? Er hatte nur das Wort München verstanden.

Er besah sich den Zettel noch einmal genau und versuchte die Wörter zu entziffern, was ihm auch gelang, doch diese Wörter hatten keine Bedeutung für ihn, da er sie nicht verstand.

Bedeutete dies, dass es jetzt so weit war? Dass er nach München fahren würde zu Elisabeth von Letten?

Immer wenn er an die bevorstehende Begegnung mit Elisabeth dachte, überfiel ihn Panik.

Aiden war bewusst, mit ihrer Reaktion auf ihn, würde sie seine Zukunft bestimmen. Wenn sie ihn verrät, würde sein Betrug auffliegen und dann wäre er dem Schicksal eines Kriegsgefangenen ausgeliefert.

Niemand würde ihm glauben, dass der echte Franz von Letten ihm in seiner letzten Stunde den Vorschlag gemacht hatte, die Rollen zu tauschen, damit er, Aiden, sich retten konnte.

Seine Gedanken drehten sich wieder und wieder im Kreis und er fand keine Antwort. Die Antwort, wusste er, wird er erst erhalten, wenn er in München angekommen war.

*

Am nächsten Morgen kam Schwester Jutta erneut an sein Bett und verband sein Bein.

Ebenso hatte sie eine Schüssel mit warmem Wasser dabei, sowie ein Tuch. Eine neue, graue Uniformhose, sowie ein Hemd, hatte sie ebenfalls unter ihren Arm geklemmt, die sie zu ihm auf das Bett legte.

Dann stellte sie zuerst einen Paravent um sein Bett, damit er sich etwas geschützt vor den Blicken der anderen Männer im Saal waschen und umziehen konnte.

Aiden war es mittlerweile nicht mehr peinlich, wenn eine Schwester ihm beim Waschen behilflich war. Er ließ einfach alles geschehen.

»Heute Nachmittag setze ich dich in den Zug nach München. Das Telegramm an deine Familie habe ich schon weggeschickt.«, erklärte sie Aiden, der sie nur verständnislos ansah.

»Heute Nachmittag... mit dem Zug... nach Hause.... München. Verstehst du mich?«, versuchte sie es erneut, ihm mitzuteilen, dass er nach Hause fahren darf.

Aiden verstand wieder nur das Wort München und nickte einfach zustimmend.

Nachdem Schwester Jutta den Paravent wieder entfernt hatte, saß Aiden fertig angezogen auf dem Bett. Er zählte eins und eins zusammen und verstand, dass die Tatsache, dass er Kleidung bekommen hatte, bedeutete, dass er nach München fahren durfte.

Er zog seinen Sack, mit seinen Habseligkeiten unter dem Bett heraus, in dem sich auch die Uniformjacke befand. Dort holte er den Brief und seine Münze hervor.

So saß er eine Weile da und starrte beides an.

Die Münze hielt er ganz fest in seiner linken Hand, bis das goldene Metall ganz warm wurde.

Er schloss die Augen und murmelte fast lautlos ein Gebet, dachte an seine Familie und hoffte darauf, dass er sie alle wiedersehen wird.

Schnell verstaute er alles wieder in der Innentasche der Uniformjacke und legte sich zurück auf das Bett und wartete darauf, was nun passieren würde.

Einige Stunden später, nach dem die Tabletts mit dem Mittagessen wieder eingesammelt waren, kam Schwester Jutta an sein Bett.

»So mein Junge. Jetzt geht es los.«

Schwester Jutta deutete ihm an, dass er seine Jacke und seinen Rucksack nehmen sollte und hielt ihm seine Krücken hin.

Aiden stand auf und folgte ihr mit dem Sack über die

Schulter hängend. Die Jacke hatte er angezogen.

Sie gingen nach draußen und vor der Türe stand ein Pritschenwagen bereit.

Aiden blickte gen Himmel und sah, dass die Oktobersonne den wunderschönen Herbsttag in goldenes Licht erstrahlen ließ. Die Luft fühlte sich dennoch kühl und rau an.

Welches Datum wohl heute war? Er hatte keine Ahnung, wieviel Zeit er in den Lazaretten und im Zug verbracht hatte, seitdem er auf dem Kampffeld aufgelesen worden war.

Es musste sicher mehr als ein Monat vergangen sein, aber vielleicht war mehr Zeit vergangen als er dachte.

Er wusste nur, dass dieser grausame Kampftag in der Schlacht an der Somme, am 6. September, seinem Geburtstag, stattfand. Alles, was danach passierte, lief wie ein zeitloser Film ab, in dem er mitspielte, als Hauptakteur. Bereitwillig ließ er sich treiben, durch diesen Film, der seine Zukunft bestimmen wird.

Aiden hüpfte mit seinen Krücken die Stufen der Treppe hinab, die von der großen Portaltüre des Gebäudes auf den Parkplatz führte. Schwester Jutta stütze ihn, als er sich mit seinen Armen auf die Pritsche des Wagens hievte und reichte ihm seine Krücken nach oben.

Selbst setzte sie sich vorne neben dem Fahrer und gab die Anweisung, dass er sie bitte zum Bahnhof in Heidelberg bringen sollte.

Dort angekommen, drückte Schwester Jutta Aiden einen Umschlag mit seiner Diagnosestafel in die Hand und deutete ihm an, diese in seinem Rucksack zu verstauen.

Sie setzte ihn auf eine Bank und ging in das Bahnhofsgebäude. Dort holte sie eine Fahrkarte bei dem zuständigen Bediensteten.

Der Bahnbedienstete stellte ihr ein Billet aus und sie ging zurück zu Aiden. Sie drückte ihm die Fahrkarte in die Hand, zog ihn am Ärmel hoch und ging mit ihm zum Bahnsteig. Schwester Jutta deutete ihm an, dass es noch 15 Minuten dauern würde, bis der Zug kommt.

Schweigend standen sie nebeneinander dort am Bahnsteig und Aiden spürte Furcht in sich aufsteigen. Schwester Jutta bemerkte es und drückte aufmunternd seine Hand.

»Du schaffst das Junge. Ganz sicher.«

Prüfend sah sie ihn an.

»Auch wenn ich nicht weiß, was genau mit dir los ist. So habe ich doch eine Ahnung, was es mit deiner Sprachlosigkeit auf sich hat. Aber keine Angst, ich verrate dich nicht.« Verschwörerisch drückte sie abermals seine Hand und blinzelte ihm zu.

Aiden sah Schwester Jutta irritiert an, doch ihr warmer Gesichtsausdruckt beruhigte ihn und dankbar wollte er ihre Hand gar nicht mehr loslassen, auch wenn er ihre Worte nicht verstanden hatte. Doch er spürte, dass sie ihn womöglich ebenso durchschaut hatte, wie schon zuvor Schwester Irene im Etappenlazarett. Diese Frauen konnte man nicht so einfach hinters Licht führen.

Und wieder hatte er das Glück, dass er einer guten Seele begegnet war, die ihn nicht verraten hatte.

Aiden konnte sein Glück kaum fassen. Die Deutschen waren so ganz anders, als sie von seinen Kameraden an der Front beschimpft wurden.

Ihm wurde bewusst, dass es auch hier sehr herzliche und gute Menschen gab. Warum sollte es hier anders sein, als in seinem Land oder den vielen anderen Ländern.

Dann fuhr der Zug ein. Schwester Jutta stieg vor ihm die

zwei Eisentritte hoch, in den Zug. Aiden folgte ihr auf seine Krücken gestützt.

Im Abteil angekommen, setzte sie Aiden auf eine Holzbank, drückte ihm noch ein kleines Lunchpaket in die Hand, das sie aus ihrer Tasche zog, strich ihm kurz über die Wange und verabschiedete sich von ihm.

»Komm gut nach Hause, Junge. Wo auch immer das sein mag. Gottes Segen auf deinem Weg.«

Aiden blinzelte die aufsteigenden Tränen weg und er reichte ihr die Hand und sah sie dankbar an.

Kurze Zeit später, nachdem Schwester Jutta den Zug verlassen hatte, stieß die Dampflock einen kräftigen Pfiff aus und der Zug setzte sich langsam in Bewegung.

Als er aus dem Fenster sah, winkte ihm Schwester Jutta zu und er erhob ebenfalls seinen Arm und winkte zurück.

*

## Ankunft München
## 28.Oktober 1916

Schwester Jutta hatte dem Schaffner Anweisung gegeben, Aiden am Stuttgarter Bahnhof, wo er in einen anderen Zug nach München umsteigen musste, behilflich zu sein und ihm dem Weg zu zeigen.

Sie klärte den Schaffner auch noch darüber auf, dass der Ex-Soldat nicht sprechen und hören konnte.

Aiden saß nun schon einige Stunden im Zug, als dieser vor einem großen Bahnhofsgebäude anhielt

Er rührte sich nicht von der Stelle und sah angestrengt aus dem Fenster, damit er nicht von anderen Fahrgästen angesprochen wurde. Innerlich war er so aufgeregt, dass er immerfort seine zitternden Hände festhielt. Er wusste weder wie lange die Fahrt dauerte, noch wo er ankommen würde und ob er jetzt aussteigen musste.

Plötzlich kam der Schaffner und zog Aiden grob am Ärmel seiner Jacke hinter sich her und brachte ihn eilig zu dem danebenliegenden Bahngleis.

»Hier musst du noch eine knappe Stunde warten, bis der Zug kommt nach München.«, schrie ihm der Schaffner ins Ohr, in der Hoffnung, dass er vielleicht doch etwas verstehen würde. Doch Aiden sah ihn nur hilflos an.

Der Schaffner zuckte mit den Schultern und ging davon. Er würde schon einsteigen, wen der Zug kommt, dachte er gleichgültig.

Aiden blieb, auf seine Krücken gestützt, stehen und wartete. Er beschloss, einfach in den nächsten Zug einzusteigen, der hier hielt, in der Hoffnung, dass es der Richtige sein würde. Nach geraumer Zeit hörte er wieder das Pfeifen einer

Dampflok und sah einen Zug in der Ferne, der sich dem Bahnhof näherte. Mittlerweile standen viele Menschen um ihn herum und warteten auf den Zug.

Niemand beachtete ihn und Aiden war froh darüber, aus Angst angesprochen zu werden.

Als es dann soweit war, dass der Zug vor dem Bahngleis anhielt, drängten sich die Wartenden in Richtung der Türen, die sogleich von innen aufgemacht wurden.

Doch bevor sie einsteigen konnten, wollten erst einmal einige Fahrgäste aussteigen, so dass ein fürchterliches Gedränge entstand.

Aiden wurde hin und her geschubst und er hatte Mühe, auf seinen Krücken die Balance zu halten, da er immer noch nicht richtig auf seinem verletzten Bein stehen konnte.

Plötzlich schoss von hinten, ein kleiner Junge zwischen Aidens Beinen und denen seines Nebenmanns durch und schlug Aiden die rechte Krücke weg, so dass er mit seinem verletzten Bein auftreten musste, um nicht hinzufallen. Er schrie vor Schmerz laut auf und stieß unüberlegt ein gälisches Schimpfwort mehrmals aus.

«Feck, Feck, Feck!»

Aiden riss erschrocken die Augen auf.

Seine Krücke hatte mit voller Wucht den Mann, der vor ihm stand, getroffen, der durch den Schlag, wiederum seinen Vordermann nach vorne geschubst hatte. Ärger brandete auf und alle drehten sich entrüstet zu Aiden um.

Auch all die anderen Menschen um ihn herum, sahen ihn überrascht an und für einen kurzen Moment hörte die Drängelei auf und alle standen still.

Aiden erstarrte ängstlich. Der Junge blieb auch stehen und sah Aiden schuldbewusst an.

Dies geschah innerhalb von Sekunden. Dann bückte sich der Junge plötzlich, hob die Krücke hoch und gab sie Aiden zurück.

»Entschuldigung, dass wollte ich nicht.«, rief er und verschwand blitzschnell zwischen den Beinen der Erwachsenen in der drängelnden Menge.

Eine Frau, die neben Aiden stand, begann lauthals zu schimpfen.

Aiden wusste nicht, ob sie ihn meinte oder den Jungen, doch sie sah dem Jungen hinterher.

»Alles in Ordnung mit dir«", fragte sie dann an Aiden gewandt.

Er verstand nicht was die Frau sagte, doch ihr freundlicher Gesichtsausdruck sagte ihm, dass sie es nicht böse meinte mit ihm. Und so nickte er, zog sich seine graue Filzkappe tiefer ins Gesicht, das immer noch den Ausdruck von Schmerz anzeigte, den er mutig weg zu atmen versuchte. Niemand sprach ihn mehr an, doch einige misstrauische Blicke blieben auf ihm hängen, auch noch, als sich die Menge wieder in Bewegung setzte.

Aidens Anspannung wuchs immer mehr.

Als er im Zug saß, wo er mit Mühe einen Sitzplatz ergattert hatte, spürte er immer noch misstrauische Blicke auf sich. Ein Pärchen flüsterte sich etwas leise zu, dabei hielten sie ihre Blicke auf ihn gerichtet.

Was wenn sie ihn jetzt direkt konfrontieren und ansprechen würden?

Schnell packte er seinen Rucksack in das Gepäcknetz über seinem Kopf, setzte sich und schloss seine Augen.

Auch wenn er vor Aufregung nicht einschlafen konnte, hielt er mühsam seine Augen fest geschlossen.

Der Zug fuhr an, mit lautem Pfeifen bei jedem Dampfausstoß.

Die Fahrgäste redeten durcheinander, manche saßen nur da und schauten aus dem Fenster, manche packten ihre Körbe aus und aßen etwas.

Aiden dachte an das Paket, das ihm Schwester Jutta noch mitgegeben hatte und hätte es jetzt auch gerne ausgepackt, doch er scheute sich davor, die Augen zu öffnen und aufzustehen.

*

Der Zug hielt einige Male an. Menschen stiegen aus und andere ein. Seine Sitznachbarn hatten Gott sei Dank gewechselt und es war niemand mehr da, der diese Situation am Bahnhof vorhin mitbekommen hatte.

Nun hatte Aiden seine Augen geöffnet.

Bei jedem Stopp schaute er panisch aus dem Fenster, denn er konnte die Bahnhofsschilder nicht schnell genug lesen und wusste nicht, wo er gerade war und wann er überhaupt ankommen würde.

Es war ein Alptraum so ausgeliefert zu sein. Sobald der Schaffner in seinem Wagon auftauchte, sah ihn Aiden erwartungsvoll an und hoffte auf ein Zeichen von ihm.

Doch immer ging er an ihm vorbei, ohne ihn zu beachten.

Aiden riskierte es dann doch, seinen Rucksack aus dem Gepäcknetz zu holen und packte sein Lunchpaket aus und biss hungrig in das Brot, das dick mit Butter und Honig bestrichen war.

Im Anschluss verspeiste er noch den Apfel und trank etwas Wasser aus der Blechflasche, deren Schraubverschluss so angerostet war, dass, als er den Deckel abschraubte, der rotebraune Rost auf seine Hose fiel.

Als der Zug wieder einmal anhielt, stand plötzlich der Schaffner vor ihm und redete auf ihn ein.

Aiden sah in verständnislos an.

Daraufhin streckte der Schaffner zwei Fingern hoch und wollte ihm damit andeuten, dass er noch zwei Stationen hatte, bevor er aussteigen musste. Aiden nickte.

Er hoffte dass er es richtig interpretierte und der Zug noch zweimal anhalten würde bis er aussteigen musste.

Wieder überfiel Aiden eine unermessliche Angst, was ihn dort erwarten würde. Er fühlte sich so hilflos und allein und er rechnete mit dem Schlimmsten. Wie schon so oft vorher, stellte er sich vor, dass die Frau von Franz ihn sofort verraten würde. Und er würde es sogar verstehen können.

Sie stand vermutlich am Bahnhof und erwartete ihren Mann zurück. Voller Freude und Glück, ihn wieder zu sehen.

Und dann muss sie feststellen, dass dies gar nicht ihr Mann war, sondern ein Fremder, der seinen Namen und seine Habseligkeiten an sich genommen hat und nun an seiner Stelle zurückgekehrt war und um ihre Hilfe bat.

Jemand der nicht einmal ihre Sprache spricht, aus einem feindlichen Land und der fast ihr Kind sein könnte.

Was für ein Schock wird es für sie sein.

Aiden konnte nur eines tun, nämlich ihr den Brief von ihrem Mann geben und ihr sagen, dass er ihn zu ihr geschickt hat, damit sie ihm half.

Aiden konnte nur darauf hoffen, doch erwarten durfte er nichts.

Es konnte auch gut sein, dass sie, im Schock darüber, dass Franz nicht mehr lebt, ihn sofort wegschicken würde.

Es konnte einfach alles passieren, darüber war sich Aiden bewusst.

Auch wenn er versuchen würde, sich alleine durchzuschlagen, wusste er, dass er mit Sicherheit keine große Chance hätte, da er die Sprache nicht beherrschte, nichts lesen konnte und überhaupt nicht wusste, wohin er sollte. Er war angewiesen auf die Hilfe von Elisabeth.

Doch so oder so würde sein Weg weitergehen oder hier enden. Er hatte es nicht in der Hand. Er erinnerte sich an die Worte seiner Mutter, die oft zu ihm und seiner Schwester sagte:

*'Egal wo euch das Leben auch hinführen wird, seid euch sicher, dass ihr immer beschützt seid und es wird das geschehen, was ihr glaubt. Der Glaube hat eine große Macht. Habt Vertrauen in das Leben und in euch selbst.'*

Die Erinnerung an die Worte seiner Mutter, die ihm gerade wieder eingefallen waren, gaben ihm Vertrauen und Kraft und er schloss die Augen, horchte in sich hinein und spürte zum ersten Mal wieder, wenn auch nur für einen kurzen Moment, Zuversicht.

Er schloss die Augen sah Bilder von seiner Mutter.

Er sah sie, wie sie auf dem Feld stand und ihm die Hand entgegenstreckte.

Tränen lösten sich aus seinen Augenwinkeln, die sich nicht aufhalten ließen und rollten über seine Wangen. Schnell wischte er sie mit seinem Ärmel ab, ohne die Augen zu öffnen.

\*

Der Zug bremste quietschend und fuhr langsam in einen Bahnhof ein.

Als Aiden neugierig aus dem Fenster blickte, sah er eine große Baustelle, rund um die vielen Gleise.

Viele der anderen Passagiere standen auf und holten ihre Koffer und Taschen aus dem Gepäcknetz über den Sitzen.

Von Minute zu Minute wurde es lauter. Alle redeten durcheinander.

Aiden blieb sitzen und fragte sich, ob er nun in München angekommen war? Er hielt Ausschau nach dem Schaffner, der in diesem Moment eilig auf ihn zukam und ungeduldig mit seinen Armen gestikulierte.

»Junge, Endstation. Du musst hier aussteigen.«

Dabei fuchtelte er mit seinen Händen in der Luft und deutet nach draußen.

Aiden verstand, erhob sich, auf seine Krücken gestützt und nickte dem Schaffner dankend zu, der sich jedoch schon wieder abgewandt hatte und eilig in den nächsten Wagon rannte.

Aufgeregt holte er seinen Rucksack mit den wenigen Habseligkeiten aus dem Gepäcknetz, hievte ihn über seine Schulter und wartete bis sich die Menschenmenge um ihn herum in Bewegung setzte, um den Zug zu verlassen.

Er wartete bis er Platz fand, um mit seinen Krücken mühelos dem Strom, in Richtung Ausgang zu folgen.

Mühsam stieg er die zwei Eisenstufen hinab und stand schließlich auf dem Bahnsteig.

Mit offenem Mund sah er sich um. Viele Hunderte von Menschen tummelten sich in der Bahnhofshalle, auf den Bahnsteigen vor den Gleisen und Zügen.

Wie sollte er hier Elisabeth finden, oder sie ihn?

Sie erwartete ja ihren Mann und nicht ihn.

Unentschlossen blieb er stehen. Immer wieder wurde er angerempelt von vorbeieilenden Menschen oder Koffern, die ihm an seine Krücken oder seine Beine schlugen.

So manches Mal stöhnte er schmerzvoll auf und hielt Ausschau nach einem Platz, wo er erst einmal geschützt stehen konnte.

Er stellte sich an eine der vielen Betonsäulen, die hoch bis zum Dach ragten und die Eisenkonstruktion des Daches trugen.

Was sollte er tun? Hier warten oder den Ausgang aus dem Bahnhof suchen.

Er sah sich weiterhin um. Der Bahnhof war sehr groß und hinten und vorne offen. Durch die vielen Menschen, die sich vor ihm drängelten, konnte er nicht sehen, in welche Richtung er gehen musste, um zum Ausgang zu gelangen.

Aiden beschloss erst einmal noch abzuwarten.

Er beobachtete die Menschen um ihn herum. Die Kriegsheimkehrer wurden von ihren Familien begrüßt. Frauen und Kinder stießen Freudenrufe aus und brachen in Tränen aus.

Viele der Soldaten waren verletzt, wie Aiden auch. Hinkten an Krücken, mit nur noch einem Bein oder einem Arm. So manche hatten dicke Verbände um den Kopf oder einen Arm in der Schlinge.

Doch fast Allen war die Erleichterung im Gesicht abzulesen und sie schlossen ihre Frauen und Kinder unter Tränen in die Arme.

Ganz in der Nähe von Aiden stand ein Mädchen in seinem Alter ungefähr.

Sie trat nervös von einem Fuß auf den anderen und stellte

sich immer wieder auf Zehenspitzen, um über die Menschentraube vor ihr hinwegsehen zu können.

Aiden beobachtete sie eine Weile.

Sie hatte blonde Haare, über die sie ein Kopftuch gebunden hatte und nur einige vorwitzige Locken hervorschauen ließen.

Als sie sich in seine Richtung wandte, sah er ihr Gesicht.

Sofort war er fasziniert von ihren großen, blauen Augen, die durch die dunklen, dichten Wimpern besonders schön zur Geltung kamen.

Der Blick wechselte zwischen Traurigkeit und Nervosität. Ihr feines Gesicht, deren Haut etwas blass wirkte, war so schön, dass es Aiden für einen Moment die Luft nahm.

Als ihr Blick für einen Bruchteil einer Sekunde an ihm hängenblieb, legte sich ein Lächeln auf ihre wohlgeformten Lippen und es bildeten sich bezaubernde Grübchen auf ihren Wangen.

Doch der Moment war schnell vorbei, da sie sofort ihr Gesicht von ihm abwandte und wieder, über die Menschenmenge hinweg, suchend Ausschau hielt.

Aiden stand nun schon eine ganze Weile dort an der Säule und beobachtete weiterhin, wie neue Fahrgäste den Zug bestiegen, nachdem sich die unterschiedlichsten Abschiedsszenen vor ihm abgespielt hatten.

Die, die mit ihm angekommen waren entfernten sich langsam vom Bahnsteig.

Viele in Begleitung von ihren Familien, aber auch viele, die sich alleine einen Weg zum Ausgang suchten.

Immer mehr leerte sich der Bahnsteig.

Nur noch wenige Menschen, darunter auch das Mädchen, dass in seiner Nähe stand, blieben zurück.

Aiden beobachtete, wie sie verzweifelt hin und her lief, dann einen der vorbeieilenden Schaffner etwas fragte, der aber nur die Schultern zuckte und weiterging.

Traurig blieb Sie in der Nähe von Aiden stehen und er beobachtete sie unauffällig.

Mit einem Griff in seine Jackeninnentasche, zog er den Brief heraus, den er von Franz bekommen hatte. Darin war auch das Bild von Elisabeth, das Franz immer bei sich getragen hatte.

Er, Aiden, würde sie erkennen, wenn sie hier wäre. Doch soviel er sich auch umblickte, er sah keine Frau, die nur annähernd so aussah, wie die Frau auf dem Bild.

Plötzlich drehte sich das Mädchen zu ihm um und trat einen Schritt auf ihn zu und sprach ihn an.

»Grüß Gott, wartest du auch auf jemanden? Kommst du aus dem Zug, der vorhin hier eingefahren ist?«, erwartungsvoll blickte sie ihn an.

Aiden wurde nervös und zuckte mit den Schultern.

Irritiert sah sie ihn an.

Unsicher deutete er mit seiner Hand an seine Ohren, zuckte wiederum mit seinen Schultern, um ihr zu Verstehen zu geben, dass er nicht hören konnte, was sie sagte. Zu gerne hätte er mit ihr gesprochen.

Das Mädchen schien zu verstehen und lächelte ihn an, worauf sich sofort wieder diese liebenswerten Grübchen auf ihren Wangen bildeten.

Aiden war fasziniert von ihrem Lachen und hätte gerne mit seinem Finger über die Grübchen gestrichen, was er jedoch unterließ.

Dann deutete sie plötzlich mit ihrem Zeigefinger auf sich selber.

»Ich heiße Anna! AAANNNAAA...« wiederholte sie langsam, aber sehr laut, da sie vermutete, dass er schlecht oder vielleicht gar nichts hören konnte und formte dabei mit ihren Lippen jeden einzelnen Buchstaben.

Aiden verstand ihren Namen. Doch er riskierte es nicht ihren Namen zu wiederholen, da er sich sonst vielleicht mit seinem Akzent verraten würde.

Mit seinem Finger auf sich deutend sagte er schnell: 'Franz'. Den Namen hatte er hunderte Male geübt. Und dadurch dass er so kurz und nur aus einer Silbe bestand, konnte er ihn auch akzentfrei aussprechen.

Das Mädchen lächelte ihn wieder an.

»Du heißt also Franz! Bist du von hier? Auf wen wartest du?« Als Aiden nicht antwortete und sie nur ansah, sprach sie einfach weiter.

»Ich verstehe. Du kannst mich nicht verstehen. Schade.«, sagte sie zu ihm, redete dann aber einfach weiter.

»Ich warte auf meinen Vater. Er sollte heute mit diesem Zug ankommen. Aber so wie es aussieht, war er nicht dabei. Ich sehe mich noch etwas um und dann gehe ich wieder nach Hause. Hoffentlich ist ihm bei der Heimreise nicht noch etwas passiert.«, sagte sie kummervoll »Ich wünsche dir alles Gute. Vielleicht sehen wir uns ja mal hier in München. Auf Wiedersehen.«

Anna wollte sich schon umdrehen als Aiden sie schnell am Arm fasste, um sie aufzuhalten und streckte ihr mit der anderen Hand das Bild von Elisabeth hin.

Das Mädchen drehte sich verwundert zu ihm um und sah dann auf das Bild, dass er ihr entgegenhielt.

»Wer ist das? Deine Mutter?« Irritiert sah sie das Bild und dann Aiden an.

»Deine Schwester?«, fragend sah sie ihn an. Doch Aiden zuckte hilflos mit den Schultern.

»Du meinst, ob ich diese Frau kenne?«

Sie sah sich das Bild noch einmal genauer an. Dann spiegelte sich plötzlich ein Erkennen in ihren Gesichtszügen.

»Ja, sie kommt mir bekannt vor, wenn ich sie genauer betrachte. Aber ich komme gerade nicht darauf, woher ich dieses Gesicht kenne?«

Einen Augenblick starrte sie noch auf das Bild.

»Jetzt fällt es mir wieder ein. Ja natürlich, das ist die Frau von meinem früheren Lehrer, Herrn von Letten. Ja, das muss sie sein.«

Ein Lächeln huschte über ihr Gesicht.

»Sie arbeitete auch an derselben Schule wie ihr Mann und ich habe die beiden ein paarmal zusammen dort gesehen. Aber ich kenne sie nicht persönlich. Tut mir leid. Ich weiß nur, dass sie in der Agnesstraße wohnen.«

Aiden verstand kein Wort von dem, was dieses Mädchen da von sich gab.

Resigniert nahm er das Bild wieder an sich, neigte dann zum Dank für ihre Hilfe kurz den Kopf und lächelte sie an.

Anna spürte eine warme Röte an ihren Wangen und schlug unsicher die Augen nieder.

Dieser Junge war nett, auch wenn er kein Wort mit ihr sprach. Er hatte irgendetwas an sich, dass ihr einen behaglichen Schauer über den Rücken laufen ließ. So ein Gefühl hatte sie noch nie zuvor empfunden.

Dieser Junge gefiel ihr auf Anhieb und sie wünschte sich, er könnte mit ihr sprechen. Doch er blieb weiterhin stumm.

»Schade, dass ich dir nicht helfen kann. Mein Vater ist auch nicht mit diesem Zug angekommen.«

Sie blieb einen Moment unschlüssig stehen.
Auf Wiedersehen, Franz.«, rief sie schließlich.
Zögernd und lächelnd ging sie ein paar Schritte rückwärts, bevor sie sie ihm noch einmal kurz zuwinkte, sich umdrehte und davonging.
Aiden sah ihr hinterher und dachte sich, was für ein schönes Mädchen das war. Könnte er doch mit ihr sprechen, dann würde er ihr nachlaufen.
Träumerisch sah er ihr hinterher. Für einen Moment vergaß er, warum er eigentlich hier stand und was auf ihn warten wird. Er verlor sich für einen Moment in diesem schönen Gefühl.
Und wieder musste er an einen Segensspruch denken, den ihm seine Mutter immer mitgegeben hatte:
*Mögen die Grenzen, an die du stößt, einen Weg für deine Träume offen lassen.*
Sie sagte immer zu ihm und seiner Schwester:
*Vergesst niemals eure Träume und hört niemals auf zu träumen, auch wenn das Leben gerade nicht seine beste Seite zeigt.*
Ein Lächeln legte sich auf seine Lippen, bei seiner Erinnerung an seine Mutter und ihre weisen Sprüche. Er liebte das schon als Kind so sehr an ihr.

*

Als das Mädchen aus seinem Sichtfeld verschwunden war, sah er sich weiter um. Alle neuen Fahrgäste waren in den Zug eingestiegen und das laute Pfeifen der Dampflock kündigte die Abfahrt an. Einige Fenster des Zuges wurden geöffnet und einzelne Fahrgäste winkten noch einmal ihren Familien zu.

Aiden nahm seine Krücken und humpelte den Bahnsteig entlang. Irgendetwas musste er tun. Er konnte nicht den ganzen restlichen Tag hier stehenbleiben und warten auf jemanden, der ihn gar nicht erwartete.

Als er die Absperrung des Bahnsteigs verließ und in den Wartebereich des Bahnhofs kam, setzte er sich erst einmal auf eine Bank. Holte aus seinem Leinensack die Wasserflasche und trank die letzten Schluck Wasser. Zu Essen hatte er leider nichts mehr.

Nur noch ein paar Münzen in der Tasche, die ihm Schwester Jutta zugesteckt hatte.

Was sollte er jetzt tun? Aiden wusste nicht, wohin er gehen konnte.

Er hatte sich vorher keine Gedanken darüber gemacht, was geschah, wenn Elisabeth nicht auftauchen würde. Nein, er hatte einfach zu viel Angst davor gehabt, darüber nachzudenken.

Wieder sah er sich um. Nach einer Weile stand er auf und ging auf den Ausgang zu.

Er fühlte sich von Minute zu Minute hilfloser. Er hatte zwar die Adresse des Wohnhauses von Elisabeth, doch konnte er niemanden fragen.

Als er vor dem Bahnhofsgebäude auf dem Bahnhofsplatz aus der großen Schwingtüre trat, blieb er erst einmal, überrascht über das, was er dort zu sehen bekam, stehen.

Auf dem großen Platz vor dem Bahnhof herrschte reger Verkehr. Automobile parkten vor dem Parkplatz, wie sie Aiden noch nie gesehen hatte.

Auf seiner Reise zur Front in Frankreich, sah er vom Zug aus so manches Auto fahren.

Und in Heidelberg, als er durch die Stadt zum Bahnhof gebracht wurde, sah er einzelne Automobile in verschiedenen Ausführungen.

Doch hier parkten mindestens zwanzig, wenn nicht mehr davon. Und auch auf den Straßen fuhren viele Automobile.

Dazwischen kutschierte zwar immer wieder einmal ein von Pferden gezogener Kutschbock, aber die Automobile waren in der Überzahl.

Aiden sah fasziniert eine Weile diesem Treiben zu, bis er ein lautes Bimmeln hörte. Von rechts näherte sich ein komisches Gefährt, einem kleinen Zug ähnlich, der auf Schienen fuhr, die zwischen dem Kopfsteinpflaster verankert waren.

Über dem Gefährt waren Drähte gespannt, mit denen das Gefährt mit einer Stange verbunden war.

So etwas hatte Aiden noch nie gesehen. Seine Eltern hatten ihm erzählt, dass es seit einigen Jahren in der Stadt, in Dublin, eine Straßenbahn, 'luas' hatten sie diese genannt, gab.

Sein Vater hatte ihm fasziniert und genau beschrieben, wie dieses Gefährt elektrisch angetrieben wurde.

Doch Aiden konnte sich nicht viel darunter vorstellen.

Und nun stand er hier und dachte, dass dies sicher so eine 'luas' war, von der ihm sein Vater berichtet hatte.

Es war schon sehr spät, wie Aiden auf einer großen Uhr, die am Bahnhofsgebäude angebracht war, sehen konnte. Die Uhr zeigte auf die acht.

Unschlüssig stand er da, auf seine Krücken gestützt, müde von der langen Reise, verzweifelt und hungrig.

Vorsichtig humpelte er auf seinen Krücken weiter, als ein Pferdekutschbock vor ihm anhielt.

»Na Junge, soll ich dich irgendwo hinbringen?«, rief ihm der der Kutscher zu.

Aiden sah zu ihm hoch und zuckte mit den Schultern. Er deutete auf seine Ohren, damit dieser begriff, dass er nichts hören konnte.

Dann hatte er eine Idee.

Er griff in seine Jackentasche und holte den Brief, der von Franz geschrieben und an Elisabeth adressiert war, hervor und zeigte dem Kutscher die Adresse.

Nachdem der Kutscher den Brief angesehen hatte, nickte der bedächtig mit dem Kopf.

»Da kann ich dich hinbringen Junge. Hast du Geld?«. begierig sah er Aiden an. Als dieser nicht reagierte, rieb er seinen Daumen und seinen Zeigefinger der rechten Hand aneinander, um Aiden anzudeuten, was er wollte.

Aiden verstand diese Bewegung auch sofort und griff in seine Jackentasche, in der sich die einzelnen Münzen befanden, die ihm Schwester Jutta zugesteckt hatte.

Aiden hatte keine Ahnung wieviel das war und ob es reichen würde für die Fahrt. Mit geöffneter Handfläche hielt er dem Kutscher die Münzen hin.

Dieser schaute in Aidens Hand und runzelte die Stirn.

»Na ja, viel ist es ja nicht. Aber weil du deinem Land so treu gedient hast will ich mal nicht so sein.«, und stieg von seinem Kutschbock herunter.

Der Kutscher nahm Aiden die Münzen aus der Handfläche und schob sie in seine Hosentasche.

»Na dann wollen wir mal. Es wird am besten sein, du setzt dich hinten auf die Ladefläche.

Auf den Kutschbock zu steigen, wird zu hoch für dich sein mit deinem verletzten Bein. Hier hinten ist es gemütlicher für dich.« und klopfte mit seine Hand auf das Holz der Ladefläche.

Aiden ließ alles mit sich geschehen und hoffte, dass er an den richtigen Ort gebracht wurde.

Der Kutscher stieg wieder auf seinen Kutschbock und nahm die Zügel in die Hand und trieb sein Pferd an.

Aiden sah sich unter der Fahrt interessiert um. Sie fuhren an wunderschönen, prunkvollen Gebäuden vorbei.

Der Krieg hatte hier in dieser Stadt noch kaum Spuren hinterlassen.

Nichts zu sehen von dem Schlachtfeld, das von Vernichtung und Tod geprägt war.

Wie er später erfahren sollte, war die Stadt München von Angriffen verschont geblieben und es wurden keine größeren Schäden angerichtet.

Aiden sah Männer in abgetragenen Anzügen oder Arbeitskleidung und Frauen, teilweise mit schicken Kleidern und Hüten auf den Köpfen, mit abgetragener Garderobe oder Dienstboten Kleidung, wie Aiden vermutete.

Er bestaunte dieses geschäftige Treiben auf den Straßen und sah immer wieder einem vorbeifahrenden Automobil hinterher, das er so noch nie gesehen hatte.

Plötzlich wurde er recht unsanft an die Holzwand des Karrens geschleudert, als der Kutscher seine Pferde scharf zum Stehenbleiben zwang.

»Brrrrrrr! Brrrrrrr!«, brüllte der Kutscher laut »Bleibt stehen! Brrrrrr.«

Nur mit Mühe und im allerletzten Moment, konnte er die Pferde und somit das Gefährt zum Stehen bringen.

Es hätte nicht viel gefehlt und der Kutscher wäre direkt in eine von der Seite heran kommende Trambahn, gefahren.

Durch dieses laute Gebimmel scheuten die Pferde und der Kutscher hatte zu tun, sie zu beruhigen.

Als die Trambahn vorbeigefahren war, beruhigten sich auch die Pferde wieder und die Fahrt konnte weitergehen. Aber nicht, ohne dass der Kutscher laut der Trambahn hinterher fluchte.

Aiden konnte nichts verstehen, doch an dem Tonfall konnte er erahnen, dass der Kutscher nichts Freundliches gesagt hatte.

Über sein Gesicht huschte ein kleines Lächeln.

Er dachte an seinen Vater, der ähnlich aufbrausend reagierte, wenn er sich in Situationen befand, die eigentlich er verschuldet hatte, er es aber auf keinen Fall zugeben wollte.

Der Kutscher hatte sich nach einer Weile wieder beruhigt und weiter ging die Fahrt durch die Stadt.

Nach einer gefühlten Ewigkeit drehte sich der Kutscher zu Aiden um.

»Gleich sind wir in der Agnesstraße. Zu welcher Hausnummer musst du?«, fragend sah er Aiden an.

Dieser konnte nicht einmal erahnen, was der Kutscher von ihm wollte.

»Welche Hausnummer?«, rief dieser noch einmal ungeduldig.

Aiden sah den Kutscher verstört an. Der Kutscher zog genervt seine Augenbrauen hoch, deutete ihm aber dann mit seinen Händen an, dass er den Brief noch einmal sehen wollte.

Als er verstand reichte er ihm erleichtert den Brief.

Nachdem dieser die Hausnummer 11 gelesen hatte, gab er Aiden den Brief zurück, der ihn wieder sicher in die Innentasche seiner Jacke steckte.

Nach weiteren fünf Minuten, bog der Kutscher in eine Straße, die links und rechts mit halbhohen Bäumen gesäumt war.

Dahinter verbargen sich wunderschön verzierte, teilweise mit Malerei an den Wänden oder mit aufwändigen Balkonen auf Betonsäulen gebaute, mehrstöckige Häuser.

Vor einem dieser Häuser hielt der Kutscher an, drehte sich wieder zu Aiden um und deutete auf eine große, schwere, zweiflügelige Holztür, die in das Haus zu führen schien, in das er wollte.

Dankbar nickend packte er seinen Sack und seine Holzkrücken und robbte auf dem Hintern von der Ladefläche.

Kaum stand er auf dem Gehsteig, setzte der Kutscher seine Pferde schon wieder in Bewegung, winkte ihm noch mit einer Hand, ohne jedoch zu ihm zurückzublicken.

Aiden stand da und blickte sich um. Alles wirkte so sauber. Die Straße und auch der Gehweg, die Häuser, die einzelnen Menschen, die an ihm vorbeiliefen ohne ihn zu beachten, waren so ganz anders, als er es von zu Hause, in Irland, gewohnt war.

Ratlos sah er die Fassade des Hauses hoch.

Was sollte er jetzt tun?

Er sah zu der großen Holztür und ging darauf zu. Neben der Tür war aus Metall eine große 11 befestigt.

Aiden holte den Brief hervor und sah dort, auf dem Brief, die gleiche Zahl.

Vorsichtig drückte er gegen die Türe, die mit einem lauten Knarzen aufsprang.

Vorsichtig blickte er durch den Spalt der geöffneten Türe in den dunklen Hausflur.

Er konnte nicht viel erkennen. Plötzlich wurde von Innen die Tür noch weiter aufgerissen.

Aiden erschrak so sehr, dass er fast umgefallen wäre, hätte er sich nicht im letzten Moment mit seinen Krücken aufgefangen.

Ein kleiner Junge stand vor ihm, mit einem sehr derangiert aussehenden Ball in der Hand. Der Junge sah ihn fragend an. Er mochte wohl acht oder höchstens zehn Jahre alt sein, dachte sich Aiden.

»Willst du hier herein?«, fragte der Junge neugierig »Ich heiße Karl und wie heißt du?«

»Franz.«, antwortete Aiden schnell.

Dann zeigte er ihm schnell den Brief, den er noch in den Händen hielt mit der Adresse von Elisabeth von Letten.

»Du möchtest zu Elisabeth. Ja, die wohnt oben im 2. Stock.« und deutete bei seinen Worten nach oben und schon schlüpfte er an ihm vorbei und lief raus auf die Straße.

Aiden sah ihm kurz hinterher, bevor er durch die Tür, die in einen beige, blau gekachelten Hausflur führte, trat.

Dort schlang sich eine breite, braune Holztreppe nach oben, die sich schneckenartig hochzog, wie er von unten durch das Treppenauge sehen konnte.

Fasziniert betrachtete er das Treppengeländer. Der Handlauf war aus Holz, der auf geschmiedete Rosenranken aus Eisen, die in lindgrün und rot angemalt waren, angebracht war.

Er kam aus dem Staunen nicht heraus. Wie prachtvoll hier die Häuser waren. Außen wie innen.

Mit einer Hand hielt er sich am Geländer fest und mit der anderen stützte er sich auf seinen Krücken ab, als er langsam die Holztreppe empor humpelte.

Als er im ersten Stock angekommen war, sah er drei Türen, an denen jeweils ein goldfarbenes Eisenschild mit einem Namen angebracht war. Er zog wieder den Brief heraus und verglich die Namen. Doch den Namen 'von Letten' konnte er nicht entziffern.

Also ging er weiter in das nächste Stockwerk. Als er dort schwer atmend angekommen war, sah er, dass dort wieder drei Eingangstüren, genauso, wie ein Stockwerk tiefer, mit den goldenen Namensschildern waren. Dieses Mal hatte er Glück und er las auf der zweiten Tür den Namen, den er suchte.

Rechts an der Wand befand sich eine Klingel. Noch zögerte er, sie zu drücken.

Er atmete erst einmal tief durch und überlegte sich, was er sagen sollte.

Tausendmal hatte er schon überlegt, wie er beginnen würde, wenn er ihr gegenüberstand. Doch nie kamen ihm seine Worte angemessen vor.

Ob Elisabeth überhaupt da war? Warum war sie nicht am Bahnhof gewesen? Hatte er sie einfach nicht gesehen und sie war wieder gegangen? War sie schon zuhause oder noch unterwegs? Egal wie viele Fragen er sich selber stellte, er konnte sie sich nicht selbst beantworten.

Nach einem weiteren kurzen Zögern, nahm er all seinen Mut zusammen und drückte auf die Klingel.

*

Nach dem dritten Klingeln, das wieder ungehört verhallte und die Türe nicht geöffnet wurde, überlegte Aiden, was er tun sollte.

Erschöpft setzte er sich auf die Treppe, die weiter nach oben in das nächste Stockwerk führte. Seinen Kopf lehnte er an die Wand. Er wollte sich etwas ausruhen. Sollte er warten? Irgendwann musste sie ja auftauchen. Wo sollte er sonst hingehen?

Er schloss die Augen. Er war so müde nach der langen Reise und der ganzen Aufregung.

Kurz kam ihm das Bild von dem schönen Mädchen in den Sinn. Wie hieß sie gleich nochmal? Anna, ja, Anna hieß sie und ein Lächeln legte sich auf sein Gesicht, als er an sie dachte.

Mit diesem Gedanken glitt er in einen Schlaf und ein Traum zeigte sich.

*Mit Anna an der Hand, durchstreifte er die saftigen grünen Wiesen, in seiner Heimat Irland. Den Schafen nachjagend, die sich zu weit von ihrer Weide entfernt hatten. Glücklich lag er mit ihr im Gras, unter einem Baum und Aiden erzählte ihr die Geschichte von dem Wunschbaum, unter dem die Feen lebten und jedem, der unter diesem Baum einen Wunsch aussprach, wurde er von den Feen sofort erfüllt.*

*Anna lachte ihn strahlend an bei seinen Worten und flüsterte dem Baum etwas zu.*

*Aiden fragte sie, was sie gesagt hatte und sah sie erwartungsvoll an.*

*»Dass ich jetzt von einem Jungen Namens Aiden geküsst werden möchte.«, gestand sie ihm mit errötenden Wangen.*

*Aiden beugte sich zu ihr und näherte sich ihren Lippen.*

\*

«Hallo, ist Elisabeth nicht zuhause?», rief da eine Kinderstimme und riss ihn aus seinem Traum.

Aiden schlug die Augen auf. Immer noch in seinem Traum gefangen und voller Erwartung auf den Kuss, den er gleich Anna geben wird.

Doch enttäuscht sah er nur den Jungen von vorhin grinsend und neugierig neben ihm stehen.

Kurz schüttelte er seinen Kopf, um richtig wach zu werden. Der Junge spielte mit seinem Ball vor Aiden herum und plauderte vor sich hin.

»Kann schon sein, dass sie nicht da ist. Dann wird sie in der Stadt unterwegs sein. Weißt du, sie sammelt Geld für eine neue Schule bei den reichen Leuten in der Innenstadt. Und sucht ein neues Gebäude. Die alte Schule wurde geschlossen und zu einem Lazarett umfunktioniert. Aber weißt du«, erzählte er weiter, nun mit einem verschmitzten Grinsen im Gesicht »mir machte es ja gar nichts aus, dass die Schule geschlossen wurde. Wochenlang fiel der Unterricht für uns aus, weil es so schnell keine Ersatzräume gab.«

Glucksend hielt er eine Hand vor seinen Mund, um nicht laut aufzulachen.

Aiden verstand kein Wort, von dem was der Junge von sich gab, außer einzelne Wörter, die er schon öfter gehört hatte. Aber es reichte nicht, um Zusammenhänge zu erahnen. Wieder ärgerte er sich sehr, dass er nichts verstehen konnte.

Der Junge hörte plötzlich auf zu plappern und machte sich auf den Weg die Treppe hoch, in das nächste Stockwerk.

»Wenn du nicht mit mir reden willst, dann gehe ich halt. Mach´s gut.«, rief er, als er von Aiden keine Antwort erhielt und schon war er verschwunden, verschluckt von der Windung der Treppe, die sich elegant nach oben schlängelte.

Aiden blieb sitzen.

Wieviel Zeit wohl schon vergangen war, seit er hier eingeschlafen war?

Hoch oben im Treppenhaus befand sich ein Fenster, durch das er ins Freie sehen konnte.

Es war schon dunkel, also musste er schon ein Weilchen geschlafen haben.

Er besaß leider keine Uhr, um die genaue Uhrzeit festzustellen und überlegte gerade, ob er wieder raus gehen sollte. Aber wohin?

In diesem Moment hörte er unten das Klappern der Türe und Schritte auf der Treppe.

Angespannt blieb er auf dem Treppenabsatz sitzen. Er richtete sich etwas hoch, um über das Treppenauge einen Blick auf die heraufkommende Person werfen zu können.

Es war eine Frau mit braunem, kurzgeschnittenem Haar, das konnte er bereits sehen.

Als sie den letzten Treppenabsatz hochstieg, den Kopf gesenkt, mit einer Hand in ihrer Manteltasche kramend, hielt Aiden die Luft an, vor lauter Aufregung. War sie das? War das Elisabeth?

Die Frau erreichte das zweite Stockwerk und zog den Schlüssel schließlich aus ihrer Manteltasche und ging auf die Wohnungstüre zu, mit dem Namensschild 'von Letten'.

In diesem Moment nahm sie Aiden wahr und trat erschrocken einen Schritt zurück.

»Wer sind sie? Was wollen sie hier? Warten sie auf mich?«, misstrauisch sah sie Aiden an.

Dieser stand unbeholfen auf. Elisabeth trat abwehrend noch einen Schritt zurück.

Aiden griff in seine Jackentasche und zog den Brief heraus und hielt in Elisabeth entgegen.

Immer noch sagte er kein Wort. Er hatte Angst vor ihrer Reaktion, wenn er sie auf Englisch ansprechen würde.

Elisabeth starrte auf den Brief, dann wieder auf Aiden, machte aber keine Anstalten nach dem Brief zu greifen.

»Franz!«, flüsterte Aiden kleinlaut.

Im Gesicht von Elisabeth zeigte sich Überraschung, gemischt mit Angst und Misstrauen.

»Ist der Brief von Franz?«, fragte sie leise. »Wo ist er? Er sollte heute nach Hause kommen. Ich war am Bahnhof, aber ich habe ihn nicht gefunden?«

Aiden sah sie an und Tränen stiegen ihm in die Augen. Er musste ihr sagen, dass ihr Mann tot war und dass er an seiner Stelle gekommen war.

Er hatte unglaubliche Angst davor.

Vielleicht fing sie sofort an zu schreien und die anderen Bewohner des Hauses würden auf ihn aufmerksam werden. Dann war alles umsonst gewesen.

Immer noch stand die Frau ihm misstrauisch gegenüber. Immer noch hielt Aiden ihr den Brief entgegen.

Elisabeth sah in sein Gesicht und musterte ihn. Auch Aiden betrachtete Elisabeth genauer.

Ihre Hände steckten in schwarzen, dünnen Lederhandschuhen. Er sah ihren beigen knielangen Mantel, der um ihre Taille mit einem schwarzen Gürtel gehalten wurde. Unter dem Mantel reichte ein langer brauner Rock bis zu ihren Knöcheln. Ihre Füße steckten in schwarzen, festen Schuhen. Ihre braunen, kurzgeschnitten Haare, die sie aus dem schönen Gesicht, mit den feinen Zügen, gekämmt hatte, ließen sie sehr jung aussehen. Um ihre großen braunen Augen lagen Kummerfalten und Traurigkeit prägte ihren Blick.

Nach einer gefühlten Ewigkeit, trat Elisabeth nun doch einen Schritt auf Aiden zu und nahm ihm den Brief aus der

Hand. Als sie ihren Blick darauf warf, traten ihr sofort Tränen in die Augen und rollten über ihre Wangen.

»Was ist mit Franz?«, flüsterte sie mit angsterfüllter Stimme.

Aiden verstand was sie sagte und wissen wollte. Und nun war es an ihm, die Worte auszusprechen.

»Franz tot.«, flüstert er tonlos, erstickt durch seine aufsteigenden Tränen.

Elisabeth sah ihn ungläubig an und erstarrte in dem Moment in totaler Abwehr Aiden gegenüber.

»Was sagst du da? Woher weißt du das? Wer bist du überhaupt? Wie heißt du? Woher hast du den Brief?«, rief sie mit zorniger Stimme.

Aiden wusste, nun musste er sich bekennen. Er musste sich zu erkennen geben und sie in seiner Sprache ansprechen, damit er ihr alles erklären konnte.

Immer noch standen sie im Treppenhaus. Elisabeth mit dem Wohnungsschlüssel in einer Hand und dem Brief in der anderen. Doch machte sie keine Anstalten, die Wohnungstüre aufzuschließen.

»Aiden mein Name«, sagte er mit starkem Akzent. Unruhig versuchte er ihre Reaktion zu erfassen.

Elisabeth sah ihn irritiert an. Angst stieg in ihr hoch. Sie glaubte sich verhört zu haben. Was hatte der Junge da gerade gesagt? Und vor allem wie er es ausgesprochen hat.

»Sorry. Please do not be afraid of me. I am Irish and a friend of Franz.«

Elisabeth erstarrte und öffnete den Mund, als ob sie sogleich losschreien wollte.

Doch sie schloss wortlos ihren Mund wieder, drehte sich abrupt um, steckte hastig den Schlüssel in das Schloss der Wohnungstüre, sperrte auf, schlüpfte hastig hinein und schlug diese von innen zu und versperrte sie.

Aiden starrte die Wohnungstür an, einerseits erleichtert, dass sie nicht das ganze Haus zusammengeschrien hatte, aber auch mutlos, was er nun tun sollte.

Wo sollte er heute die Nacht verbringen, wenn sie ihn nicht aufnehmen würde. Und es sah ganz danach aus, dass sie mit ihm nichts zu tun haben wollte.

Mutlos setzte er sich erst einmal wieder auf die Treppenstufen.

Durst und Hunger übermannten ihn, doch er hatte keine Münzen mehr und keine Ahnung wo er schlafen sollte.

Sollte er es noch einmal versuchen und bei Elisabeth klingeln? Doch er vermutete, dass sie ihm die Tür nicht öffnen würde. Sie musste das alles sicher erst verarbeiten.

Mutlos ließ er seine Hand wieder sinken, die er schon zur Klingel angehoben hatte.

Plötzlich hörte er Stimmen und eine Tür zuschlagen, hoch über ihm im Treppenhaus.

Ängstlich griff er nach seinen Krücken und humpelte so schnell er konnte die Treppe hinunter.

Als er im Erdgeschoss, vor der großen Hauseingangstüre angekommen war, sah er sich um und entdeckte eine Nische unter der Treppe, in der eine Tür versteckt lag.

Schnell duckte er sich in die Nische und drückte gegen die Tür, die sofort aufsprang. Dahinter war ein kleiner Raum, der wohl als Abstellkammer diente.

Durch ein kleines, vergittertes Fenster zur Straßenseite drang etwas Licht von der Straßenlaterne in den Raum.

Obwohl es sehr duster war, konnte Aiden allerlei Gerümpel sehen, wie alte Holzkisten und kleine, kaputte Kinderfahrräder.

In einer Ecke lagerte etwas Kohle und in der gegenüberliegenden Ecke mehrere Säcke und alte Decken.

Schnell trat er gebeugt in den engen Raum und schloss so leise wie möglich die Türe hinter sich, da er schon die Schritte und die Stimmen der Personen hörte, die nun das Erdgeschoss erreicht hatten und sich lauthals unterhaltend ins Freie traten.

Aiden atmete erleichtert auf.

Sollte er hier seine Nacht verbringen und morgen noch einmal bei Elisabeth klingeln? Was blieb ihm anderes übrig.

Die Nacht brach schon herein.

Gebückt humpelte er in die Ecke, in der die Säcke und Decken lagerten, breitete und stapelte die Säcke am Boden übereinander und legte die dicken, grauen und staubigen Decken darüber.

Es war sehr stickig in diesem kleinen Raum, doch hatte es den Vorteil, dass eine relativ angenehme Temperatur herrschte und die Nacht vielleicht nicht ganz so kalt werden würde.

Die Oktobernächte konnten schon sehr rauh sein.

Bevor er sich auf sein provisorisches Bett niederließ, sah er sich noch im Raum um. Auch in der Hoffnung, vielleicht irgendwo etwas Essbares oder Trinkbares zu finden. Doch seine Hoffnung erfüllte sich leider nicht.

Eine Zeit lang blickte er durch das kleine, vergitterte Fenster auf den durch die Straßenlaterne erleuchteten Gehsteig und die Straße bis zum gegenüberliegenden Haus.

Nur wenige Menschen waren unterwegs.

Aiden konnte nur vermuten, dass es nun doch schon später am Abend war, als er vermutet hatte.

Nachdem er sich auf seinem Lager niedergelassen hatte,

packte er seine Blechflasche aus und konnte noch einen letzten kleinen Schluck Wasser daraus trinken. Dies reichte lediglich um seinen Mund anzufeuchten, der schon sehr ausgetrocknet war.

Morgen musste er sich auf den Weg machen, um vielleicht einen Brunnen zu finden, mit trinkbarem Wasser.

Aiden versuchte nicht in Panik zu verfallen und zwang sich, ruhig darüber nachzudenken, was er als nächstes tun würde. Viele Möglichkeiten hatte er nicht.

Resigniert und verzweifelt dachte er darüber nach, einfach hier in dem Raum liegenzubleiben, die Augen zu schließen, zu schlafen und nie wieder aufzustehen und diesen Alptraum beenden.

Aiden legte sich den Rucksack mit seinen Habseligkeiten unter seinen Kopf, griff in seine Tasche und holte die goldene Münze hervor.

Fest hielt er die Münze in seiner Handfläche und hoffte auf eine Antwort.

Was sollte er bloß tun? Er konnte doch nicht einfach so aufgeben? Er war jetzt schon so weit gekommen und war hier in München angekommen. Doch wie sollte er es ohne die Hilfe von Elisabeth schaffen?

Das größte Problem war, dass er nicht sprechen konnte und auch nichts verstand. Diese Hürde schien ihm so unüberwindlich, sodass er aufschluchzte und seine Arme verzweifelt über seinem Gesicht verschränkte und bitterlich zu weinen begann.

Doch erschöpft von dem langen Tag und seiner Verzweiflung wurden langsam seine Augenlider schwer und endlich glitt er in den erlösenden Schlaf, der jedoch von wirren Träumen geprägt war, die ihn immer wieder aus dem

Schlaf aufschrecken ließen. Jedes Mal sah er aus dem Fenster, ob es nicht schon bald hell wurde, doch die Nacht zog sich endlos lange dahin.

Durst und Hunger taten ihr Übriges dazu, dass sich die Nacht qualvoll lange hinzog.

Irgendwann, als er abermals aus dem Schlaf hochschreckte, sah er durch das kleine Fenster, dass der Morgen langsam dämmerte.

Plötzlich bemerkte er, dass er immer noch die goldene Münze fest in seiner Hand hielt

Mühsam stand er mit Hilfe seiner Krücken auf, verstaute die goldene Münze sicher in seiner Jacke, nahm seinen Rucksack und ging zur Türe.

Er musste dringend hinaus ins Freie.

Vorsichtig öffnete er die kleine Türe, die in den gekachelten Hauseingang führte. Alles war ruhig im Haus.

Vorsichtig schlüpfte er durch die Türe und ging zur großen Eingangstür, die sich problemlos von Innen öffnen ließ.

Aiden inspizierte die Tür kurz und sah, dass an der Außenseite nur ein Knopf angebracht war, was bedeutete, er konnte von außen die Türe nicht einfach öffnen. Angestrengt überlegte er, wie sich gestern, als er angekommen war, die Tür hatte öffnen lassen. Er konnte sich nicht mehr erinnern. Zu erschöpft war er gestern. War sie offen gewesen?

Dann fiel es ihm wieder ein. Der Junge mit dem Ball kam gerade heraus und hat ihm die Tür offen gelassen.

Was sollte er jetzt tun? Wenn die Tür hinter ihm zufiel, dann konnte er nicht mehr ins Haus zurück. Er sah sich um und entdeckte in einer Ecke des Hausflurs ein rotes, aus Holz geschnitztes Spielzeugauto.

Schnell holte er es aus der Ecke und stellte es in den Türrahmen, damit die Haustüre nicht zufallen konnte, solange er draußen war.

Eilig trat er ins Freie. Langsam hatte er es eilig um sich seiner Notdurft zu erleichtern.

Draußen am Gehsteig sah er sich um. Kein Mensch war zu sehen. Nur am Ende der Straße fuhr gerade ein, von zwei Pferden gezogener Holzkarren vorbei.

Schnell ging Aiden zum nächsten Baum und erleichterte sich.

Unentschlossen trat er wieder auf den Gehweg zurück und vergewisserte sich, dass das Spielzeugauto noch die Haustüre offen hielt.

Verzweifelt suchte er die Straße nach einem Brunnen ab. Doch er wurde nicht fündig.

Er ging noch einen Straßenzug weiter. Zu weit wollte er sich allerdings nicht von dem Haus entfernen, aus Angst, vielleicht nicht mehr zurückzufinden.

Er hatte kein Glück. Kein Brunnen weit und breit zu sehen. Es war noch sehr früh am Morgen, doch langsam erwachte die Stadt.

Es brannten schon viele Lichter hinter den Fenstern und auch auf der Straße erwachte das Leben.

Aiden ging zurück zum Haus Nummer 11. Er nahm das Spielzeugauto und legte es wieder in die Ecke des Hausflures zurück und schloss die Tür von Innen. Dann stand er da und überlegte, was er tun sollte.

Bevor er eine Entscheidung treffen konnte, hörte er Stimmen und Schritte auf der Treppe, die sich von oben näherten. Geschwind wollte er sich in der Nische, hinter der Treppe verstecken.

In der Eile stolperte er über eine seiner Krücken und fiel auf die harten Steinfliesen und konnte einen lauten Aufschrei nicht verhindern.

Die Stimmen, die von der Treppe zu vernehmen waren, verstummten kurz, bevor die zwei Personen die letzten Stufen heruntereilten, um nachzusehen, von wem der Aufschrei stammte.

Es waren zwei Frauen, eine davon Elisabeth, wie Aiden erschrocken feststellte, als er den Kopf hob, gerade im Versuch wieder aufzustehen. Elisabeth eilte auf ihn zu und packte ihn am Ellbogen und zog ihn hoch.

»Bist du immer noch hier?«, rief sie erstaunt und sah ihn vorwurfsvoll aus ihren stark geschwollenen und geröteten Augen an. »Was machst du hier noch?«

Aiden sah sie an, als er endlich aufrecht vor ihr stand. Sie sah schrecklich aus. Das Gesicht verquollen, müde und die Augen vom Weinen gerötet.

»Wer ist das?«, fragte die andere Frau, die in grauer Frauenuniform gekleidet war und Aiden misstrauisch betrachtete.

»Dieser Junge stand gestern vor meiner Tür und hat mir den Brief von Franz überbracht.«, klärte Elisabeth ihre Freundin auf und sah Aiden dabei an. »Ich weiß nicht, woher er ihn kennt. Er spricht nicht mit mir.«

Elisabeth erwähnte nicht, dass der Junge sie gestern in englischer Sprache angesprochen hatte.

*

Nachdem sie dem Jungen gestern Abend die Tür vor der Nase verschlossen hatte, war sie wie in Trance in die Küche gegangen und hatte sich erst einmal gesetzt und den Brief betrachtet.

Sie verstand überhaupt nichts mehr.

Franz war gestern nicht, wie angekündigt, mit dem Zug in München angekommen. Dies war schon erschütternd genug für Elisabeth.

Sie hatte sich so gefreut und war so glücklich ihren Mann endlich wieder zu sehen. Sie hatte ein kleines Festmahl für sie Beide vorbereitet und sogar eine Flasche Wein ergattern können. Auch wenn es billiger Fussel war, war es in diesen Zeiten etwas Besonderes.

Brot hatte sie gebacken und Gemüse mit einem kleinen Stück Fleisch geschmort. Sie war einen Tage unterwegs gewesen, um dieses Stückchen Fleisch in München aufzutreiben.

Die Versorgung wurde von Woche zu Woche schlechter. Und ihre Geldreserven auch langsam knapp. Sie musste damit gut haushalten.

Gestern jedoch hatte sie nicht gezögert und bei einem Schwarzhändler ein Stück Fleisch gekauft. Zu seiner Heimkehr wollte sie ihm etwas Besonderes bieten.

Das Essen wurde kalt auf dem Herd, die Flasche Wein stand geöffnet auf dem Tisch, der mit zwei Tellern und zwei Gläsern gedeckt war.

Und nun saß sie da mit dem Brief in der Hand.

Große Angst befiel sie, starrte ihn an und konnte ihn nicht öffnen. Wer war dieser Junge, der anscheinend Engländer war? Wie kam er hierher, in der deutschen Uniform, mit dem Brief von Franz?

Elisabeth begann zu zittern.

Sie spürte, dass etwas passiert sein musste.

Sie hatte dieses Gefühl schon einige Zeit, da von Franz keine Post mehr kam, doch verdrängte sie es immer wieder.

Jeden Tag ging sie zum Lazarett, in dem sie auch stundenweise arbeitete und den Schwestern so gut wie möglich zur Hand ging, seitdem die Schule, in der sie gearbeitet hatte, zu einem Lazarett umfunktioniert worden war.

Dort hingen auch die aktuellen Listen mit den gemeldeten Toten und Vermissten.

Der Name von Franz befand sich bisher nicht darunter, was Elisabeth sehr erleichterte. Doch andererseits hatte sie nun schon seit fast drei Monaten keinen Brief mehr von ihm erhalten, was sie wiederum sehr ängstigte.

Sie schob es immer wieder darauf, dass sicher die Weiterleitung der Feldpost gestoppt worden war. Informationen darüber bekamen sie jedoch nicht.

Nachdem sie sich etwas beruhigt hatte, zwang sie sich dazu, den Brief zu öffnen.

Schon bei den ersten Worten rannen Tränen über ihre Wangen.


*Meine geliebte Elisabeth,*

*wenn du den Brief hier in deinen Händen hältst, bin ich bereits dort oben im Himmelreich und schaue auf dich. Ich glaube fest daran, dass es das Himmelreich gibt und dass wir alle einmal dort hinkommen und wir uns wiedersehen werden.*

*Erst gestern sagte ein Offizier, der schwer getroffen in meinen Armen lag, kurz bevor er starb ' Ich habe keine Angst mehr. Wir kommen alle nach oben in das Himmelreich, denn die Hölle hatten wir hier schon auf Erden. Ich weiß dass es sehr schwer für dich sein wird und dass du unendlich traurig sein wirst. Doch denke daran, was für eine wunderschöne Zeit wir miteinander hatten, bevor dieser grausame Krieg begonnen hat. Diese Zeit kann uns niemand mehr nehmen und ich werde sie mitnehmen in mein Himmelreich. Und eines Tages werden wir uns wieder begegnen, da bin ich ganz sicher.*

*Jetzt muss ich mich verabschieden von dir. Ich wünschte, unser Traum von einem eigenen Kind wäre in Erfüllung gegangen. Dann wärst du nicht allein und hättest jemanden, der dir Kraft gibt.*

*Aber es sollte nicht sein und war nicht vorgesehen in unserem gemeinsamen Leben. Dafür hatten wir unsere Schulkinder, die uns viel Freude brachten und denen wir einiges lernen durften und du es immer noch tun kannst. Ich habe gehört, dass unsere Schule geschlossen wurde. Ich hoffe so sehr, dass es eine neue Schule geben wird und du weiter unterrichten kannst und bei deinen Kindern bist.*

*Ich bin sicher, du wirst es schaffen, ein gutes Leben weiterzuleben, auch ohne mich. Eines möchte ich dir noch sagen: ich habe dich sehr geliebt und tue es immer noch und werde es immer tun. Du bist eine großartige Frau. Keine Bessere konnte ich mir jemals wünschen.*

*Danke für deine Liebe, die niemals enden wird und alles, was du für mich getan hast und alles Gute für dein weiteres, hoffentlich noch langes, glückliches Leben.*

*Dein dich ewig liebender Franz*

*PS: Höre immer auf dein Herz, denn das ist rein und du wirst immer den richtigen Weg gehen.*

Elisabeth saß lange Zeit mit dem Brief in der Hand in der Küche und weinte.

Irgendwann, nachdem sie sich von dem ersten Schock erholt

hatte, stand sie auf und ging zur Wohnungstür, schloss sie auf und sah auf den Hausflur, ob der junge Mann noch da war. Doch er war verschwunden.

Es tat ihr leid, dass sie ihm einfach die Türe vor der Nase zugeschlagen hatte.

Nun hätte sie doch gerne mit ihm gesprochen und von ihm erfahren, woher er den Brief hatte und ob er Franz gekannt hat.

Franz hatte in seinem Brief mit keinem Wort diesen jungen Mann erwähnt.

Also hat er ihn erst getroffen, nachdem er den Brief geschrieben hatte. Oder der Junge hat Franz tot gefunden und ihm den Brief entwendet und die beiden kannten sich gar nicht.

Wiederrum dachte sie, Franz beherrschte die englische Sprache und deshalb war es durchaus möglich, dass die Beiden miteinander gesprochen hatten.

Elisabeth war klar, dass er ein Feind in deutscher Uniform war. Doch sie hatte nicht das Gefühl, als ob er ihr etwas antun wollte. Er wirkte selber sehr ängstlich und war noch sehr, sehr jung.

Soviel sie auch nachdachte, so fand sie keine Erklärung. Bis ihr der Gedanke kam, ob es vielleicht möglich war, dass Franz ihn zu ihr geschickt hatte? Doch diese Möglichkeit schien ihr dann doch zu absurd.

Aber dennoch ließ sie der Gedanke nicht los. Franz hatte ein sehr großes Herz und Elisabeth war sich sicher, dass er dies auch vor dem Feind nicht verschlossen hätte.

Nun war es zu spät dies herauszufinden, da der Junge weg war und sie ihm wohl nie wieder begegnen würde.

Jetzt musste sie mit dieser Ungewissheit leben.

Vielleicht hätte der Junge ihr noch etwas von Franz berichten können. Über seine letzten Worte und was genau mit ihm passiert war.

Erneut liefen ihr die Tränen über das Gesicht, als sie daran dachte, was Franz wohl durchgemacht hat.

Die nächsten Stunden verbrachte sie damit, den Brief immer und immer wieder zu lesen, einfach dazusitzen, sich zu erinnern an ihre gemeinsame Zeit und diese mit ihren Tränen zu betrauern.

Dabei leerte sie die halbe Flasche Wein und der ungewohnte Alkoholgenuss half ihr, in einen unruhigen, aber erlösenden Schlaf zu fallen.

*

Nun stand dieser Junge, hier im Treppenhaus, wieder vor ihr. In ihr regten sich ihr mitfühlendes Herz und auch die Neugierde, was es mit diesem Jungen auf sich hatte.

»Greta, geh du schon mal vor zum Lazarett. Ich werde mich jetzt erst einmal um den Jungen kümmern. Ich komme dann später nach.«

Greta sah sie entsetzt an.

»Was willst du von ihm. Pass bloß auf. Nicht, dass er es darauf abgesehen hat, dich auszurauben. Du weißt nicht, woher er den Brief von Franz hat und ob er sich nicht nur bei dir einschleichen möchte. Sei vorsichtig.«, misstrauisch musterte Greta Aiden.

»Ich passe schon auf mich auf Greta. Mach dir keine Sorgen.«

Unterdessen sich die zwei Frauen unterhielten und scheinbar über ihn redeten, bemerkte Aiden wie seine Knie anfingen zu zittern. Er hatte so unglaublichen Durst und eine Schwäche übermannte ihn, dass er sich schnell stützend an die Wand lehnen musste, um nicht umzukippen.

Elisabeth bemerkte dies und stützte ihn, indem sie ihm seinen Arm um ihre Schulter legte und ihren Arm um seine hagere Taille schlang.

Greta stand kopfschüttelnd immer noch auf der Treppe. Sie konnte Elisabeths Naivität nicht verstehen. In diesen Zeiten konnte man niemandem vertrauen und jeder musste sich selber schützen, so gut es ging. Besonders sie als Frauen waren leichte Opfer für die durch den Krieg roh gewordenen Männer.

Niemals hätte sie, wie Elisabeth, die Bereitwilligkeit, diesem Fremden zu helfen, von dem sie nichts wusste, außer dass er einen Brief von Franz bei sich hatte.

Greta war mit Elisabeth und Franz schon einige Jahre befreundet, genau gesagt, seitdem sie vor fünf Jahren in die Wohnung im dritten Stock zu ihrer Tante gezogen war.

Die Tante war vor einem Jahr verstorben und seither lebte sie alleine in der Wohnung.

Greta war 38 Jahre alt, hatte ihre aschblonden Haare streng nach hinten zu einem Knoten gekämmt. Ihre eisblauen Augen blickten meist abweisend aus ihrem hageren, blassen Gesicht.

Nur wenn sie mit Elisabeth alleine war, legte sie diese Maske ab und sie wurde etwas weicher in ihrer Haltung.

Bis zum Kriegsbeginn war sie als Kindermädchen in einem Haushalt reicher Leute angestellt.

Die Familie flüchtete jedoch kurz nach Kriegsbeginn aufs Land und ließ Greta ohne Arbeit zurück.

Seither half sie auch im Lazarett mit und lebte von den

Ersparnissen, die ihr ihre Tante hinterlassen hatte.

Einen Mann hatte Elisabeth in dieser Zeit an der Seite von Greta nie gesehen und sie fragte nicht weiter nach, da Greta in dieser Beziehung sehr verschlossen war.

»Tu was du nicht lassen kannst.«, rief Greta schließlich. »Aber ich habe dich gewarnt. Sei vorsichtig.«

Damit rückte sie ihr kleines graues Hüttchen zurecht und rauschte durch die Hauseingangstür davon.

Elisabeth sah ihr hinterher und wandte sich dann wieder Aiden zu, der immer noch, von Elisabeth gestützt, an der Wand lehnte.

»Du kommst jetzt erstmal mit in die Wohnung. Dann werden wir weitersehen.«

Aiden sah sie verunsichert an. Er konnte nicht verstehen, was sie gesagt hatte.

»Come on Boy, let´s go up.«, sagte Elisabeth zu ihm leise mit ihren gebrochenen Englischkenntnissen und zog ihn dabei in Richtung der Treppe.

Der Junge war so dünn und abgemagert, dass es nicht allzu schwer war für Elisabeth ihn zu stützen. Doch ohne seine Mithilfe würde sie es nicht schaffen, ihn die Stufen hochzubringen.

Aiden verstand nun, dass sie ihn mit in die Wohnung nehmen wollte. Er war so dankbar, ein paar Worte in seiner Sprache zu hören.

Er fühlte sich so erschöpft, dass er fast keine Kraft mehr hatte, sich aufrechtzuhalten. Doch er wusste, er musste seine ganze restliche Kraft zusammennehmen.

Die Krücken ließ er zu Boden fallen und hielt sich mit der rechten Hand am Treppengeländer fest.

Seinen Fuß konnte er schon wieder etwas belasten und zur

Hilfe nehmen. An seiner linken Seite stützte ihn Elisabeth. Langsam und unter größter Anstrengung schafften sie den ersten Treppenabsatz und kamen im ersten Stockwerk an. Dort verharrten sie einen Moment um wieder Kraft zu schöpfen. Aiden rann unter der Aufbringung seiner letzten Kräfte der Schweiß übers Gesicht.

Auch Elisabeth zitterten bereits die Arme von der Kraftanstrengung, mit der sie Aiden stützte.

»Your name is Aiden?«, vergewisserte sie sich schwer atmend und sah ihn an.

»Ja.«, antwortete er auf Deutsch und konnte sich ein kurzes Lächeln nicht verwehren, ob dieser Kuriosität ihres Miteinanders.

»Come on.«, trieb Elisabeth in weiter an.

Und erneut machten sie sich auf, die nächsten Treppenstufen zu bezwingen.

Nach erneuter Pause schafften sie den letzten Treppenabsatz und standen endlich vor der Wohnungstür. Elisabeth schloss sie auf und Aiden hangelte sich humpelnd in den Flur der Wohnung. Elisabeth lief schnell die Treppen hinunter und holte die Krücken. Dann verschloss sie schnell die Wohnungstür.

Aiden konnte sich kaum noch auf den Füssen halten.

Vom Flur aus führte eine Tür in ein großes Zimmer, in das Elisabeth ihn nun weiterhin stützend führte und ihn schließlich auf ein großes Sofa, das mit rotgrünem Stoff mit Blumenmuster bezogen war, setzte.

Aiden ließ sich schwer atmend in den Polster fallen und schloss die Augen. Er war am Ende seiner Kräfte.

»Wasser.«, flüsterte er kraftlos.

Elisabeth lief eilig in die angrenzende kleine Küche und holte ein Glas Wasser. Als sie ins Wohnzimmer zurückkam, saß Aiden mit geschlossen Augen da und Elisabeth dachte, er wäre eingeschlafen.

Doch er musste erst trinken, deshalb rüttelte sie an seinem Arm und er öffnete die Augen.

Elisabeth reichte ihm das Glas Wasser. Aiden griff danach, zitterte jedoch so sehr, dass er das meiste verschüttete. Also half ihm Elisabeth und hielt ihm das Glas an die Lippen. Gierig trank es Aiden in einem Zug aus.

»Mehr, bitte.« Bittend sah er Elisabeth an.

Diese ging sogleich wieder in die Küche und kam erneut mit einem gefüllten Glas zurück, das er wieder bis zum letzten Tropen austrank und sich dann erschöpft auf dem Sofa zurückfallen ließ und die Augen schloss und augenblicklich eingeschlafen war.

Elisabeth stand vor ihm und betrachtete ihn eine Weile.

Er war noch so jung, dachte sie und Mitgefühl regte sich in ihr. Armer Junge. Wo war er zuhause? Und wie kam er hierher?

Viele Fragen beschäftigten sie. Sie zog ihm die Schuhe aus, so sanft wie möglich, damit er dabei nicht wach wurde.

Sie drückte ihn so angezogen wie er war, mit sanftem Druck auf das Sofakissen, hob seine Füße hoch und bettete ihn auf das Sofa. Dann holte sie eine Wolldecke aus dem Schlafzimmer und deckte ihn zu.

Er wird wohl eine Weile schlafen, dachte sie. Sie musste aber unbedingt ins Lazarett und Bescheid geben, dass sie die nächsten Tage nicht kommen konnte, weil sie die schreckliche Nachricht bekommen hatte, dass ihr Mann gefallen war. Alle würden das verstehen im Lazarett.

Aber konnte sie diesen Jungen hier alleine in der Wohnung zurücklassen? In ihr kämpften zwei Stimmen. Konnte sie ihm trauen? Was wenn sie zurückkam und er war nicht mehr hier, verschwunden mit den wenigen Habseligkeiten die sie hatte und die er mitnehmen konnte, um sie zu Geld zu machen?

Vorsichtig öffnete sie die Knöpfe seiner grauen Jacke und tastete die Innentaschen ab, ob er womöglich eine Waffe bei sich hatte.

Doch hier fand sie nichts, außer ein großes rundes hartes Ding, das in einer der Innentaschen steckte. Als sie hineingriff, spürte sie Metall und zog es heraus.

Was sie da sah, erstaunte sie. Sie hielt eine goldene Münze in der Hand, die viel größer war, als das Münzgeld, das sie kannte.

Als sie die Münze genauer betrachtete, konnte sie eine Schrift darauf erkennen, in einer Sprache die sie nicht kannte. Nur ein Wort konnte sie entziffern und das war 'Eire'. Doch wusste sie nicht, was es bedeutete.

Elisabeth wunderte sich sehr, warum der Junge so eine, Münze bei sich trug, die sehr wertvoll aussah.

Ja es gab viele Fragen, die sie ihm stellen musste. Hoffentlich reichten ihre Englischkenntnisse aus, um ihn zu verstehen und mit ihm sprechen zu können.

Schnell steckte sie die Münze zurück in seine Tasche und trat an ihr üppig bestücktes Bücherregal.

Franz und sie haben Bücher immer geliebt und sehr viel gelesen. Elisabeth wusste, dass Franz ein dickes Heft besaß, dass er von seinem Vater einst erhalten hatte.

Darin befanden sich sehr viele Übersetzungen von Deutsch auf Englisch.

Franz Vater war Diplomat, reiste sehr viel in andere Länder und beherrschte die englische Sprache, die er sehr früh seinem Sohn beigebracht hatte. Und Franz hatte sie ihr beigebracht.

Es war schon etwas länger her und Elisabeth hatte Mühe sich an all die Wörter zu erinnern.

Am Anfang ihrer Ehe verbrachten sie Tage, an denen sie nur englisch miteinander gesprochen hatten. Dies war die beste Methode, sagte Franz, die Sprache zu lernen. Und auch wenn Elisabeth die Sprache nie perfekt beherrschte, konnte sie sich gut verständigen.

In den letzten Jahren, besonders seitdem Franz in den Krieg ziehen musste, hatte sie jedoch kaum mehr englisch gesprochen.

Nun hielt sie der Umstand, da sie wusste, Franz hatte sich mit dem Jungen verständigen können, sie davor zurück, den Jungen abzuweisen. Zuerst wollte sie herausfinden, was genau passiert war. Wie er zu dem Brief gekommen und warum er hierher gereist war.

Wie konnte er sich als Feind hier nach Deutschland hereinschmuggeln ohne entlarvt zu werden? Fragen über Fragen überfluteten Elisabeth.

Kurz blätterte sie durch das Heft, in dem in sauberer Handschrift Wörter und Sätze aufgelistet waren, die anschließend in die englische Sprache übersetzt, niedergeschrieben waren.

Das würde sie sich später noch einmal genau durchlesen.

Erst einmal musste sie zum Lazarett.

Sie sah zu Aiden, der immer noch tief zu schlafen schien und sich nicht regte.

Elisabeth hörte kurz in sich, auf ihre innere Stimme, ob sie ihn hier alleine zurücklassen konnte.

Alleine ihr Verstand schürte diese Ängste und Zweifel, die sie jetzt jedoch wegschob. Sie wusste instinktiv, dies war kein schlechter Junge.

Schnell holte sie einen Zettel und einen Stift und schrieb ihm noch eine Nachricht, dass sie kurz unterwegs sei, in der Hoffnung, dass er es lesen konnte. Den Zettel legte sie vor ihm auf den kleinen dunkelbraunen Wohnzimmertisch.

Auf den Esstisch der sich neben dem Sofa befand, stellte sie einen Teller mit Brot und ein Stück Käse, sowie einen vollen Wasserkrug. Sie dachte, dass er schon begreifen würde, dass dies für ihn bestimmt war.

Nach einem letzten Blick auf Aiden, verließ sie eilig die Wohnung und sperrte diese von außen zu. Sie hatte keine andere Möglichkeit, da sie die Wohnungstür nicht offenstehen lassen konnte. Zu viele Einbrecher und Plünderer waren unterwegs und schreckten vor nichts zurück.

Sie hoffte, dass Aiden keine Panik bekam, wenn er bemerkte, dass die Wohnungstür verschlossen war.

Schnell machte sie sich auf den Weg. Erst jetzt kamen ihr wieder Tränen, als sie die Stufen zum Hauseingang hinabeilte und ihr die Endgültigkeit wieder bewusst wurde, dass Franz niemals wieder zu ihr zurückkehren würde.

Sie wollte die Schwestern bitten, sie einige Zeit freizustellen. Diese würden Nachsicht haben und ihr die freien Tage bewilligen, da sie nicht festangestellt, sondern nur vorübergehend dort beschäftigt war.

\*

Aiden konnte nur mühsam seine Augen öffnen, als er aus dem tiefen Erschöpfungsschlaf erwachte.

Im ersten Moment wusste er nicht, wo er sich befand. Er nahm das Sofa wahr, auf dem er lag, dann kam langsam seine Erinnerung zurück.

Elisabeth hatte ihn mit in die Wohnung genommen. Sie hatte ihm Wasser zu trinken gegeben, dann konnte er sich an nichts mehr erinnern. Er muss sofort eingeschlafen sein. Müde richtete er sich auf und stellte seine Füße mit den grauen Wollsocken auf den geblümten Teppichboden. Elisabeth hatte ihm die Schuhe ausgezogen, denn er konnte sich nicht erinnern, es selbst getan zu haben.

Ein unbeschreiblicher Durst quälte ihn. Sein Mund war wie ausgetrocknet und er sah sich um. Er bemerkte den Zettel vor ihm auf dem niedrigen Wohnzimmertisch und nahm ihn in die Hand.

Wir sehen uns später, stand auf dem Zettel in englischer Schrift. War sie weggegangen?

»Hello!«, rief er vorsichtig.

Doch er bekam keine Antwort, was ihn darauf schließen ließ, dass der alleine in der Wohnung war.

Als er sich weiter umsah, sah er die Karaffe mit Wasser auf dem Esstisch stehen und ein Glas. Er stand auf und schenkte sich Wasser ein und trank gierig zwei Gläser leer.

Dann bemerkte er das Brot und den Käse, sowie den bereitgestellten Teller. Sollte das für ihn sein? Sein Magen knurrte laut, als er auf die Speisen blickte.

Er setzte sich auf den Stuhl und nahm sich das Brot und den Käse, in der Annahme, dass es für ihn gedacht war und verschlang alles gierig in kürzester Zeit.

Elisabeth schien wirklich ein sehr guter Mensch zu sein, dachte Aiden. Genauso wie es Franz ihm dort auf dem Schlachtfeld erzählt hatte. Und sie konnte seine Sprache auch sprechen.

Aber immer noch gab es keine Gewissheit für ihn, dass sie ihm helfen würde. Vielleich holte sie gerade die Polizei und ließ ihn abholen?

Furcht durchströmte ihn bei dem Gedanken.

Aiden blieb noch eine Weile am Esstisch sitzen und sah sich um.

Das Zimmer war einfach eingerichtet. Der dunkle Holzfußboden war großflächig mit Teppichen ausgelegt. Die Wände waren in altrosa Farbe gestrichen und ließ den Raum hell und freundlich erscheinen.

An einer Wand stand ein kleiner dunkelbrauner Wohnzimmerschrank mit einer Glasvitrine, in der einige Gläser, sowie ein Kaffeeservice standen.

An der anderen Wand zur rechten des Schrankes, stand das Sofa, auf dem er geschlafen hatte. Davor der kleine, niedrige Holztisch und noch ein Sessel, der mit lindgrünem Stoff bezogen war.

Was Aidens Aufmerksamkeit aber am meisten anzog, war das Wandregal, dass fast vollständig die ganze Wand mit Büchern ausfüllte.

Er stand auf und humpelte zu dem Regal.

Als er vor den Büchern stand, ließ er seinen Blick langsam über die Bücherrücken wandern. Obwohl er früher zuhause nie Bücher besessen hatte und auch seine Eltern nicht viele Bücher besaßen, war er fasziniert davon.

\*

Seine Eltern hatten eine Bibel zuhause. Oft nahm er, als er zwölf, dreizehn Jahre alt war, das Buch in die Hand und blätterte darin. Direkt gelesen hatte er darin nie, was aber daran lag, dass er es versucht hatte, doch nichts davon, was in dem Buch stand, wirklich verstanden hatte.

Einmal hatte er seine Mutter gefragt, ob sie ihm erklären kann, was diese eigenartigen Verse bedeuteten, doch sie winkte ab und sagte zu ihm, es reicht, wenn er in der Kirche auf die Worte des Priesters hören würde, denn dieser verkündet genau das, was in der Bibel stand.

Damals wusste Aiden noch nicht, dass der Priester das Wort Gottes, also die Worte aus der Bibel verkündete, dies jedoch jeder Priester in der eigenen Interpretation weitergab.

Als Aiden die Bücher betrachtete und dabei seine Gedanken zu seinem Elternhaus abschweifen ließ, legte sich eine bleiende Schwere auf seine Brust.

Schnell verdrängte er diese und sah sich weiter die Bücher an. Die Schrift auf den Bücherrücken konnte er zwar lesen, doch die Worte waren fremd für ihn. Dann entdeckte er ein Buch, auf dessen Buchrücken sich der Name 'Oscar Wilde' befand. Diesen Namen hatte er schon einmal gehört, überlegte er krampfhaft.

Aiden zog vorsichtig das Buch aus dem Regal und sah sich den Titel an. Dann tauchte eine Erinnerung in ihm auf.

Seine Mutter hatte ihm und seiner Schwester Eimear eines Abends eine Geschichte vorgelesen.

Das kam nicht oft vor, vielmehr erzählte sie meist frei erfundene Geschichten und Legenden.

Doch hatte ihr im Dorf eine Freundin das Buch 'Das Gespenst von Canterville' für ihre Kinder geschenkt, denn sie wollte dieses nicht mehr in ihrem Haushalt haben, da der

Autor Oscar Wilde tot war und nicht den besten Ruf hinterlassen hatte.

Aidens Mutter Eileen hatte das Buch zuerst selbst gelesen und empfand große Freude daran, sodass sie es unbedingt ihren Kindern vorlesen wollte.

Sie saßen vor dem Kamin in ihrem kleinen Cottage. Aiden fest an seine Mutter gekuschelt und Eimear auf der anderen Seite im Arm ihrer Mutter.Sie erzählte ihnen, dass der Autor auch Ire war und aus Dublin stammte.

Gespannt lauschten sie der Geschichte und so manches Mal ängstigte sich Aiden vor den Erzählungen über das Gespenst, doch viele Male lachten sie miteinander über die lustigen Szenen.

Später kam noch ihr Vater dazu und setzte sich in seinen Sessel und hörte amüsiert zu.

Dies war einer von den vielen Abenden, an die sich Aiden besonders gerne erinnert. Denn die meiste Zeit war seine Mutter müde und erschöpft von der harten, schweren Arbeit und hatte nicht viel Zeit für Musestunden.

Doch trotz dieses Umstandes schenkte sie Ihnen Aufmerksamkeit und Liebe, soviel sie konnte und die beiden Geschwister spürten immer, dass sie geliebt wurden.

*

Aiden betrachtete noch einige Zeit das Buch in seiner Hand, vertieft in seinen Erinnerungen, bevor er es aufschlug. Es war in englischer Sprache, wie er erfreut feststellte.

Er setzte sich damit auf das Sofa und begann zu lesen.

*'Als Mr. Hiram B. Otis, der amerikanische Gesandte, Schloß Canterville kaufte, sagte ihm ein jeder, daß er sehr töricht daran täte, da dieses Schloß ohne Zweifel verwünscht sei......'*

Nach einigen Kapiteln fielen Aiden die Augen zu und er schlief mit dem Buch in der Hand und einem Lächeln auf dem Gesicht ein.

\*

Als Elisabeth nach einigen Stunden vom Lazarett zurückkam, traf sie den Jungen, im Schlaf sitzend auf dem Sofa, mit einem Buch in der Hand an.

Sie zog ihren Mantel aus und hängte ihn über den Sessel. Sie ließ ihren Blick zum Esstisch wandern und sah, es war alles aufgegessen, was sie für ihn bereitgestellt hatte.

Vorsichtig nahm sie ihm das Buch aus den Händen. In dem Moment schlug er die Augen auf und erschrak, als er Elisabeth direkt vor sich stehen sah.

»Kennst du das Buch?«, fragte sie ihn.

»Ja.«, antwortete er. »Meine Mutter hat es mir einmal vorgelesen, als ich noch klein war.«

Verwirrt sah sie ihn an. Sie tat sich etwas schwer, seinen eigenartigen Akzent zu verstehen.

»Du musst langsamer sprechen, sonst verstehe ich dich nicht.«

Aiden wiederholte daraufhin seine Worte langsam und bemüht um eine verständlichere Aussprache.

Er hatte schon an der Front, mit seinen englischen Kameraden, manchmal Probleme, dass sie ihn und die Iren generell verstanden.

War es doch die gleiche Sprache, so war die der Iren doch

noch sehr geprägt von der alten gälischen Sprache Irlands. Aidens Vater sprach fast ausnahmslos Gälisch mit seinen Kindern, während ihre Mutter mit ihm und seiner Schwester hauptsächlich immer in englischer Sprache sprach.

»Wo kommst du her?«, fragte sie Aiden.

»Ich bin Ire. Ich wohne nicht allzu weit von Dublin entfernt, nahe der Ortschaft Tara, direkt unterhalb der Hills of Tara.«

»Ach deshalb kennst du dieses Buch von Oscar Wilde, der ja auch Ire war.« mutmaßte Elisabeth und ließ ihren Blick über das Buch gleiten.

»Willst du mir erzählen, wie du an den Brief gekommen bist, den Franz für mich geschrieben hat? Und warum du an seiner Stelle hierhergekommen bist?«, erwartungsvoll, jedoch auch ängstlich und mit tränenschweren Augen sah sie ihn an. »Aber vielleicht sollest du erst ein Bad nehmen. Ich denke du hast es nötig. Dann mache ich uns einen Kaffee und du erzählst mir alles danach in Ruhe, was ich wissen muss.«

Mit kummervollem Gesicht wandte sie sich ab, legte das Buch auf den Wohnzimmertisch und ging in eines der angrenzenden Zimmer.

Als sie wieder zurückkam, hatte sie Kleidung und ein Handtuch in der Hand.

»Das sind Sachen von Franz. Sie sind dir sicher zu groß, aber besser als die Schmutzigen, die du jetzt trägst. Ich werde sie waschen und in ein, zwei Tagen, kannst du sie wieder haben.«

Sie ging vor und öffnete eine weitere Tür und zeigte ihm das Badezimmer.

»Ich mache Wasser heiß. In der Zwischenzeit kannst du dich rasieren.

Es ist zwar nicht viel, was da in deinem Gesicht an Bart sprießt, aber es sieht ungepflegt aus.« und deutete dabei auf sein Gesicht und verließ das Badezimmer.

Aiden musste trotz der schwierigen Situation grinsen. Seine Mutter hatte oft dasselbe zu ihm gesagt.

Er trat an den kleinen Spiegel, der über einem runden Waschbottich hing.

Neugierig sah er sich um. Der Raum war halbhoch mit cremefarbenen Kacheln gefliest. Die Wände und die Decke waren weiß gestrichen. Der Fußboden abwechselnd mit weißen und schwarzen Fließen belegt.

Auf dem gefliesten Fenstersims lagen ein Rasierpinsel und eine Seife sowie ein Rasiermesser, das Elisabeth für Franz Heimkehr schon bereitgestellt hatte. Nun würde er, anstelle von Franz, diese Sachen benutzen.

Traurig cremte er sich mit der Seife das Gesicht ein und entfernte vorsichtig mit dem scharfen Rasiermesser seinen rotblonden Flaum von seinen Wangen und seinem Kinn.

Als er gerade fertig war, kam Elisabeth mit einer großen Kanne heißem, dampfendem Wasser, das sie in die Blechbadewanne schüttete.

Aiden war es peinlich, dass er sich von Elisabeth bedienen lassen musste, doch als er ihr Hilfe anbot, lehnte sie mit einem Kopfschütteln ab und kam bald darauf nochmals mit einer dampfenden Kanne Wasser zurück.

Nun folgten noch drei Kannen kaltes Wasser. Sie gab ein kleines Stück Seife dazu und bat ihn dann sich auszuziehen und seine Kleidung vor die Badezimmertüre zu legen.

Sie verließ den Raum und überließ Aiden sich selbst.

Elisabeth lehnte sich gegen die Wohnzimmertüre und atmete tief durch.

Sie lief gerade vor der Wahrheit davon. Der Wahrheit, die ihr Aiden erzählen würde, über den Tod von Franz. Alles wehrte sich in ihr, diese Wahrheit hören zu wollen, obwohl es ihr wichtig war, zu wissen, wie ihr geliebter Franz seine letzten Stunden verbracht hatte, bevor er starb.

Es war so schwer für sie, dies zu akzeptieren. Tränen standen in ihren Augen und sie spürte einen tiefen Schmerz in ihrer Brust, den sie kaum aushalten konnte.

Solange sie sich ablenkte, schien es ertragbar, doch sobald sie den Gedanken an Franz und seinen Tod zuließ, drohte der Schmerz sie in tausend Einzelteile zu zerbrechen.

Wie sehr hatten sie sich geliebt. Einander vertraut und alles geteilt.

Und nun war sie alleine, mit der Sicherheit, dass er niemals wieder heimkehren würde.

Sie hörte, wie der Junge seine Kleidung vor die Badezimmertür legte.

Schnell hob sie, tief einatmend, ihre Schultern, rieb sich die Tränen aus dem Gesicht und holte die Kleidungsstücke und brachte sie in die kleine Küche.

In der Ecke stand ein Waschbottich. Wieder erhitzte sie Wasser, legte die Wäsche in den Bottich, streute etwas Pulver darüber und goss das heiße, sowie etwas kaltes Wasser darauf.

Dann brühte sie eine Kanne Kaffee auf.

Erst vor einigen Tagen hatte sie etwas Kaffeepulver von einer Nachbarin geschenkt bekommen und hatte das Pulver für Franz´ Heimkehr aufgehoben.

Nun würde sie den Kaffee mit dem Jungen trinken und dabei seine Geschichte anhören.

Aiden saß unterdessen in der Blechbadewanne und genoss

das warme Wasser. Er fühlte sich wie im Paradies und dankbar dachte er an Elisabeth und auch an Franz.

Wie es schien, hatte sie keine Polizei gerufen, die ihn abholen sollte. Aiden wusste jetzt, dass er ihr vertrauen konnte und hoffte, dass sie ihm helfen würde unentdeckt zu bleiben, bis es eine Möglichkeit gab, dass er heimkehren konnte.

Abschätzend betrachtete er sein verletztes Bein, das gut verheilt war, aber sehr vernarbt und verkrüppelt aussah. Damit musste er sich abfinden, dass dies nicht mehr schöner werden würde. Aber er wusste, das war das kleinste Übel, dass er erdulden musste. Er hatte bisher großes Glück gehabt und ihm wurde das immer mehr bewusst.

Als er sich gründlich abgeseift und seine rotblonden Haare gewaschen hatte, die nun schon wieder etwas länger waren, stieg er aus der Blechwanne und trocknete sich mit dem, von Elisabeth bereitgelegtem Handtuch, ab und bürstete seine noch feuchten Haare glatt.

Vorsichtig schlüpfte er in die lange graue Unterhose von Franz und zog sie langsam über sein verletztes Bein. Er streifte das gestreifte Flanellhemd über und zuletzt die dunkelbraune Hose, die ihm viel zu lang und auch am Bund viel zu weit war. Doch an der Hose waren Träger aus grauem Gummi befestigt. Er streifte die Träger über seine Schulter und sah an sich herunter. Zum Schluss krempelte er noch die Hosenbeine hoch.

Aiden trat aus dem Badezimmer und öffnete die angelehnte Wohnzimmertüre.

Auf dem Esstisch standen schon die Kaffeetassen bereit und etwas Brot und Honig.

Er setzte sich, da Elisabeth noch in der Küche herumhantierte.

Als sie sich mit der Kaffeekanne in der Hand zu ihm an den Esstisch setzte, sah Aiden, dass ihre Augen vom Weinen gerötet waren.

Beschämt senkte er seinen Blick. Er genoss ihre Fürsorglichkeit und vergaß darüber fast, warum er überhaupt hier sein durfte.

Elisabeth schenkte ihm den schwarzen, würzig riechenden Kaffee in die Tasse und schob ihm Milch und Zucker über den Tisch.

Aiden kannte Kaffee nur von der Frontküche, der aber aus Malz und sehr dünn, ja fast nach Wasser schmeckte. Man konnte den Kaffeegeschmack nur erahnen. Und Zuhause in Irland gab es nur Tee.

Misstrauisch nahm einen kräftigen Schluck, bevor er schließlich noch etwas Milch dazugab und dann noch einen genüsslichen Schluck trank.

»Schmeckt er dir?«, fragte Elisabeth.

»Ja, sehr gut. Danke.«

Elisabeth sah ihn erwartungsvoll an. Aiden wusste nicht, wie er beginnen sollte.

Es fiel ihm nicht leicht, über die Zeit an der Front und seiner Begegnung mit Franz dort im Bombenkrater zu sprechen. Aber er musste ihr erklären, was Franz für ihn getan hatte.

»Wo hast du Franz getroffen?«,

Aiden lehnt sich zurück, hielt seinen Blick auf seine Finger gesenkt, die in seinem Schoss lagen und sich nervös aneinander rieben.

Dann hob er seinen Blick und begann zu erzählen.

Erst redete er sehr schnell und Elisabeth hob die Hand und stoppte seinen Redefluss, weil sie nicht alles verstand.

»Sprich bitte langsamer Aiden. Ich kann sonst nicht alles verstehen.«

Aiden nickte.

Etwas ruhiger begann er langsam seine Geschichte zu erzählen.

Er begann damit, als die britischen Soldaten ihn Zuhause aufgesucht hatten und er ihnen in seiner Naivität gefolgt war, um mit ihnen in den Krieg zu ziehen.

Dann seine ersten Einsätze in Frankreich an der Front, wo alle unausgebildeten Soldaten als Kanonenfutter auf das Schlachtfeld vorgeschickt wurden.

Aiden erzählte ihr von seiner Angst und den vielen toten Soldaten. Alles von der Grausamkeit, wofür er teilweise gar keine Worte fand, um das wiederzugeben, was er erlebt hatte, in der relativ kurzen Zeit, die er dort verbrachte. Dann kam er zu dem Tag der großen Schlacht an der Sommè.

Stockend erzählte er ihr, dass dieser Tag sein 19. Geburtstag war, an dem diese große Schlacht schließlich eröffnet wurde.

Immer noch konnte er sich nicht mehr an alles erinnern.

Er wusste nur, dass er an diesem Tag wie von Sinnen auf das weite Schlachtfeld rannte und ihm in diesem Moment alles egal war. Ob er sterben oder überleben würde, spielte für ihn keine Rolle mehr, da auch das Überleben dort grausam war.

Und dann kam er an den Punkt seiner Erzählung, als er zu Franz in diesen Bombenkrater fiel.

Hier stockte seine Erzählung und er nahm noch einmal einen Schluck Kaffee.

Elisabeth sah ihn die ganze Zeit voller Entsetzen und Mitgefühl an, als sie seiner Geschichte angespannt lauschte.

Man hörte ja immer wieder die unterschiedlichsten Erzählungen, wie schlimm es wirklich an der Front war.

Und in manchen Kinos wurden Filme gezeigt. Doch in diesen Filmen wurde der Einsatz an den Frontlinien verherrlicht und zeigten nur Bilder von stolzen Soldaten, die ihre Hände mit der Faust zum Kampf hochgestreckt hatten. Es waren schließlich nur Propagandafilme, die der Bevölkerung nicht die Grausamkeit und die wirkliche Realität zeigten.

»Und dort bist du auf Franz getroffen?«

»Ja. Ich wurde direkt, als eine Kanonenkugel einschlug, durch den Druck weggeschleudert und fiel in einen Bombenkrater einer früheren Bombe und landete direkt auf Franz, der schon schwer verwundet darin gelegen hatte.«

Elisabeth sah ihn entsetzt an.

»Was hatte er für Verletzungen?«, fragte sie leise und tiefes Leid zeichnete sich auf ihr Gesicht ab. »Bitte sag es mir.«

Aiden fuhr fort und schilderte ihr von Franz schwerer Bauchverletzung. Dann, wie er erschrocken war, als Franz ihn ansah, von Gesicht zu Gesicht und erkannte, dass er ein Feind war und von der deutschen Seite kam.

Davon, dass er, Aiden, zu weit an die deutsche Frontlinie vorgelaufen war. Dass er bis heute nicht wusste, wie er diese weite Strecke bis dorthin geschafft hatte. Er musste wie von Sinnen gewesen sein und jegliches Zeit und Schmerzgefühl verloren haben.

Aiden berichtete Elisabeth, dass Franz wie auch er im ersten Moment erstarrt waren vor Angst. Doch dann sprach Franz ihn an, in Englisch und fragte ihn, wie er hieß und woher er kam.

Und schon nach einiger Zeit, teilte ihm Franz seinen Plan mit, dass er, Aiden, an seiner Stelle, mit seinem Namen, nach München, zu seiner Frau zurückkehren sollte.

Elisabeth hörte ihm aufmerksam zu.

»Glaube mir, Elisabeth, ich wollte das nicht und lehnte diesen Plan erst ab.«, rief Aiden verzweifelt aus. »Ich sagte zu ihm, dass bald Hilfe kommen würde. Doch Franz sagte, dass er wüsste, dass er nicht überleben würde. Er spürte dass seine Verletzung zu schwer war.«

Aiden schlug seine Hände vor sein Gesicht und fuhr sich dann müde durch die nun bereits getrockneten Haare. Elisabeth stand auf und ging um den Tisch herum zu dem Jungen und legte ihm ihre Hand tröstend auf die Schulter.

»Ist schon gut mein Junge. Du kannst nichts dafür. Du bist auch nur ein Opfer dieses grässlichen Krieges. Und ich glaube dir, dass du ihn nicht getötet hast.«

Aiden sah dankbar zu ihr hoch.

»Was ist mit deinem Bein passiert?«, wollte Elisabeth dann wissen.

Aiden zeigte Elisabeth seine Verletzung am Bein, die sich an den Narben und Verstümmelungen ausmalen konnte, wie sehr das Bein verletzt wurde.

Sie strich ihm tröstend über den Kopf.

Dann wollte sie wissen wie es weiterging.

»Was hat Franz gesagt. Erzähl es mir genau. Bitte.«, flehend sah Elisabeth ihn an und setzte sich wieder auf ihren Stuhl.

Aiden wiederholte so gut es seine Erinnerungen zuließen, alles was Franz zu ihm gesagt hatte.

Er erzählte ihr von Franz Worten über ihre glückliche Ehe und dass er Franz versprochen hatte, ihr den Brief zu überbringen, wenn der Plan gelingen sollte.

Elisabeth hörte ihm konzentriert zu, damit sie auch alles verstand, was er sagte.

Manchmal hob sie ihre Hand und bat ihn, das Gesagte nochmal zu wiederholen.

Dabei hielt sie die ganze Zeit ihr Taschentuch vor den Mund, aus dem immer wieder schmerzvolle Laute drangen, die sie zu unterdrücken versuchte.

»Bitte glaube mir Elisabeth. Ich habe versucht, es ihm auszureden, als er mir vorgeschlagen hat, die Rollen und die Uniformen zu tauschen. Ich wollte nicht, dass er stirbt. Er wurde in dieser kurzen Zeit, die wir gesprochen haben, fast wie ein Bruder für mich, obwohl wir doch Feinde hätten sein sollen. Aber er beharrte auf diesen Rollentausch und uns blieb wenig Zeit. Franz wurde von Minute zu Minute schwächer.«, sprach er mit leiser werdender Stimme. »Ich willigte schließlich ein, in meiner Angst. Und wir wechselten die Uniformen, so gut es ging.«

»Und dann?«, flüsterte Elisabeth tonlos.

»Noch bevor wir fertig waren, ist er in meinen Armen gestorben.«, erwiderte Aiden mit tränenerstickter Stimme.

Elisabeth stand hektisch auf und trat ans Fenster und stützte sich auf das Fensterbrett. Tränen rannen über ihre Wangen und ihre Schultern bebten.

Aiden stand ebenfalls auf. Etwas unbeholfen trat er zu Elisabeth ans Fenster und legte eine Hand auf ihre bebende Schulter.

Er wusste nicht was er sagen sollte. Es gab keine Worte des Trostes. Besonders nicht von ihm, wie er sich selbst bewusst war.

Nach einer Weile drehte sich Elisabeth um und sah Aiden an, der immer noch, mit der Hand auf ihrer Schulter, neben ihr stand.

»Ich werde dir helfen so gut ich kann.

Das ist das einzige, was ich noch für Franz tun kann. Ich werde ihm seinen Wunsch erfüllen, dir zu helfen.«, flüsterte sie mit tränenerstickter Stimme, konnte jedoch ihre Tränen nicht mehr zurückhalten.

Auch Aiden liefen nun die Tränen über die Wangen. »Danke!«, flüsterte er. »Danke, dass du mir glaubst. Ich hatte große Angst, dass du mich für einen Betrüger halten würdest. Ich hätte es verstanden. Aber ich kann dir versichern, alles ist die Wahrheit, was ich dir erzählt habe.«

»Mach dir keine Sorgen. Ich glaube dir. Denn genau wie du es erzählt hast, würde mein Franz handeln. Er hatte sogar noch in seiner letzten Stunde ein großes Herz.«

Sie standen noch eine Weile am Fenster und unterhielten sich über die Grausamkeit des Krieges, dem keiner entkommen konnte. Dem sie ausgesetzt waren mit all der Hilflosigkeit und dem Schmerz.

Später setzten sie sich wieder an den Tisch und Aiden aß sein Honigbrot. Elisabeth schob ihren Teller weg. Sie brachte keinen Bissen hinunter.

»Ich habe hier noch ein kleines Zimmer, in dem jetzt allerlei altes Gerümpel steht und auch ein altes Bett. Du kannst mir in den nächsten Tagen helfen, das Zimmer ausräumen. Bis dahin, kannst du hier auf dem Sofa schlafen.«

»Danke Elisabeth.«, flüsterte Aiden leise.

»Jetzt legst du dich erst einmal schlafen. Du siehst sehr erschöpft aus. Und ich bin es auch. Später setzen wir uns noch einmal zusammen und beratschlagen, wie wir vorgehen wollen. Wir müssen uns genau überlegen, wie wir dich hier integrieren, denn du kannst nicht immer ungesehen in der Wohnung eingesperrt bleiben.«, sagte sie mit nachdenklicher Miene.

»Doch für eine gewisse Zeit wird es nicht anders gehen. Wenigsten solange du unsere Sprache noch nicht verstehst und beherrscht.«

«Danke!» Aiden fand keine anderen Worte, um auszudrücken, was er gerade empfand. Erleichterung, Hilflosigkeit, Dankbarkeit, Angst.

Er war angewiesen auf Elisabeth und ihre Hilfe.

Aber was konnte er ihr zurückgeben? Konnte er wirklich von ihr verlangen, dass sie ihn beschützte? Und wenn sie es dennoch tat, dann war ihm bewusst, dass er seinen Schutzengel getroffen hatte. Erst in Form von Franz, der ihn auf diese Reise geschickt hatte und dann in Form von Elisabeth, die ihm helfen wollte. Aiden stand plötzlich auf und ging aus dem Zimmer, um seine Uniformjacke zu suchen.

Elisabeth sah erstaunt hoch..

»Was tust du?«, rief sie ihm hinterher.

»Einen Moment, ich komme gleich wieder. Ich muss dir etwas zeigen.«

Als er ins Wohnzimmer zurückkehrte, hielt er seine goldene Münze in der Hand und legte sie vor Elisabeth auf den Tisch. Diese schaute die Münze und dann ihn erstaunt an.

»Was ist das?« Sie erzählte ihm nicht, dass sie diese Münze bereits in seiner Jacke entdeckt hatte.

»Das ist eine goldene Münze, die ich als Kind von einem Leprechaun, einem Kobold, geschenkt bekommen habe.«

Elisabeth sah ihn skeptisch an. Womöglich ist er nicht bei Sinnen, dachte sie bestürzt.

Doch Aiden fuhr unbeirrt fort.

»Ich war acht Jahre alt und vor unserem Cottage in mein Spiel vertieft, als er plötzlich vor mir stand und seine

183

Münzen suchte, die mir vor die Füße gerollt waren.

Der Kobold schenkte mir damals eine der beiden Münzen. 'Behalte sie immer bei dir und sie wird dir Glück bringen und dich aus jeder noch so ausweglosen Situation retten', sagte er zu mir. Und ich habe sie mit in den Krieg genommen und sie hat mich immer beschützt. Nun hat sie mich durch Franz zu dir geführt. Und du willst mir nun helfen.«, nachdenklich sah er die Münze an.

«Ich habe mir niemals vorher Gedanken über die Kraft dieser Münze und die Wahrheit über deren Einfluss auf mein Leben gemacht. Ich bin mir nicht einmal sicher, ob ich damals wohl alles nur geträumt habe und die Münze durch Zufall gefunden und mir nur eine Fantasiegeschichte zusammengesponnen habe. Doch nun kann mich nichts mehr davon abhalten, daran zu glauben. Ja, an Wunder zu glauben.«, schloss er seine Gedanken, die er laut ausgesprochen hatte.

Elisabeth sah ihn mitfühlend und liebevoll an, wie eine Mutter ihren Sohn ansieht, wenn sie seine Not spürt und ihm am liebsten diese schwere Last abnehmen würde.

Sie konnte ihm zwar diese Geschichte von dem Kobold nicht glauben, aber sie hatte Verständnis für ihn und widersprach ihm nicht.

Elisabeth konnte nicht umhin, als diesen Jungen sofort in ihr Herz zu schließen.

Jegliches Hassgefühl oder ein Gefühl, das er Schuld am Tod ihres Mannes wäre, stand ihr fern. Nicht einmal in ihrem großen Schmerz, der ganz frisch und grausam in ihr tobte, konnte sie diesen Jungen hassen dafür, dass er ein Feind war, der auf die Männer ihres Landes geschossen hatte.

Er war ein Junge, der gar nicht wusste, auf was er sich

eingelassen hatte, als er in den Krieg gezogen war.

Ein Junge, der fern von jeglicher Kampflust und Kriegseuphorie stand. Und Zuhause wartet sicher eine Mutter mit gebrochenen Herzen auf eine Nachricht von ihrem Jungen.

Und womöglich hat sie schon die Nachricht bekommen, dass ihr Sohn gefallen sei, nachdem sie ihren Franz gefunden hatten und ihn den Briten zugeordnet und anhand seiner Kennmarke, die von Aiden stammte, seine Identität herausgefunden hatten und dies dann der Familie mitgeteilt. Was für ein Drama für alle. Elisabeth trieb es erneut Tränen in die Augen.

Sie legte ihre Hand auf die von Aiden, in der er die goldene Münze hielt.

»Es ist ein wunderschöner Gedanke, dass diese Münze solche magischen Kräfte besitzt. Was gibt es wertvolleres als an etwas wirklich zu glauben. Und wenn der Glaube stark genug ist, dann wird sich dieser Glaube auch in der Wirklichkeit zeigen. Davon bin ich überzeugt.«

Aiden sah Elisabeth dankbar an, dafür, dass sie ihn nicht für verrückt hielt.

»Genau das hat meine Mutter auch immer zu mir gesagt.«

Elisabeth zog ihre Hand zurück und lehnte sich nachdenklich in ihren Stuhl zurück.

»Habe ich vielleicht nicht stark genug daran geglaubt, dass Franz gesund aus dem Krieg zurückkommen wird?«, flüsterte sie mehr zu sich selbst, als zu Aiden gewandt.

Plötzlich schüttelte sie den Kopf.

»Nein, ich habe nicht stark genug daran geglaubt. Ich wollte es glauben, doch ich hatte jeden Tag Zweifel daran. Ich konnte es tief in mir nicht glauben.

Ich hatte jeden Tag Angst vor einer schlechten Nachricht.«
Aiden sah Elisabeth erschrocken an.

»Aber du hast doch keine Schuld daran, dass Franz gestorben ist. Es ist Krieg und es kann jeden treffen, zu jeder Zeit und überall an der Front.«, rief er aufgewühlt.

Elisabeth sah traurig hoch.

»Wahrscheinlich hast du Recht. Dann habe ich es vielleicht vorausgeahnt, dass er nicht mehr nach Hause kommen würde und konnte deshalb nicht daran glauben.«, sinnierte sie vor sich hin.

Elisabeth fühlte eine unglaubliche Verzweiflung in sich und suchte mit aller Macht nach einer Ursache, nach einem Missverhalten ihrerseits, warum ihr und Franz dieses Schicksal wiederfahren war.

Aiden sah auf die goldene Münze in seiner Hand.

»Glaubst du, dass mich die Münze zurückbringen wird? Zurück nach Irland zu meiner Familie?«, hoffnungsvoll sah er von der Münze auf.

Elisabeth sah ihn nachdenklich an.

»Ja, ich glaube daran. Ich kann es spüren, dass es wahr werden wird. Du wirst deine Familie wiedersehen.« erwiderte sie schließlich voller Überzeugung und lächelte Aiden an.

Bei ihren Worten zog sich auch ein Lächeln über Aidens Gesicht.

Eine Weile sprachen beide kein Wort und waren jeder in seine Gedanken versunken. Plötzlich stand Elisabeth auf, zog ihre Schultern in die Höhe und atmete ein paarmal tief durch.

»Ich gehe noch schnell etwas einkaufen für die nächsten Tage. Wir werden eine Menge zu tun haben und du wirst dich erst einmal nicht in der Öffentlichkeit zeigen.«

Sie nahm das Geschirr vom Tisch und brachte alles in die Küche.

»Meine Freundin, Greta, die du ja schon kennengelernt hast, wohnt einen Stock über mir und ich muss ihr noch Bescheid geben, dass du bei mir wohnst für eine gewisse Zeit.

Nicht, dass sie Verdacht schöpft und darauf kommt, dass ich dich verstecke hier in der Wohnung. Ich erzähle ihr, dass du ein entfernter Verwandter von Franz bist, traumatisiert und nicht hören und sprechen kannst. Und das ich dir helfen werde, bist du wieder gesund bist, da deine Eltern nicht mehr am Leben sind. Dann haben wir hoffentlich Ruhe vor ihren neugierigen Fragen und Blicken.«

Aiden blickte sie dankbar an, bevor er aufstand und sich mit der goldenen Münze in der Hand erschöpft auf das Sofa legte. Er sah noch, wie Elisabeth ins Bad ging, um ihr Gesicht frisch zu machen und die Tränenspuren zu beseitigen und die Wohnung zu verlassen. Kurz darauf war er auch schon eingeschlafen.

*

Als Elisabeth wieder in die Wohnung zurückkam, schlief Aiden immer noch tief und fest. Es war mittlerweile schon fast acht Uhr abends. Elisabeth war nach dem Einkaufen zu ihrer Freundin Greta hochgegangen, um ihr von Aiden zu erzählen.

Als sie vor Gretas Türe stand, fiel ihr plötzlich siedend heiß ein, dass sie noch gar nicht über Aidens neuen Namen gesprochen hatten. Er braucht einen anderen Vornamen. In Sekundenschnelle rauschten duzende Vornamen durch ihren Kopf.

187

Aber was würde Aiden gefallen? Konnte sie einfach einen Namen aussuchen ohne ihn?

Aber wenn sie jetzt Greta erzählt, dass der Junge bei ihr wohnt, muss sie ihr seinen Namen nennen. Elisabeth wurde ganz heiß. Sie hatte schon geklingelt bei Greta, sonst würde sie noch einmal nach unten gehen und erst mit Aiden sprechen.

Doch nun war es zu spät. Die Tür wurde von Innen geöffnet und Greta empfing sie mit einem mitfühlenden, traurigen Gesicht.

»Meine liebe Elisabeth, wie geht´s dir? Komm rein. Ich wollte schon nach unten gehen zu dir und nach dir schauen. Doch auf mein Klingeln hat niemand geöffnet.«

»Danke Greta. Lieb von dir. Ich war noch ein bisschen an der Luft und habe etwas eingekauft. Das hat mir gutgetan.«

»Komm herein.«, bat Greta sie und trat zur Seite.

»Ja kurz nur. Ich muss gleich wieder hinunter. Ich habe Besuch.«, eröffnete ihr Elisabeth.

Greta drehte sich entrüstet zu Elisabeth um.

»Du hast diesen jungen, zerlumpten Soldaten wirklich in deine Wohnung gelassen? Elisabeth ich bin entsetzt. Was will er von dir?«

»Er ist ein entfernter Verwandter von Franz. Eine Cousine väterlicherseits hat ihn hierher geschickt, da seine Eltern schon lange tot sind und sie ihn nicht bei sich aufnehmen konnte.«, antwortete Elisabeth schnell, selbst verwundert über sich, dass ihr diese Lüge so leicht über die Lippen kam. »Ich kannte ihn auch nicht vorher.«, sprach sie schnell weiter, bevor Greta etwas einwerfen konnte. »Doch er hat mir alles aufgeschrieben, weil er total traumatisiert ist von einem Granatenschlag und nicht hören und sprechen kann.

Und er hat mir einen Brief von seiner Tante gegeben, die ihn hergeschickt hat, mit der Bitte, ob ich ihn versorgen könnte, solange er nicht wieder an die Front zurück muss. Diese Tante wusste ja nicht, dass ich gerade heute die Nachricht von Franz Tod bekommen würde.«

Von plötzlicher Trauer übermannt, traten ihr die Tränen in die Augen und Greta ging zu ihr und nahm sie in den Arm.

Plötzlich hob Greta den Kopf.

»Aber den Brief von Franz hat dir doch der Junge gebracht. Das hast du mir selbst erzählt.«, misstrauisch sah sie Elisabeth an.

Elisabeth lief es eiskalt den Rücken hinunter.

Sie hatte nicht mehr daran gedacht, dass Greta bereits wusste, dass ihr der Junge den Brief von Franz mitgebracht hatte. Sie hatte es ihr selbst erzählt. Ihre Gedanken suchten hektisch nach einer glaubwürdigen Antwort.

Um sich Zeit zu verschaffen fing sie wieder an zu weinen, was ihr nicht schwerfiel, bevor sie endlich die rettende Idee hatte.

»Der Brief lag vor meiner Wohnungstür, erzählte mir der Junge. Er hatte ihn gerade hochgehoben, als ich die Treppe heraufkam. Und dann hat er ihn mir hingehalten, so dass ich zuerst dachte, er hätte den Brief mitgebracht. Er konnte es mir ja nicht sagen, weil er nicht sprechen kann. Erst vorhin, hat er mir das alles aufgeschrieben.«, erklärte ihr Elisabeth unter Tränen.

»Ist ja alles gut, meine Liebe. Ich bin da, wenn du mich brauchst. Aber sei bitte vorsichtig mit dem jungen Mann. Man weiß nie. Auch wenn er ein Verwandter ist, kann man seine Absichten nie ergründen.«, erwiderte Greta jedoch mit großem Misstrauen in der Stimme.

»Wie heißt er eigentlich?«, fragte sie plötzlich.

Bei Elisabeth bildeten sich vor Aufregung Schweißperlen auf ihrer Stirn. In Sekundenbruchteilen überlegte sie.

»Fritz. Fritz heißt er.« rief sie schließlich. »Fritz von Letten.«, vervollständigte sie schnell den Namen.

In der Kürze der Zeit hatte sie noch daran gedacht, einen kurzen, einsilbigen Namen zu wählen, damit Aiden die Aussprache leichter fallen würde.

Greta nickte nur, als sie den Namen hörte, schaute jedoch immer noch mit Misstrauen im Blick auf Elisabeth.

Sie unterhielten sich noch eine Weile, dann verabschiedete sich Elisabeth und verließ erleichtert die Wohnung ihrer Freundin.

Sie mochte Greta wirklich gerne, aber oft dachte sie, dass Greta sehr hart mit anderen Menschen ins Gericht ging, nur Wenigen über den Weg traute und niemanden leicht an sich heranließ, die ihr Herz erobern konnten oder durften. Ihr fehlte ein liebendes Herz. Doch im Grunde war sie eine gute Seele. Elisabeth hatte nie herausgefunden, was Greta so hart gemacht hatte. Obwohl sie sich sehr viel anvertrauten, dies hielt Greta tief in sich verschlossen. Und da Elisabeth von Natur aus ein gutes Herz hatte, konnte sie dies auch akzeptieren und nahm Greta wie sie war.

*

Am Tag darauf verbrachten Elisabeth und Aiden damit, das kleine Zimmer auszuräumen und zu reinigen, damit er im eigenen Zimmer schlafen konnte.

Als sie damit fertig waren, standen nur noch ein Bett, eine Kommode und ein Stuhl im Zimmer.

Elisabeth wusch die Vorhänge und Gardinen und putzte den Fußboden, der schon lange nicht mehr gereinigt worden war.

Denn ganzen Tag über, hielt sie Aiden Gegenstände hin und erklärte ihm die dafür deutschen Wörter.

Aiden versuchte so gut er konnte, sich die Wörter zu merken. Bei einigen viel es ihm gar nicht schwer, andere verlor er gleich wieder.

Im Flur stand nun ein Sammelsurium an Dingen, wie ein kaputter Stuhl, zwei ziemlich ramponierte geflochtene Wäschekörbe, zwei alte Bilderrahmen, die mit Stockflecken übersäht waren und ein alten Koffer mit gebrauchter Kleidung von Elisabeth, die sie schon lange nicht mehr getragen hatte.

Nach diesem anstrengenden Tag, fühlte Aiden sich sehr erschöpft und müde. Ihm wurde klar, dass es einige Zeit dauern wird, bis er wieder bei Kräften war. Elisabeth tat jedoch alles, um ihn hochzupäppeln und ihm genügend Essen zu geben.

Am Abend dieses Tages saß sie über den Propagandablättern und Zeitungen, um sich über die Geschehnisse des Krieges zu informieren, der erbarmungslos seinen Lauf nahm.

Aus Aidens Erzählungen wusste Elisabeth nun, dass die Nachrichten, die sie hier in München erreichten, nicht dem entsprach, was wirklich dort in Frankreich geschah.

Die Lage wurde immer bedrohlicher für alle. Die Lebensmittelnot immer größer und es waren so viele Männer an den Fronten verteilt, dass viele Frauen jetzt auch zur Männerarbeit herangezogen wurden.

Elisabeth überlegte schon lange, sich als Schaffnerin im Straßenbahndepot zu melden, da dort großer Mangel herrschte und diese Arbeit gut bezahlt wurde, besser als ihre Arbeit im Lazarett.

Aiden konnte sie nicht losschicken sich Arbeit zu suchen, sie musste ihn versteckt halten, sonst würden sie ihn sofort zurück an die Front schicken.

Sein Bein war gut verheilt und er konnte bereits mühelos ohne Krücken gehen.

Ihr war bewusst, dass Aiden eine lange Zeit in der Wohnung bleiben musste, bevor er sich draußen unter anderen Menschen sehen lassen konnte. Also würde er nichts beitragen können zu ihrem Lebensunterhalt.

Daran mussten sie denken, denn ihre Ersparnisse würden nicht ewig reichen. Und das Wenige, was sie als Hilfsschwester im Lazarett verdiente, reichte gerade für sie selbst.

Elisabeth hatte beschlossen, in zwei Tagen wieder ins Lazarett zurückzukehren, damit der Lohn nicht zu lange ausfallen würde. Die ganze Arbeit und Ablenkung mit Aiden taten ihr gut und erst am Abend, als Ruhe einkehrte und sich Aiden in sein Zimmer zurückgezogen hatte, überflutete sie wieder die Trauer und Schmerz und sie ließ ihren Tränen freien Lauf.

*

So vergingen die nächsten Tage sehr schnell. Täglich verbrachte sie sechs Stunden im Lazarett, hastete nach Hause und unterrichtete die restlichen Stunden Aiden und brachte ihm so nach und nach die deutsche Sprache bei. Aiden tat sich erstaunlich leicht, sich die Vokabeln und die Grammatik zu merken.

Sie legte ihm ein Heft an und gab ihm für jeden Tag viele Aufgaben, die er bis zum Abend lernen sollte.

An zwei Abenden klingelte es an der Tür und Greta stand an der Wohnungstür und wollte sich mit ihr unterhalten. Elisabeth ließ sie nur ungern in die Wohnung.

Sie wollte nicht, dass sie mit Aiden in Kontakt kam.

Deshalb sagte sie ihr jedes Mal, dass sie gerne alleine sein würde, um ihre Trauer zu verarbeiten.

Elisabeth wich Greta aus, so gut es ging und erklärte ihr, dass der Junge noch bei ihr sei, aber immer noch keine Besserung mit seinem Gehör und der Sprache eingetreten ist. Dass er noch sehr erschöpft war und viel schlief.

Greta hörte ihr misstrauisch zu, aber schließlich akzeptierte sie Elisabeths Wunsch, alleine zu sein. Sie bat sie jedoch darum, sich zu melden, falls sie jemand brauchte zum Sprechen. Elisabeth beruhigte sie, dass sie sich auf jeden Fall melden würde.

Für Greta war es jedoch sehr verdächtig, dass sich ihre Freundin so sehr zurückzog von ihr. Und ihr Verdacht, dass es auch etwas mit diesem Jungen zu tun hatte, steigerte sich von Tag zu Tag.

In diesen ersten Wochen, ging Aiden nicht vor die Tür. Zuviel Angst davor, dass er durch irgendeinen Umstand entlarvt werden würde, hinderte ihn daran.

Zwar lernte er schnell die neue Sprache, doch es war noch eindeutig durch den Akzent zu hören, dass es nicht seine Muttersprache war.

Elisabeth wusste, das würde die schwierigste Aufgabe für Aiden werden, diesen Akzent auszumerzen und abzulegen.

Täglich machte sie Sprechübungen mit ihm und merkte, dass es fast leichter war, ihm die Sprache in Münchner Mundart beizubringen, als in Hochdeutsch. Dadurch ließ sich der Akzent besser unterdrücken.

Manchmal sprach er Sätze schon aus, da konnte sie keinen Unterschied mehr heraushören. Aber es gab noch viel zu lernen für ihn.

Gleichzeigt brachte sie ihm noch die deutsche Schrift bei, dass er wenigsten seinen Namen und Adresse schreiben konnte. Alles Weitere würde sich ergeben.

Es würde dennoch ein langer Weg werden.

Noch verhielt sich Aiden sehr eifrig und ruhig, doch Elisabeth machte sich Gedanken, wie er auf Dauer mit der Situation zurechtkommen würde, die meiste Zeit in der Wohnung eingesperrt zu sein.

*

## München
## Dezember 1916

Sechs Wochen später, Elisabeth und Aiden saßen am Abend am Esstisch und blätterten in der aktuellen Nachrichtenausgabe über das Kriegsgeschehen.
Elisabeth las laut vor:
*"Heute am 12. Dezember 1916 wurde ein Friedensangebot der Mittelmächte ausgesprochen. Auf Drängen Österreich-Ungarns wurde diese Friedensnote nach der Eroberung Rumäniens ausgesprochen."*
Elisabeth sprang hoch und wollte schon in Jubel ausbrechen, da sie so sehr hoffte, dass dieser Krieg bald ein Ende hat.
Doch dann setzte sie sich wieder und las weiter:
*"Ob dieses Friedensangebot angenommen wird von den feindlichen Regierungen, ist nicht abzusehen und wird eine Weile des Wartens und Hoffens erfordern."*
Die ganze Zeit über beobachtete Aiden Elisabeth und verstand nicht ganz, warum sie auf einmal so begeistert hochgesprungen war.
Er tat sich noch schwer den Zusammenhang ihrer Worte so ganz zu verstehen.
Elisabeth beruhigte sich wieder und setzte sich neben Aiden und erklärte ihm noch einmal langsam, was sie soeben vorgelesen hatte und was es für ihn bedeuten würde, wenn erst der Krieg zu Ende wäre.
Nämlich, dass er bald zurück in seine Heimat reisen könnte.
Natürlich erst, wenn sich alles beruhigt hätte. Aber es wäre absehbar, wenn erst der Krieg vorbei wäre.
Aiden hörte ihr angestrengt zu und verstand dann, was sie ihm sagen wollte und ein glückliches Grinsen zog sich über sein Gesicht und erreichte seine Augen, die bei dem

Gedanken, bald wieder sein geliebtes Irland und seine Familie zu sehen, zu strahlen begannen.

Aiden stand auf und fiel Elisabeth um den Hals und hob sie voller Freude hoch.

»Stop, Aiden, lass mich runter. Noch ist es nicht so weit. Wir müssen erst abwarten, ob das Friedensangebot angenommen wird.«, versuchte sie seine überschwängliche Freude etwas zu dämpfen.

»Ach was, es wird wahr werden. Ich glaube fest daran.«, freute sich Aiden und hörte nicht auf zu Grinsen.

Dann erzählte er Elisabeth zum hundertsten Mal von Irland und den saftigen grünen Wiesen, von den Legenden und Sagen, den Feen und Kobolden und von seiner Familie.

Er wünschte sich, dass sie mit ihm nach Irland reiste, damit er sie seiner Familie vorstellen konnte und wollte ihr sein Land zeigen und sich somit bei ihr bedanken, für all das, was sie gerade für ihn tat.

Elisabeth hatte alle Hände voll zu tun, um Aiden zu beruhigen. Wenn sie gewusst hätte, wie sehr er sich Hoffnung macht, dann wäre sie vorsichtiger gewesen mit dem was sie ihm erzählt.

Aber sie hatte sich selbst so sehr gefreut über diese Mitteilung, dass sie nicht daran gedacht hatte.

*

Die Tage verrannen. Elisabeth ging morgens in das Lazarett für einige Stunden und Zuhause unterrichtete sie Aiden. Immer noch weinte sie sich jeden Abend in den Schlaf und trauerte um Franz.

Oft dachte sie, dass Leben lief einfach weiter, als ob nichts geschehen wäre. Alles und alle um sie herum lebte weiter wie bisher, nur für sie hatte sich alles verändert. In vielen Momenten fiel es ihr sehr schwer, dies akzeptieren zu können.

Doch sie sah auf den Straßen, die vielen Kriegsverletzten und so manche Kriegswitwe, wie sie selbst und wusste, dass sie nicht alleine mit diesem Schicksal war. Eigenartigerweise spendete ihr das etwas Trost.

Und letztendlich war sie dankbar, dass Franz ihr Aiden geschickt hatte. Sie war nicht alleine durch seine Anwesenheit. Mit Aiden hatte sie eine Aufgabe, der sie sich widmen konnte und die sie ablenkte. Und ihr großes Ziel war es, dass Aiden eines Tages wieder zurückkehren konnte in sein Heimatland.

*

Bald stand Weihnachten vor der Tür.

Greta klingelte zwei Tage vor Weihnachten an der Tür und brachte Elisabeth einen kleinen, hüfthohen, sehr mageren Weihnachtsbaum.

Elisabeth öffnete die Tür nur einen kleinen Spalt und sah zuerst den Baum dann Greta verwundert an. Ihr wurde schnell bewusst, dass Greta die Absicht hatte, von ihr zum Weihnachtsfest eingeladen zu werden.

In den letzten Wochen hatten sie sich nur selten gesehen und wenn, ging Elisabeth zu ihr, ein Stockwerk höher, in die Wohnung.

Greta war immer noch sehr misstrauisch, was es mit dem jungen Mann in Elisabeths Wohnung auf sich hatte. Doch sie sagte kein Wort mehr zu Elisabeth über den jungen Mann, doch hatte sie immer mehr als ein Auge darauf, was vor sich ging. Soweit sie beobachten hatte, verließ der junge Fritz die Wohnung nicht.

Nur einmal hatte Sie von ihrem Fenster aus gesehen, wie die beiden gegen Abend das Haus verlassen hatten und eine Stunde darauf zurückkehrten.

Doch sobald sie Elisabeth nach dem Jungen fragte, wich sie ihr aus und lenkte das Gespräch schnell auf ein anderes Thema. Sie bekam nichts heraus aus ihr.

So stand sie nun mit dem Weihnachtsbaum vor Elisabeths Tür.

»Greta, hast du dir einen Weihnachtsbaum besorgt?«

»Der ist für dich.«, antwortete Greta und hielt ihr den Baum entgegen. »Oder hast du schon einen?«

»Nein, ich habe noch keinen besorgt. Vielen Dank, dass du an mich gedacht hast.«

Elisabeth öffnete die Tür nun ganz, blieb jedoch unschlüssig mittig im Türrahmen stehen, denn sie wusste nicht, ob sie Greta hereinbitten sollte.

Greta sah sie fragend an und wartete auf die Aufforderung.

Elisabeth fühlte sich in die Ecke gedrängt und fand keine glaubwürdige Ausrede.

Schließlich blieb ihr keine andere Wahl, wenn sie nicht unhöflich sein wollte und bat sie herein, in der Hoffnung, dass Aiden das Gespräch verfolgt und sich in sein Zimmer zurückgezogen hatte.

Greta betrat den Flur und stellte den Weihnachtsbaum am Boden ab, bevor sie ihren Mantel öffnete und auszog.

»Ist der Junge auch da? Wie hieß er nochmal? Fritz sagtest du, oder?«, fragte Greta in scheinbar uninteressiertem Ton, während sie ihren Mantel an den Haken der Garderobe hängte.

»Doch, Fritz ist da. Aber ich glaube er hat sich vorhin, als ich in der Küche war, bereits in sein Zimmer zurückgezogen.«

Elisabeth hoffte, dass Aiden den Wink verstanden hatte. Dann bat sie Greta ins Wohnzimmer, dass sie leer vorfand. Elisabeth war erleichtert.

»Wie geht es ihm denn? Kann er schon wieder sprechen und hören?«, fragte Greta neugierig.

»Das Gehör ist schon wieder fast vollständig da. Denn er versteht, wenn ich etwas zu ihm sage. Doch mit dem Sprechen macht er noch keine Fortschritte.«, log Elisabeth ohne eine Miene zu verziehen.

Ihr Herz begann zu pochen und sie hatte Angst, dass Greta das Zittern in ihrer Stimme hören würde.

Greta zeigte jedoch keine Regung und sah sich um. Blickte neugierig in die Küche, ob sie den Jungen dort drinnen entdecken konnte. Doch auch dort war er nicht zu sehen.

»Wie gesagt, er ist sicher in seinem Zimmer. Er liest sehr viel.«, sagte Elisabeth erleichtert. »Möchtest du einen Tee Greta?«

»Ja gerne.«

Elisabeth ging in die Küche und atmete erst einmal tief durch, während sie das Teewasser aufsetzte.

Nach einigen Minuten kam sie mit der Teekanne und zwei Tassen auf einem Tablett zurück und sie setzten sich an den Esstisch.

»Hast du schon mitgeteilt bekommen, wo Franz gefallen ist und wann genau?«, fragte Greta neugierig.

Elisabeth musste schwer an dem Kloss in ihrem Hals

schlucken, der sich bei Gretas Frage in ihrem Hals bildete, bevor sie antworten konnte.

»Ja«, antwortete sie zögerlich. »Ich habe Post bekommen.«

Greta sah sie erstaunt an.

»Davon hast du mir noch gar nichts erzählt?«

«Der Brief kam erst vor ein paar Tagen.«, erwiderte Elisabeth schnell.

Greta sah sie wieder argwöhnisch an.

»Und? Wo ist er gefallen?«

»Es war am 6. September an der Sommé in Westflandern. Schon zu Beginn der Schlacht ist er gefallen. Es sind an diesem ersten Tag dieser Schlacht, die noch Wochen andauerte, so viele Soldaten gefallen, wie nie zuvor an einem Tag. Deshalb dauerte es so lange bis die Nachricht von seinem Tod kam.«

Elisabeth traten Tränen in die Augen und sie schlug die Hände vor ihr Gesicht.

Und obwohl sie wusste, dass sie gerade gelogen hatte, da es ja keinen Brief gab, wusste sie von Aiden, dass sie die Wahrheit sprach. Und sie wusste, dass ihr Franz nun in irgendeinem Massengrab in Frankreich mit vielen weiteren Toten lag. Und dass er dort als irischer Soldat begraben wurde, weil er die Uniform von Aiden trug.

Greta sprang von ihrem Stuhl hoch und lief um den Tisch zu Elisabeth und legte den Arm tröstend um ihre Schulter.

»Danke Greta. Es geht schon wieder.«, tief einatmend richtete sich Elisabeth auf ihrem Stuhl auf und ergriff Gretas Hand, die auf ihrer Schulter lag.

»Schön dass du da bist. Entschuldige, dass ich die letzten Wochen so wenig Zeit hatte für dich. Aber ich brauche momentan viel Zeit für mich und um den Jungen muss ich mich auch kümmern.«

»Ich mache mir Sorgen um dich Elisabeth. Diesen Schicksalsschlag, den du verkraften musst und dann auch noch der fremde Junge in deiner Wohnung. Bist du sicher, dass alles in Ordnung ist?« Greta ließ nicht locker mit ihren Bedenken.

»Ja wirklich Greta, es ist alles in Ordnung. Komm, setz dich wieder hin und trinke eine Tasse Tee mit mir.«

Elisabeth ergriff die Teekanne und schenkte Greta ein.

»Weißt du, der Junge tut mir gut. Er kann mir meine Fragen beantworten über die Front und über die Kämpfe dort. Er bringt mich so nahe zu Franz, wenn er alles aufschreibt, auch wenn es grausame Geschichten sind. Und er braucht meine Hilfe, jetzt, da er sonst keine Verwandten mehr hat, die sich um ihn kümmern, solange er nicht wieder vollkommen gesund ist. Es tut mir gut, wenn ich nicht alleine hier in der Wohnung bin.«

Greta nippte nachdenklich an ihrem Tee.

»Und wie lange willst du ihm Obdach geben bei dir hier in der Wohnung?«

»Solange er meine Hilfe braucht. Und solange ich es so gut es geht verhindern kann, dass er wieder an die Front zurück muss, werde ich ihn hier beherbergen und auch verstecken, wenn es sein muss.«, antwortete Elisabeth entschlossen und sah dabei Greta kämpferisch an.

Elisabeth wusste, das Greta sehr misstrauisch dem Jungen gegenüber war. Und sie würde sie und den Jungen wie ein Lux beobachten, auf Schritt und Tritt.

Deshalb musste sie jetzt offensiver vorgehen und versuchen, Greta zu ihrer Verbündeten zu machen, ohne ihr die wahren Hintergründe über Aidens Herkunft und Anwesenheit zu verraten. Irgendetwas hielt sie davor zurück, Greta die ganz Wahrheit zu offenbaren. Elisabeth hatte Angst, dass sie Aiden verraten würde? Es war einfach so ein inneres Gefühl, dieses Geheimnis besser nur für sich zu behalten.

Greta sah sie entsetzt an.

»Du willst ihn hier bei dir versteckt halten? Dann ist er ja fahnenflüchtig?«

»Ja, wenn es sein muss, werde ich ihn versteckt halten, bis der Krieg vorüber ist.«

Herausfordernd sah Elisabeth Greta in die Augen, bevor sie weitersprach. »Bisher konnte er aus gesundheitlichen Gründen nicht wieder an die Front geschickt werden, aber das Gehör hat sich schon gebessert und wenn er auf der Straße von den Patrouillen entdeckt wird, dann nehmen sie ihn bestimmt, trotz seiner verlorenen Sprache, mit. Das will ich unbedingt verhindern.«

»Aber du kannst dich doch für diesen fremden Jungen nicht so in Gefahr bringen.«

Aufgebracht sprang Greta erneut von ihrem Stuhl hoch.

»Man wird dich einsperren, wenn sie dich erwischen. Wenn jemand herausfindet, dass du hier einen kräftigen jungen Mann versteckst, der für sein Vaterland kämpfen sollte.«

Elisabeth sprang auch von ihrem Stuhl hoch und ging ans Fenster und blickte durch die Gardinen auf die Straße hinunter.

»Es wird uns niemand entdecken. Wir werden vorsichtig sein.«, sagte sie dann schließlich bestimmt.

»Außer du verrätst mich?« Elisabeth drehte sich zu Greta um und sah sie provokativ an.

»Ich werde dich nicht verraten. Du bist meine Freundin.« ruderte Greta entrüstet zurück und kam auf Elisabeth zu.

»Glaubst du wirklich, ich wäre dazu fähig?« Entsetzt sah Greta Elisabeth an.

»Nein, Greta, entschuldige. Aber es ist sehr schwierig für mich.«

»Elisabeth, du kannst mir vertrauen. Ich werde dich nicht verraten. Mein Ehrenwort darauf. Aber ich bitte dich darum, dass du sehr vorsichtig bist und auf dich aufpasst. Versprichst du mir das?«

Elisabeth nickte zustimmend und atmete innerlich auf.

Diese Hürde wäre erstmal geschafft, dachte sie erleichtert.

»So, aber jetzt erzählst du mir genau, wie du das alles meistern möchtest. Bleibt er die ganze Zeit in der Wohnung? Und wie lange wird er das durchhalten können?« Greta sah sie neugierig an.

»Er ist ein sehr lieber und geduldiger Junge. Jetzt will ich erst einmal dafür sorgen, dass er ganz gesund wird. Du müsstest sein verletztes Bein sehen. Wie schrecklich musste er verletzt gewesen sein. Es macht ihm immer noch Probleme. Und ich möchte alles versuchen, dass er seine Sprache wiederfindet. Es wird Zeit brauchen, um diese inneren Wunden zu heilen. Und ich denke, solange wird es für ihn kein Problem sein, hier in dieser geschützten Wohnung zu bleiben. Ab und zu gehe ich mit ihm am Abend, wenn es schon dämmrig ist, ein paar Mal um den Block, damit er frische Luft bekommt. Doch weitere Strecken in die Stadt oder längere Zeit draußen zu verbringen wäre zu gefährlich für ihn.«

»Ja, ich verstehe. Aber wirst du ihn auch durchfüttern können auf Dauer? Reicht dein Geld aus dafür?«

»Das macht mir auch etwas Sorge.«, gab Elisabeth zu. »Aber ich habe mir überlegt, mich als Schaffnerin beim

Straßenbahndepot zu bewerben. Die verdienen gutes Geld und es ist keine so anstrengende Arbeit.«

Greta sah sie überrascht an.

»Du willst im Lazarett aufhören zu arbeiten?«

»Ja, wenn ich die Stelle als Schaffnerin bekomme, werde ich dort aufhören. Ich würde fast das doppelte im Depot verdienen.«, antwortete Elisabeth.

Greta schien zu überlegen.

»Eigentlich hast du Recht. Frauen als Schaffnerinnen werden dort gesucht, da alle Männer an der Front sind. Eigentlich gar keine so schlechte Idee.«, sinnierte Greta weiter. »Vielleicht bewerbe ich mich mit dir dort. Ein bisschen mehr Geld könnte nicht schaden. Und ehrlich gesagt, ich kann diese Drohne von Lazarett-Oberschwester nicht mehr ertragen.«

Greta sah Elisabeth lachend an und streckte ihr die Hand hin, um ihr Vorhaben zu beschließen, dass Greta nun zu ihrem gemeinsamen Vorhaben ernannt hat.

»Und ich sichere dir meine volle Unterstützung zu, mit dem Jungen. Wann immer du Hilfe brauchst, sagst du mir Bescheid. Versprichst du mir das?«

»Ich muss dir aber heute viel versprechen.«, Elisabeth lachte, nahm aber dann Gretas Hand dankbar an und umfasste sie herzlich.

»So jetzt musst du mich nur noch zum Weihnachtsfest einladen. Ich habe dir schließlich einen Weihnachtsbaum gebracht.« Schelmisch sah Greta zu Elisabeth und zuckte unschuldig mit der Schulter.

Elisabeth musste laut auflachen, als sie in das ungewohnt spitzbübische Gesicht von Greta blickte.

»Natürlich bist du herzlich eingeladen Heilig Abend. Jetzt müssen wir nur noch Fleisch für den Weihnachtsbraten irgendwo auftreiben.«

»Ich glaube ich habe da eine Idee. Ich sage dir morgen Bescheid. Sorge du für alles andere, ich bringe den Braten.»

Beide unterhielten sich noch eine Weile über ihre Bewerbung beim Straßenbahndepot und beschlossen gleich, sich morgen, nach dem Dienst im Lazarett, dort vorzustellen.

Als Greta die Wohnung verlassen hatte, kam Aiden vorsichtig aus seinem Zimmer geschlichen.

»Ist sie weg?«

»Ja, keine Angst. Sie ist bereits gegangen. Ich habe ihr gesagt, dass du länger bei mir wohnen wirst und dass ich dich aber versteckt halten möchte, damit sie dich nicht wieder an die Front zurückschicken.«

Aiden sah sie bange an. »Und wie hat sie reagiert?«

»Sie ist sehr besorgt um mich, aber sie hat es akzeptiert und wird uns nicht verraten. Sie wird übrigens Weihnachten mit uns feiern. Besser gesagt Heilig Abend.«

Aiden sah sie erstaunt an und setzte sich auf das Sofa.

»Heilig Abend? Wie feiert ihr Weihnachten hier in Deutschland? Bei uns gab es am Christmas Eve immer einen Lammbraten. Und am nächsten Morgen durften wir ein Geschenk auspacken.»

In Erinnerungen versunken sah Aiden auf seine Hände.

»Wie werden meine Eltern und meine Schwester das Weihnachtsfest in diesem Jahr verbringen?«

Elisabeth sah ihn mitfühlend an und setzte sich neben ihn und legte beruhigend einen Arm um seine schmalen Schultern.

«Sie werden sicherlich sehr traurig sein. Aber ich bin mir sicher, dass deine Eltern spüren werden, dass du noch am Leben bist und die Hoffnung nicht aufgeben.»

»Ach wenn ich ihnen doch einen Brief schreiben könnte oder irgendein Zeichen senden.«

Aiden lehnte sich in Elisabeths beschützenden Arm.

»Denke ganz fest an sie und sende ihnen deine Liebe und deine Gedanken, dann werden sie es spüren.«

Sie hatte diesen Jungen jetzt schon sehr liebgewonnen und mochte sich gar nicht vorstellen, was seine Eltern gerade durchmachen mussten, vor lauter Sorgen um ihn.

»Komm, hilf mir, die Kartoffeln zu schälen und das Abendessen vorzubereiten. Und du erzählst mir bei der Arbeit, wie ihr eure Weihnachten verbracht habt.»

Elisabeth wollte ihn aus seinen trüben Gedanken reißen, stand auf und zog Aiden vom Sofa hoch, der ihr sogleich in die Küche folgte.

Er war immer froh, wenn er etwas Praktisches zu tun hatte und Elisabeth helfen konnte.

Die vielen Stunden, die er alleine in der Wohnung verbrachte, nutzte er, um das Lernpensum zu absolvieren, das ihm Elisabeth jeden Tag aufgab.

Und währenddessen er in der Wohnung umherlief, übte er laut die Aussprache der deutschen Wörter, die er neu gelernt hat.

Von Tag zu Tag wurde es besser, doch immer noch war sein irischer Slang herauszuhören. Er wusste, da stand ihm noch ein langer Weg bevor.

Elisabeth sagte immer zu ihm, sie würden es schaffen, dass er die deutsche Sprache perfekt beherrscht, bis der Krieg endlich zu Ende sein wird.

*

Und so neigte sich das Jahr 1916 seinem Ende zu. Die Weihnachtstage hatten Elisabeth und Aiden mit Greta verbracht. Greta hatte ein großes Stück Rinderbraten ergattern können. Woher sie diesen hatte, behielt sie schmunzelnd für sich.

Elisabeth bereitete daraus einen wunderbaren Braten zu, den sie mit ein paar Bohnen und Kartoffeln auf die Teller anrichtete. Zur Feier des Weihnachtstages gab es einen Kuchen mit eingemachten Pflaumen als Dessert.

Auf dem kleinen Weihnachtsbaum brannten weiße Wachskerzen zwischen üppig aufgebrachtem Lametta, das durch das Kerzenlicht strahlendes Licht verbreitete.

Greta spendierte eine Flasche Rotwein, den sie aus den alten, schweren Kristallkelchen tranken, die Elisabeth zur Hochzeit mit Franz von ihrer Patentante geschenkt bekommen hatte.

Der Tisch war festlich gedeckt und in der Mitte stand ein kleiner Topf mit einer Christrose, die Elisabeth auf dem Markt, als sie Kartoffeln und Bohnen kaufte, entdeckt hatte. Drei wunderschöne weiße Blüten zierten das tiefe Grün der Blätter und sie konnte nicht widerstehen und nahm sie mit.

Auf dem Grammophon, das Elisabeth vor drei Jahren zum Weihnachtsfest, von Franz geschenkt bekommen hatte, lief das Weihnachtslied "Stille Nacht, Heilige Nacht".

Als sie die Platte am Nachmittag schon einmal aufgelegt hatte, unter dem sie den Weihnachtsbaum schmückte, liefen Ihr Tränen übers Gesicht, bei der Erinnerung an dieses wunderschöne Weihnachtsfest, das sie mit Franz verbringen durfte.

Dann, einige Monate später, begann der Krieg und in den darauffolgenden Jahren verbrachte sie Weihnachten immer alleine, ohne ihren geliebten Franz, der an der Front diente. Nur einmal war er auf Heimaturlaub hier bei ihr Zuhause, für drei Wochen. Das war im Sommer 1915. Trotz der immensen Freude über das Wiedersehen, waren die drei Wochen überschattet und sehr schwer für Elisabeth. Franz war körperlich unversehrt, doch die psychischen Wunden, die Franz mit nach Hause gebracht hatte, hatten ihn sehr verändert.

Er sprach kein Wort über das, was er dort an der Front erlebt hatte und wieder erleben musste, wenn er zurückkehrt. Stattdessen überspielte und verdrängte er die Gedanken daran so gut es ging. Doch oft starrte er gedankenverloren ins Leere und hatte Tränen in den Augen.

Elisabeth fragte nicht mehr nach, als sie realisierte, dass er nicht darüber sprechen wollte.

Stundenlang saßen sie zusammen auf dem Sofa. Eng aneinander geschmiegt, wiegte sie ihn in ihren Armen und so manches Mal liefen ihm Tränen wortlos über sein Gesicht.

Sie nahm es still hin und wünschte sich nichts mehr, als ihm helfen zu können.

Der Abschied nach den drei Wochen verlief still.

Elisabeth spürte, wie sehr Franz innerlich kämpfte, um stark zu bleiben und seine Angst nicht zu zeigen.

Dann war er schnell in den Zug gestiegen.

Lange winkte sie ihm hinterher, bevor sie sich auf einer Holzbank am Bahnhof niederließ und sich ihrem Schmerz ergab.

Das war das letzte Mal, dass sie sich gesehen hatten. Doch regelmäßig, in Abständen von einem Monat, kam ein Brief von Franz. Er hatte schon immer gerne geschrieben und Elisabeth hatte das Gefühl, dass es leichter für ihn war, seine Gefühle in geschriebenen Worten zu offenbaren, als im gesprochenen Wort.

Und so konnte sie in den Briefen wenigstens zu einem kleinen Teil in seine Seele blicken. Auch wenn er sie mit grausamen Details verschonte, so offenbarte er ihr durch das Geschriebene seine Ängste, aber auch seine Hoffnungen.

Sie liebte es, seine Briefe zu lesen.

Im Schlafzimmer hatte sie eine alte, wunderschöne Blechdose, in der sie die Briefe aufbewahrte und oft wenn sie im Bett lag, immer wieder las. Dabei fühlte sie sich ihm sehr nahe und hoffte, dass er das, dort wo er war, vielleicht spüren konnte.

Auch jetzt nach seinem Tod, las sie oft diese Briefe und hörte dabei seine Stimme in seinen Worten.

*

Immer noch stand sie am Grammophon, tief in ihren Erinnerungen versunken, als Aiden zu ihr trat.

»Elisabeth, was ist das für ein schönes Lied?«

Aidens Worte rissen sie aus ihren Gedanken und sie drehte sich erstaunt zu ihm um.

»Du kennst dieses Lied nicht? Es heißt 'Stille Nacht, Heilige Nacht' Kennt ihr das in Irland nicht?«

»Ich habe es noch nie gehört. Ich kann mich nicht erinnern. Wir hatten kein so ein Grammoton oder wie das hier heißt zuhause.«

»Ein Grammophon.«, verbesserte Elisabeth ihn lächelnd.

Aiden lauschte eine Weile.

»So ein schönes Lied. Aber es macht mich etwas traurig.«

»Ja du hast Recht.«, erwiderte Elisabeth. »Die Musik geht tief in unser Herz und öffnet es weit, so dass die Traurigkeit und der Schmerz, den du tief in dir vergraben hast, ungehindert an die Oberfläche fließen kann. Anders wäre es, wenn du gerade im Moment sehr glücklich wärst, dann würde diese Musik, diese Töne, dich noch glücklicher machen, weil es dein Herz weit öffnet und deine Glücksgefühle und Emotionen an die Oberfläche fließen können, die gerade in dir sind.«

Aiden hörte Elisabeth fasziniert zu und spürte tief in sich hinein. Ja, die Musik erreichte ihn sehr tief. Dann hörte er Elisabeth weitersprechen.

»Oft, wenn ich mit Franz vor dem Grammophon saß und der Musik lauschte, machte er mich darauf aufmerksam, dass ich in mich hineinhorchen soll. Darauf achten soll, welche Emotionen die Musik gerade in mir weckt. Musik ist zu so Vielem fähig. Sie trägt das, was dich gerade im Inneren bewegt, nach außen. Sie kann dich zum Lachen oder zum Weinen bringen.«

Traurig drehte sie sich wieder dem Grammophon zu und nahm den Tonarm von der Platte, als das Lied zu Ende war.

»Jetzt muss ich aber den Braten in den Ofen schieben, damit er pünktlich um sechs Uhr fertig ist, wenn Greta kommt.« Mit diesen Worten versuchte sie ihre Traurigkeit wegzuschieben.

»Darf ich mir das Lied noch einmal anhören?«, fragte Aiden.

»Später, wenn wir beim Essen sitzen. Du hast noch deine Sprachübungen zu machen, damit du heute Abend keinen Fehler machst«, erinnerte sie ihn ermahnend.

»Ich muss mir unbedingt angewöhnen, dich mit Fritz anzureden. Immer wieder vergesse ich es, wenn wir alleine sind. Fritz, ich sage jetzt nur noch Fritz zu dir, sonst verplappere ich mich noch, wenn Greta da ist.«, besorgt sah Elisabeth ihn an.

»Keine Angst Elisabeth, wenn es dir wirklich herausrutschen würde, dann reagiere ich einfach nicht darauf. Wir bekommen das schon hin. Aber wenn du willst, dann bin ich jetzt nur noch Fritz. Auch wenn es mir schwerfällt.«

«Es ist aber notwendig, wenn wir dich zu einem von uns machen möchten, bis der Krieg zu Ende ist.«

Aiden nickte zustimmend, wenn auch mit trauriger Miene und ging in sein Zimmer, um seine Sprachübungen zu machen.

Er freute sich auf den Abend, auf das Essen und besonders auf diese schöne Musik, die er dann wieder hören konnte. Die Stimmung dieser Musik brachte ihn mit dem Herzen zu seiner Familie zurück und er konnte sie fühlen.

*

Kurz vor sechs läutete es an der Wohnungstür.

Elisabeth schickte Aiden zur Tür. Er sollte Gretas begrüßen und ins Wohnzimmer führen. Seine erste große Prüfung vor Publikum und dass auch noch vor so einer kritischen und misstrauischen Person wie Greta es war.

Elisabeth hatte Greta vorgewarnt, dass er wohl seine komplette Sprache verloren hatte und nun erst wieder nach und nach die Wörter fand, aber kaum ganze Sätze bilden konnte.

Greta nahm ihr die Geschichte ab ohne dass sie genauer nachgefragt hätte, aber Elisabeth spürte nach wir vor ihr Misstrauen.

Als Aiden die Tür öffnete, rauschte Greta singend herein, mit der Flasche Rotwein in der Hand. Unterdessen sie "Oh Tannenbaun, oh Tannenbaum" trällerte sah sie Aiden fröhlich an.

»Schöne Weihnachten Fritz. Ist Elisabeth noch in der Küche?« und war schon im Wohnzimmer verschwunden.

Aiden folgte ihr grinsend und nickte.

Greta ist schon eine komische Frau, dachte er. Sie wirkte immer so streng, doch sie konnte wohl auch urkomisch sein und hatte ein Auftreten, das ihn jetzt zum Lachen brachte. Was er nicht wusste war, dass sie bereits etwas angetrunken war.

Als er ins Wohnzimmer kam, öffnete sie den Rotwein und Elisabeth brachte das Essen gerade aus der Küche.

»Fritz, zündest du bitte die Kerzen am Weihnachtsbaum an.« Sie stellte die Platte mit dem Braten auf den Tisch, holte dann noch die Kartoffeln und das Gemüse, bevor sie zum Grammophon ging und die Nadel auf die Platte legte.

Nachdem alle Kerzen brannten, setzte sich Aiden auf seinen Platz zwischen den beiden Frauen.

Die Musik erklang leise. Das Licht der Kerzen verbreitete eine angenehme Atmosphäre im Raum und trotz aller Geschehnisse und aller Traurigkeit in ihm fühlte er eine Dankbarkeit in sich, dass er das heute erleben durfte.

Er blickte zu Elisabeth, die gerade das Fleisch auf ihren Tellern verteilte.

Sie hielt kurz inne, als sie seinen Blick auf sich spürte und Tränen traten ihr in die Augen. Beide wussten, dass sie gerade in dem Moment an die Menschen dachten, die sie liebten.

Greta sah von einem zum anderen, verhielt sich aber ruhig, da sie diesen Moment nicht zerstören wollte. Manchmal konnte sie sogar feinfühlig sein, was jedoch eher sehr selten vorkam.

Als der Moment vorüber war, fuhr Elisabeth fort, das Gemüse und die Kartoffeln zu verteilen, Greta schenkte Wein in ihre Gläser und Aiden lauschte der Musik.

Das Essen verlief sehr lustig. Greta gab alles, um die Unterhaltung in Gang zu halten und keine Traurigkeit aufkommen zu lassen.

Aiden konnte nicht alles verstehen, was sie erzählte, aber den meisten Erzählungen konnte er folgen.

Manchmal sprach Greta ihn direkt an und er bemühte sich, die richtigen Worte zu finden. Doch manchmal zuckte er auch nur mit den Schultern und blieb stumm. Es war sehr anstrengend für ihn.

Elisabeth hielt einige Male die Luft an, in der Angst, dass er etwas sagte, was ihn verraten könnte. Aber alles ging gut, auch wenn Greta einige Male erstaunt die Augenbrauen hob. Nach einigen Schluck Wein löste sich jedoch bei allen die Spannung etwas und es wurde ein gemütlicher Abend.

Nach dem Essen, als der Tisch abgeräumt war, ging Elisabeth kurz aus dem Zimmer und kam mit zwei kleinen Päckchen in der Hand zurück. Eines davon reichte sie Aiden, das andere Päckchen Greta.

»Ohhh, danke Elisabeth. Warte einen Moment.«, rief Greta, sprang auf und rannte in den Flur.

Auch sie kam mit Päckchen in der Hand zurück und reichte eines davon Elisabeth und ein Kleineres legte sie vor Aiden auf den Tisch.

Aiden sah die beiden Frauen erstaunt an und rang um Fassung.

»Fröhliche Weihnachten!«, rief Greta fröhlich und griff zu ihrem Paket und riss das Papier auf.

Zum Vorschein kam ein von Elisabeth selbstgestrickter Schal in verschiedenen Brauntönen.

»Ohh… danke Elisabeth. Der Schal ist wunderschön und genau passend zu meinem Mantel. Vielen lieben Dank.«

Sie sprang auf und fiel ihr um den Hals.

»Jetzt öffne deins.«, forderte sie Elisabeth auf.

Diese nahm ihr Paket und öffnete es, anders als Greta, sehr bedächtig und vorsichtig. Sie wollte das Papier nicht beschädigen und aufbewahren. Greta verdrehte amüsiert die Augen.

»Nun komm schon, das ist doch bloß Papier.«

»Wer weiß, ob wir nächstes Weihnachten noch Geschenkpapier haben werden, wenn der Krieg kein Ende findet. Es schadet nichts, wenn ich es aufbewahre.«, erklärt Elisabeth bestimmt.

Greta zuckte nur mit der Schulter.

»Wenn du meinst. Ich denke nicht so weit voraus. Wer weiß, was alles passieren wird.«

Als Elisabeth das Papier sorgfältig entfernt hatte, kam ein schönes Paar feinste Wildlederhandschuhe zum Vorschein.

»Mein Gott Greta, so schöne Handschuhe und so elegant. Die müssen doch ein Vermögen gekostet haben? Und wo hast du die bekommen?« stieß Elisabeth atemlos aus vor Überraschung über das teure Geschenk.

»Mach dir keine Gedanken, Schätzchen. Die sind von meiner Tante. Ich habe sie beim Ausräumen ihres Schrankes gefunden, nachdem sie gestorben war. Du weißt ja, sie hatte immer teure Dinge eingekauft, aber dann oft jahrelang nicht benutzt. So kamen einige Dinge zum Vorschein, die noch ungebraucht im Schrank aufbewahrt waren. Auch diese Handschuhe und ich dachte mir, das wäre ein schönes Weihnachtsgeschenk für dich.«

»Vielen Dank Greta. Das weiß ich sehr zu schätzen. Aber das wäre doch wirklich nicht notwendig gewesen.«

»Papperlapapp…..ein Geschenk ist ein Geschenk.«, erwiderte Greta bestimmt.

Gerührt stand Elisabeth auf und umarmte Greta innig. Freudig probierte sie sie gleich an und hielt ihnen ihre behandschuhten Hände mit eleganten Bewegungen und Drehungen entgegen zur Begutachtung.

Alle drei brachen in heiteres Gelächter aus.

Elisabeth forderte schließlich Aiden auf, seine Geschenke auszupacken.

Er fühlte sich etwas unbehaglich, da er zwar für Elisabeth ein kleines Geschenk hatte, aber für Greta nicht.

Elisabeth reichte ihm das Geschenk in die Hand. Er befühlte das Paket und wusste, dass es ein Buch sein musste.

Er öffnete es genauso vorsichtig wie Elisabeth und faltete anschließend das Papier sorgfältig zusammen. Zum Vorschein kam tatsächlich ein Buch.

*'Der glückliche Prinz und andere Märchen' von Oscar Wilde.*

«Danke Elisabeth. Ich freue mich so sehr über das Buch.»

Eifrig blätterte er in dem Buch mit den märchenhaften Geschichten von Oscar Wilde, seinem Landsmann.

Das Buch war natürlich in deutscher Schrift und es wird für

ihn eine große Herausforderung werden, es zu lesen. Doch er hatte viel Zeit und es würde ihm sehr helfen, seine Deutschkenntnisse immer mehr auszubauen.

»Hier, öffne mein Geschenk auch noch.«, rief Greta dazwischen und schob ihm das Paket zu.

Aiden nahm es und drehte es ein paarmal in seinen Händen. Er war wirklich gespannt, was Greta ihm schenken würde. Er hätte es nicht erwartet, etwas von ihr zu bekommen, nachdem sie ihm gegenüber so misstrauisch war.

Er entfernte das Papier und staunte nicht schlecht, als er eine silberfarbene Taschenuhr in den Händen hielt. Sofort kamen Erinnerungen in ihm hoch.

Sein Vater besaß auch so eine ähnliche Taschenuhr, die er wiederum von seinem Vater geerbt hatte. Und sein Vater sagte immer zu ihm, dass er sie eines Tages von ihm erben würde.

Traurig dachte er daran zurück und umschloss die Uhr in seiner Hand und hielt sie sich an sein Herz.

»Gefällt sie dir nicht?«, irritiert betrachtete Greta Aidens Verhalten.

Elisabeth sprang auf und ging zu Aiden.

»Zeigst du mir die Uhr.«

Sie nahm die Taschenuhr aus seiner Hand und bewunderte das schöne Stück.

»Aber Greta, wo hast du diese Uhr her. Sie ist doch viel zu wertvoll.« Jetzt war Elisabeth wirklich bestürzt.

»Ach...«, winkte Greta lässig ab. »Das ist eine von Vielen von meinem Onkel. Meine Tante hat ein ganzes Schmuckkästchen voll mit Taschenuhren. Da dachte ich mir, ich kann eine davon entbehren.«

Aiden hörte stumm den beiden Frauen zu.

»Aber du kannst sie doch auch auf dem Schwarzmarkt verkaufen. Die Zeiten werden nicht besser werden und auch du wirst jede Mark brauchen.«, warf Elisabeth zweifelnd ein.

»Glaub mir Elisabeth. Ich habe genug. Wo glaubst du, habe ich das Fleisch für unseren Weihnachtsbraten her? Mach dir keine Sorgen. Meine Tante hat mir mehr hinterlassen, als ich jemals vermutet hätte. Aber bitte sagt es nicht weiter.«, verschwörerisch zwinkerte sie Elisabeth zu.

Elisabeth war sehr erstaunt, dass Greta ausgerechnet Aiden so ein wertvolles Geschenk gemacht hat.

Wo sie ihm doch so sehr misstraute. Ja, Greta war einfach nicht zu verstehen. Immer so impulsiv und unberechenbar.

Aiden hielt immer noch die Uhr in seiner Hand. Konnte er das Geschenk annehmen?

Bevor er jedoch etwas entgegnen konnte, kam ihm Greta zuvor.

»Fritz, kein Wort mehr. Nimm das Geschenk an, sonst bin ich beleidigt.« Und somit war das Thema für Greta erledigt.

»Vielen Dank Greta.« sagte Aiden letztendlich und schenkte ihr ein Lächeln.

Dann ging er ebenfalls aus dem Zimmer und kam mit einem kleinen Paket zurück und reichte es Elisabeth.

»Ich habe leider kein Geschenk für dich Greta. Die Zeit war zu kurz. Ich wusste ja nicht, dass wir heute Abend gemeinsam verbringen werden«, entschuldigte sich Aiden bei Greta, da er kein Geschenk für sie hatte.

»Das macht nichts, Junge. Das ist schon in Ordnung.«

«Danke.« antwortete er.

Irgendwie war ihm die ganze Situation mit Greta suspekt.

Einmal war sie total abweisend und misstrauisch und dann, wie heute, so überfreundlich, ja fast zu aufdringlich.

Wollte sie bisher mit ihm überhaupt nichts zu tun haben, so anders verhielt sie sich heute und machte ihm ein so wertvolles Geschenk. Er musste unbedingt später mit Elisabeth darüber reden.

Als er zu ihr hinübersah, nahm er auch ihren erstaunten Blick war und er dachte sich, dass sie genauso verwundert über Gretas Verhalten war, wie er.

»Aber jetzt öffne dein Geschenk von Aiden.«, forderte Greta Elisabeth auf, die immer noch das verpackte Geschenk in den Händen hielt.

Elisabeth öffnete das Geschenk von Aiden und hielt völlig überwältigt ein geschnitztes Schaf in der Hand.

»Wie wunderschön das ist. Hast du das selber gemacht?«

Aiden schaute sie verlegen an.

»Ja, ich habe als Kind viel geschnitzt. Und bei einem unserer Spaziergänge habe ich doch das Stück Holz gefunden und mitgenommen. Erinnerst du dich daran?«

»Ja, natürlich. Ich hatte mir schon gedacht, was damit passiert ist. Vielen Dank Fritz.«

Liebevoll sah sie auf das Schaf in ihren Händen. Sie stand auf und stellte es unter den Weihnachtsbaum.

Greta beobachtete die Szene interessiert.

»Wie kommst du ausgerechnet auf ein Schaf?«, wollte sie dann wissen.

»Ähmm….ich mag Schafe.«, entgegnete er unsicher.

Elisabeth rettete die Situation, indem sie aufstand und zum Wohnzimmerschrank ging und einen Likör, den sie dort verwahrte, hervorholte, sowie drei Gläser.

»So, jetzt stoßen wir noch an, auf die schönen Geschenke.»

Der Abend verlief noch sehr harmonisch und um halb zwölf verabschiedete sich Greta schließlich müde und ging in ihre

Wohnung zurück.

»Du hast das sehr gut gemacht, Aiden. Oh, Fritz wollte ich sagen.«

Lachend schüttelte sie den Kopf.

»Ich werde mich wohl nie daran gewöhnen, dich Fritz zu nennen. Hoffentlich verspreche ich mich nicht irgendwann, wenn Greta gerade hier ist.«

»Es war ein schöner Abend. Danke Elisabeth, für das Buch und alles, was du für mich tust.«

Aiden wurde nie müde, sich bei Elisabeth zu bedanken. Wusste er doch, was sie für ihn aufs Spiel setzte.

»Ist schon gut mein Junge.«, berührt drehte sich Elisabeth zum Tisch und begann die Gläser abzuräumen.

Aiden half ihr und sie räumten alles in die Küche.

»Greta verhält sich schon sehr eigenartig, findest du nicht? Ich weiß gar nicht, was ich davon halten soll?«, bemerkte Aiden.

»Ja das stimmt Aiden. Sie war schon immer so unberechenbar und launenhaft. Aber es war dennoch ein schöner Abend.« antwortete Elisabeth. «Aber jetzt gehen wir ins Bett. Es ist schon spät.«

»Darf ich mir das Lied noch einmal anhören?«

»Ja natürlich. Komm, setzen wir uns noch kurz und widmen wir den Augenblick Franz.«

Nachdem Aiden den Tonarm auf die Platte gelegt und an der Kurbel gedreht hatte, setzte er sich zu Elisabeth und beide lauschten, jeder in seinen Gedanken versunken, der Musik.

Als Aiden später in seinem Zimmer aus dem Fenster blickte, sah er, dass dicke weiße Schnellflocken vom Himmel fielen. Einige Zeit sah er den Flocken zu.

In seiner Heimat in Irland gab es sehr selten Schnee und wenn es mal schneite, dann nur kurz und er war gleich wieder verschwunden. Deshalb staunte er schon seit Wochen, dass hier in Deutschland schon im November Schnee fiel, soviel, dass innerhalb kürzester Zeit die Straßen mit einer weißen, dicken Schicht überdeckt waren.

*

Den Silvesterabend verbrachten Elisabeth und Aiden alleine in der Wohnung.

Um 12 Uhr traten sie ans Fenster und öffneten es, um die Glocken der Kirchen besser hören zu können, die das neue Jahr einläuteten.

»Auf ein neues Jahr, das uns hoffentlich bald Frieden bringen wird.«, rief Elisabeth voller Hoffnung aus.

Aiden sah sie traurig an. Glaubte Elisabeth wirklich daran, dass der Krieg bald vorbei sein würde, fragte er sich.

Die Meldungen in den Zeitungen berichteten weiterhin vom vollen Einsatz der Mittelmächte.

Elisabeth erklärte ihm, dass man nicht alles für bare Münze nehmen dürfe, was in den Zeitungen steht, da diese Meldungen niemals die wahren Verluste an der Front preisgeben würden. Alle paar Wochen erschienen neue Propagandablätter, um das Durchhaltevermögen von desillusionierte Bürgern zu stärken und vor Unruhen abhalten sollten. Diese Blätter erhielten auch die Frontsoldaten, um sie zum Weiterkämpfen zu motivieren.

In diesen Blättern wurden sogar Niederlagen in Siege umgedeutet. Diese Propagandablätter erschienen auch in allen neutralen Staaten wie Italien und der USA, erklärte sie Aiden.

»Woher weißt du das alles, Elisabeth?«

»Ich habe einen Bekannten, der in einer dieser Druckereien arbeitet und der gute Kontakte zu höheren Stellen hat. Er klärte mich darüber auf, dass man sich nicht blenden lassen durfte von den Propagandameldungen und Filmen, die in den Kinos laufen. Es hat alles nichts damit zu tun, was an der Front wirklich abläuft.«

Mit Schaudern dachte Aiden an seine Zeit an der Front zurück.

Elisabeth schloss das Fenster, damit es nicht zu kalt wurde in der Wohnung und setzte sich mit einem Glas Punsch auf das Sofa.

Aiden blieb mit dem Rücken zum Fenster stehen.

»Er hat mir inoffizielle Bilder gezeigt, die nicht an die Öffentlichkeit kommen sollen.«

Sie trank ein paar Schlucke von dem warmen Getränk, bevor sie weitersprach.

»Und was auf diesen Bildern zu sehen ist, ist die grausame Wahrheit. Auch wenn ich am Anfang noch daran gezweifelt habe und die Propagandameldungen gerne gehört habe, weil sie doch auch beruhigend sind, so hat mich deine Schilderung von der Front davon überzeugt, dass alles die Wahrheit ist, was mir mein Bekannter berichtet hat.«

Schweigend sahen sie sich an.

»Ich hoffe so sehr, dass der Krieg bald ein Ende haben wird. Hoffe es so sehr für uns alle.«, flüstere Elisabeth traurig.

»Auch wenn mir das Kriegsende meinen Franz nicht mehr zurückbringen wird, hoffe ich für die, die noch nicht gefallen sind, dass sie zu ihren Familien zurückkehren können.«

Ein bedrücktes Schweigen lag im Raum.
»So jetzt aber genug mit diesen Schauergeschichten, mein Junge. Morgen beginnt das neue Jahr und ich habe morgen meinen ersten Einsatz im Straßenbahndepot.«

*

Elisabeth und Greta hatten einen Tag vor Weihnachten ihre Bewerbung im Straßenbahndepot in München in der Lindwurmstraße abgegeben und nach den Weihnachtsfeiertagen bekamen sie die Nachricht, dass Elisabeth sowie Greta dort eingestellt werden.
Am Neujahrstag 1917 mussten sie sich im Hauptdepot melden, damit sie dort eine kurze Einschulung absolvieren konnten und wurden mit ihrer Dienstuniform ausgestattet. In der ersten Woche würden sie noch als Begleitschaffnerinnen mitfahren, um sich einzuarbeiten und ab der zweiten Januarwoche sollten sie als Hauptschaffnerinnen eingesetzt werden.Elisabeth war sehr aufgeregt, doch die viel bessere Bezahlung dort würde ihr sehr helfen, Aiden mit durchzufüttern und dies war eine große Motivation für sie.

*

Die nächsten Monate vergingen ohne besondere Vorkommnisse. Elisabeth ging frühmorgens zum Straßenbahndepot, Aiden setzte sich an den Küchentisch, nachdem er das Frühstücksgeschirr weggeräumt hatte, und machte sich an seine Aufgaben, die ihm Elisabeth am Abend vorher vorbereitet hatte.

Neben Vokabeln und Grammatik lernen, sprach er laut die Wörter und Sätze vor sich hin, bis er es schaffte, sie ohne einen hörbaren Akzent auszusprechen.

In den Pausen, die er machte, stand er oft am Fenster, hinter den Gardinen und sah auf die Straße hinunter und beobachtete die Menschen, die eilig ihres Weges gingen.

Oft verfiel er in Traurigkeit, wenn er an Zuhause, an Irland dachte. Doch verscheuchte er die Gedanken bald wieder und widmete sich weiter seinen Aufgaben.

Es blieb ihm keine andere Wahl, als die Situation so anzunehmen, wie sie war, aber auch alles dafür zu tun, dass er perfekt vorbereitet sein würde, wenn es soweit war, dass er das Land verlassen konnte. Und dafür lohnte es sich, dass er sein Bestes gab.

Mittlerweile hatte er schon gelernt, Kartoffeln und Kohlgemüse oder eine Suppe zuzubereiten und bald konnte er Elisabeth mit dem fertigen Essen erwarten, wenn sie von der Arbeit nach Hause kam.

Einige Male in der Woche spazierte er mit Elisabeth am späten Abend zum nahegelegen Park, damit er frische Luft schnappen konnte und aus der Wohnung kam.

*

Der dritte Monat des Jahres 1917 brach an.

Im März wurden die Tage langsam wieder wärmer, da die Sonne ihre Kraft verströmte und der Schnee schmolz langsam, aber stetig dahin.

Aiden zog es immer mehr hinaus ins Freie, doch immer noch traute er es sich nicht zu, alleine auf die Straße zu gehen.

Zu groß war die Angst, angesprochen zu werden, obwohl er

sich schon sehr gut ausdrücken konnte.

Aber immer mehr fiel ihm die Decke sprichwörtlich auf den Kopf und er drohte in eine Depression zu fallen. Alpträume verfolgten ihn, von seiner Zeit an der Front. Die Grausamkeit schlug in diesen Träumen gnadenlos zu.

Fast täglich fragte er Elisabeth, ob es etwas Neues über ein Kriegsende gäbe.

Doch Elisabeth konnte ihm keine Hoffnung machen, da kein Ende des Krieges in Sicht war.

Sie hatte großes Mitgefühl mit dem Jungen und versuchte ihn so gut es ging abzulenken, wenn sie zuhause war.

Doch er war einfach zu viel Zeit alleine in der Wohnung.

An manchen Abenden gesellte sich Greta zu ihnen. Immer mehr konnte er sich an den Gesprächen beteiligen. Er überlegte sich jedes Wort, bevor er es laut aussprach, um nicht in seinen irischen Akzent zu verfallen. Da er mit Elisabeth nur noch deutsch sprach, war sein Wortschatz mittlerweile sehr umfangreich.

Eines Tages, an dem ihm die Eintönigkeit der Wohnung besonders zu schaffen machte, öffnete er vorsichtig die Wohnungstür und lugte durch den Spalt in das Treppenhaus, ob sich jemand dort aufhielt. Doch es war alles still.

Deshalb wagte er es und trat vor die Wohnungstür.

Vorher hatte er einen grauen Wollmantel angezogen, der von Franz stammte und der ihm zwei Nummern zu groß war. Doch es war ihm egal.

Er wollte nur kurz vor die Tür gehen. Die Holzkrücken hatte er unter den Arm geklemmt. Sie sollten ihm dazu dienen, um als Verletzter angesehen zu werden, obwohl er sie für sein Bein nicht mehr gebrauchte, denn seine Verletzung war fast vollständig verheilt.

Er zog die Wohnungstür zu, den Schlüssel steckte er in seine Hosentasche.

Immer noch war es still im Treppenhaus. Langsam stieg er die zwei Stockwerke hinunter. Immer wieder horchend nach Schritten oder Geräuschen. Als er unten vor der schweren Hauseingangstüre stand, wurde diese plötzlich von außen aufgestoßen und der kleine Junge, den er bei seiner Ankunft, bereits angetroffen hatte, stand vor ihm. Erstaunt sah der Junge ihn an.

»Du wieder? Wohnst du hier?«, fragte er neugierig und erstaunt zugleich.

Aiden blieb wie angewurzelt stehen.

»Äh....nein, ja.....ich bin zu Besuch.«, antwortete er schließlich so akzentfrei es ging. Und er bekam es gut hin, registrierte er selber erstaunt.

»Ach so. Ja dann. Dachte mir schon, weil ich dich mit Elisabeth ein paarmal auf der Straße gesehen habe«, antwortete der Junge und stürzte an ihm vorbei die Treppe hoch.

Aiden sah im kurz nach, bevor er die Haustüre öffnete und nach draußen auf den Bürgersteig trat.

Tief atmete er die frische Luft ein. Die Sonne schien ihm ins Gesicht und wärmte ihn.

Ein paar Meter werde ich gehen, dachte er sich.

Die Krücken in den Armbeugen, stützte er sich schwer darauf, um den Eindruck zu erwecken, dass er sie brauchte.

So humpelte er die Straße entlang und ging links um den ganzen Häuserblock herum.

Auf den kopfsteingepflasterten Straßen fuhren Fuhrwerke und Automobile an ihm vorüber. Geschäftige Frauen liefen mit Einkaufkörben an ihm vorbei ohne ihn wahrzunehmen. Und der eine oder andere Kriegsversehrte humpelte, wie er auch, langsam durch die Straßen.

Von Minute zu Minute fühlte er sich sicherer. Die Angst verflog, weil er beobachtete, dass niemand wirklich Notiz von ihm nahm und es niemanden interessierte, dass er sich auf der Straße aufhielt.

Zweimal ging er um den Block und sah sich bei Tageslicht die Häuser und die kleinen Geschäfte an, da er bisher nur im Dunkeln hier entlang gegangen war.

Nach einer Stunde kehrte er in die Wohnung zurück.

Als er die Wohnungstür hinter sich geschlossen hatte, traten ihm Tränen in die Augen, ob dieser Freiheit, die er verspürte.

Von nun an würde er jeden Tag einen Spaziergang bei Tageslicht machen.

Gleich morgen wollte er bis zu dem großen Park gehen und sich dort auf eine Parkbank setzen und die Natur, das Grün der Wiese und die Bäume genießen.

Am Abend erzählte er Elisabeth aufgeregt von seinem kleinen Ausflug und seinem kurzen Gespräch mit dem Jungen, der im Haus wohnte.

Elisabeth war überrascht und auch ein wenig ängstlich, ob es schon vernünftig war, dass er alleine rausging.

Doch Aiden beruhigte sie in einwandfreiem, akzentfreiem Deutsch und sie konnte nicht anders, als ihn anzulächeln und in den Arm nehmen.

Von diesem Tag an, war Aiden jeden Tag mindestens zwei Stunden unterwegs. Selbst wenn es in Strömen regnete, ließ er sich nicht davon abhalten, jedoch immer darauf achtend, dass er das Hinken nicht vergaß.

Elisabeth spürte jeden Tag mehr, dass er wieder aufzublühen begann und sie freute sich mit ihm.

An den Wochenenden gingen sie zusammen in den Park oder sie fuhren mit der Straßenbahn durch die Stadt und sie zeigte ihm die Sehenswürdigkeiten, wie die Mariensäule auf dem Marienplatz. Sie präsentierte ihm die Residenz, in der Ludwig III. zeitweise lebte und 1913 im Thronsaal gekrönt wurde. Sie schlenderten die Maximilianstraße hinunter bis zum Maximilianeum, dort wo die Studentenstiftung, sowie die königliche Pagenschule untergebracht waren.

Aiden staunte ob der Pracht der imposanten Gebäude.

Er liebte diese Ausflüge in die Stadt, nach Monaten, die er einsam in der Wohnung verbracht hatte.

Jeden Tag, unter der Woche, wenn Elisabeth in der Arbeit war, lernte er den Vormittag über, verbesserte fleißig seine Deutschkenntnisse und die Aussprache.

Am Nachmittag ging er in den Park und drehte dort seine Runden, bevor er sich auf eine Parkbank setzte und an Irland dachte. Jeden Tag stellte er sich im Geiste vor, wie er dort, auf den grünen Hügeln der Hills of Tara zu dem kleinen Cottage seiner Eltern hinabsteigen und an die Tür klopfen würde.

Mit dem Bild vor Augen, träumte er davon, wie seine Mutter ihm die Tür öffnete und ihn in ihre Arme schließen würde. Wie sie am Abend vor dem Kamin sitzen und er seine Geschichte, immer und immer wieder erzählen würde. Von Franz, der ihm das Leben gerettet hatte, von Elisabeth, die ihn bedingungslos aufgenommen und mit ihm durch diese schwere Zeit gegangen ist. Er stellte sich vor, dass sein Vater stolz auf seinen Sohn sein würde, weil er es geschafft hatte, wieder zu ihnen zurückzukommen.

Er hörte Eimear, seine Schwester, reden und schwatzen, so wie sie es immer schon getan hatte und alles über dieses Deutschland wissen wollte.

Ja er verlor sich dort, in dem grünen Park auf der Parkbank in seine Gedanken, die er mit Bildern vor seinem geistigen Auge ausschmückte.

Nur selten ließ er Ängste zu, die ihm einreden wollten, dass es vielleicht ganz anders werden würde, wenn er es schaffte, jemals heimzukehren. Dass seine Eltern vielleicht nicht mehr am Leben waren und das Cottage verlassen sein würde. Meist vertrieb er diese schlimmen Gedanken schnell wieder und glaubte fest daran, dass alles ein gutes Ende nahm.

Manchmal hielt er die goldene Münze in der Hand, die er immer bei sich trug, hielt sie fest in seiner geschlossenen Faust und vertraute auf deren Bestimmung, dass er immer beschützt sein wird. Bisher hat die Münze ihr Versprechen gehalten.

Er musste lächeln, wenn er an die Legenden und Sagen der Kobolde und Feen in seinem Land dachte. Denn er wusste, dass es sie wirklich gab. Auch wenn er, wie so oft, dachte, dass die Geschichte damals, die er als sechsjähriges Kind erlebt hatte, vielleicht nur seinem Fantasiespiel, in dass er sich nur zu gerne immer geflüchtet hatte, entsprungen war. Doch die goldene Münze in seiner Hand, ließ ihn daran glauben, weil er es glauben wollte und es ihm Hoffnung gab.

*

228

Es war bereits Mitte Mai und der Frühling war weit vorangeschritten.

Aiden ging, wie jeden Tag, am Nachmittag in den Englischen Garten, in Richtung Chinesischen Turm.

Dazu musste er fast quer durch den ganzen Park.

Seine Wegstrecken wurden immer länger und er gewann immer mehr Kraft und Stärke zurück.

Als er dort angekommen war, setzte er sich in den Schatten eines Baumes. Es war herrliches Sonnenwetter und viele Kinder tobten um den Holzturm und spielten Fangen oder Verstecken. Einige wurden von ihren Eltern auf das Holzkarussell gesetzt, das sich immerwährend im Kreis drehte. Die Kinder juchzten vergnügt und trieben ihre imaginären Holzpferde an, damit sie schneller werden, was natürlich nicht funktionierte.

Auf den Bänken rund um den Turm saßen Mütter oder Dienstboten mit vollen Einkaufskörben, die sich mit anderen Dienstboten der ranghöheren Häuser austauschten und den neuesten Klatsch verbreiteten.

Die Sonne genießend, die durch den Blätterwald des Baumes gefiltert auf sein Gesicht schien, saß er da, als er plötzlich eine Frauenstimme neben sich hörte, die ihm bekannt vorkam.

Überrascht öffnete er die Augen und sah sie direkt neben sich. Anna, das Mädchen dass er bei seiner Ankunft in München am Bahnhof getroffen hatte. Ruckartig setzte er sich auf, so dass seine Krücken auf den Boden rutschten.

Schnell bückte sich das Mädchen danach und hielt sie Aiden entgegen.

»Hallo, kannst du dich noch an mich erinnern? Wir haben uns vor einigen Monaten auf dem Bahnhof gesehen.«

Aiden brauchte einige Sekunden um sich von diesen wunderschönen blauen Augen loszureißen, in die er wie gebannt starrte. Ihre blonden Locken fielen weich bis zu den schmalen Schultern und gaben dem zarten Gesicht, mit der samtig, leicht goldtonfarbigen Haut, einen Rahmen, wie einem kostbaren Bild.

Hastig stand er auf und nahm ihr die Holzkrücken aus der Hand und lehnte sie seitlich an die Bank, bevor er sich wieder ihr zuwandte und ihr die rechte Hand zum Gruß entgegenstreckte.

So konnte er sich ein paar Sekunden Zeit verschaffen, seine Worte in Gedanken zu sortieren, bevor er sie akzentfrei aussprach.

»Guten Tag. Ja, ich kann mich an dich erinnern. Natürlich. Anna war dein Name, nicht wahr?«

»Du kannst dich noch erinnern daran? Dann hast du mich doch verstanden, als ich mit dir sprach. Ich dachte, du hörst mich nicht und als du nicht geantwortete hast, war ich etwas ratlos.«

»Ich konnte fast nichts verstehen. Aber ich verstand deinen Namen.«, antwortete Aiden langsam, seine Worte wohlüberlegt. »Ich konnte nur nicht sprechen. Das habe ich die letzten Monate mühsam wieder gelernt. Deshalb musst du mir meine holprige Aussprache verzeihen.«

»Ach so, ich dachte mir schon, weil du ein bisschen eigenartig sprichst. Wie konnte das passieren?«, fragte sie mitfühlend aber auch neugierig.

»Eine Kanone schlug nicht weit von mir ein. Mein Bein wurde schwer verletzt und ich war wohl eine lange Zeit bewusstlos. Danach konnte ich nichts mehr hören und auch nicht mehr sprechen.

Die Ärzte sprachen von einem Trauma.«

Anna sah ihn mitfühlend an und legte eine Hand auf seinen Arm.

»Du hast sicher Schreckliches erlebt. Wo warst du an der Front?«

Aiden setzte sich auf die Bank zurück und bot Anna den Platz neben sich an. Sie ließ sich sogleich neben ihm nieder. Ihren Korb stellte sie auf den Boden.

»Ich war in Frankreich an der Westfront. Genauer gesagt an der Somme. An diesem Fluss entlang zieht sich die Frontlinie.«

»Du heißt Franz nicht wahr. Ich kann mich noch daran erinnern.« Lächelnd sah sie ihn von der Seite an.

Aiden brach der Schweiß aus, als er sich erinnerte, dass er in der Not, in der er sich dort am Bahnhof befand, sich ihr als Franz vorgestellt hatte, weil es das einzige Wort war, das er aussprechen konnte und ihm kein anderer Name eingefallen war.

Fieberhaft überlegte er, wie er sich aus dieser Misere herausreden konnte. Elisabeth hatte ihm den Namen Fritz gegeben. Er konnte doch dieses Mädchen jetzt nicht in dem Glauben lassen, dass er Franz hieß. Das Durcheinander wäre zu viel für ihn auf Dauer.

Verlegen knetete er seine Hände.

»Da habe ich dir wohl Unsinn erzählt. Ich war nicht ganz bei Sinnen. Mein Onkel hieß Franz, ich heiße Fritz.«, erwiderte Aiden entschuldigend.

Dieses nette Mädchen log er nur ungern an. Aber er hatte keine Wahl. Er kannte sie ja kaum und wusste nicht, wie sie reagiert, wenn er sich als Ire, als Feind, preisgeben würde.

»Fritz heißt du also, nicht Franz. Ja dann, hallo Fritz.

Ich bin Anna Braun. Und wie ist dein Nachname?«

»Fritz von Letten.«, antwortete er zögerlich.

In ihm schrie in diesem Moment eine Stimme ganz laut seinen richtigen Namen, Aiden McGilles.

Schwer schluckte er die aufkommende Panik hinunter.

Zum ersten Mal wurde ihm bewusst, wie schwer es ist, mit anderen Menschen in Kontakt zu kommen, ohne sich authentisch als der zu erkennen zu geben, der er wirklich war. Alles was er nach außen trug, waren Lügen über ihn.

»von Letten? Wirklich?«

Erstaunt sah sie ihn an. »Ich kenne einen Franz von Letten. Er ist oder er war Lehrer auf meiner Schule. Und auch seine Frau Elisabeth kenne ich, sie war an der Schule eine der ersten Frauen, die unterrichten durfte.«

»Du warst auf seiner Schule?.«, antwortete Aiden.

»Ja das war ich. Ist Franz von Letten dein Vater?«, fragte Anna erstaunt.

»Nein, er war mein Onkel. Der Bruder meines Vaters.«, antwortete er schnell.

Bestimmt über hunderte Male hat ihm Elisabeth dies eingetrichtert, falls ihn jemand nach dem Verwandtschaftsverhältnis zu ihr und Franz fragen würde.

»Wieso war? Lebt er nicht mehr?« Bestürzt sah sie ihn an.

»Franz ist leider gefallen vor einigen Monaten.« Traurig senkte Aiden seinen Blick.

»Wirklich, mein Gott, wie traurig.« Tränen schossen Anna in die Augen. »Er war so ein netter Mann. Ich mochte ihn gerne«

Eine Weile blieben Beide stumm, jeder in seine Gedanken vertieft.

»Und deine Eltern? Warum bist du nicht bei deiner Mutter? Hast du noch Geschwister?«

Auch hier hatte sich Elisabeth eine Geschichte ausgedacht, für den Fall, dass er danach gefragt wurde.

»Meine Eltern leben leider beide nicht mehr. Ich bin das einzige Kind. Franz und Elisabeth sind meine einzigen Verwandten. Ich wusste nicht wo ich sonst hin sollte, nach meiner Verletzung.

Deshalb bin ich hierher nach München gefahren zu Elisabeth. Zurück an die Front konnte ich noch nicht, da mein Bein noch zu große Probleme machte und ich mein Trauma erst ausheilen musste. Fast zur selben Zeit hat Elisabeth erfahren, dass Franz, ihr Mann gefallen war.«

Traurig flüsterte er die letzten Worte und die Erinnerung an seine Begegnung mit Franz an der Front, tauchte vor seinen Augen auf, als ob es erst gestern gewesen wäre.

»Wie traurig.«, flüsterte Anna.

Wieder bleiben sie eine Weile stumm nebeneinander sitzen, bis Anna plötzlich den Korb vom Boden hochhob und das Tuch entfernte.

Darunter befand sich ein Kuchen, wie Aiden am Duft erkannte, der aus dem Korb strömte.

Das Wasser lief ihm im Mund zusammen, plötzlich von Hunger übermannt.

»Magst du ein Stück von dem Gugelhupf?«, fragte Anna und schnitt mit einem Messer, das auch im Korb gelegen hatte, ein großes Stück aus dem runden Kuchen.

»Ja, gerne. Hast du den selber gebacken?«

»Ja, das habe ich. Ich wollte den Kuchen meiner Großmutter bringen und mit ihr einen Kaffee trinken.

Aber sie wird sicher nichts dagegen haben, wenn ich dir davon ein Stück abgebe.«

Sie reichte ihm ein Stück des duftenden Kuchens und er biss genüsslich hinein. Anna schnitt sich auch ein Stück ab und biss ebenfalls beherzt hinein.

Plötzlich drehten beide zur selben Zeit ihre Köpfe zueinander und mussten lachen, da ihre Münder von Kuchenkrümeln übersäht waren.

Mit großem Appetit aßen sie den Kuchen auf. Und Aiden lehnte sich genießerisch zurück.

»bhí sé go maith«, fuhr es Aiden über die Lippen, was so viel hieß wie 'war das gut'.

Anna sah ihn erstaunt an.

»Was hast du gesagt?«

Aidens blasse Haut wurde tief rot und er suchte verzweifelt nach Worten.

»Ähm… Ach….das ist mir so rausgerutscht. Entschuldige.« Händeringend suchte er eine Erklärung für seine irischen Worte.

»Meine Mutter hat mir Latein gelernt und manchmal spreche ich so.«, versuchte er sich herauszureden, in der Hoffnung, dass Anna Lateinisch nicht beherrschte.

Diese sah ihn jedoch skeptisch an.

»Das war kein Latein.«, sagte sie misstrauisch. «Ich kann auch etwas Latein sprechen und schreiben, doch das hörte sich ganz anders an.«

»Dann habe ich es wohl falsch ausgesprochen. Ich bin nicht gut darin. Ich wollte nur sagen, dass der Kuchen gut schmeckt.«, versuchte er ihr händeringend eine plausible Erklärung zu finden.

Immer noch skeptisch sah sie ihn von der Seite her an.

Sagte aber nichts mehr dazu und legte das Messer in den Korb zurück und deckte den Kuchen mit dem Tuch ab.

Eigenartiger Junge, dachte sie sich. Aber er gefiel ihr und sie fühlte sich wohl in seiner Gesellschaft.

Gut, seine Sprechweise war eine ganz eigene, doch sie führte dies darauf zurück, dass er seine Sprache und sein Gehör verloren hatte und sich jetzt mühsam erst wieder alles hatte lernen musste.

Anna bemerkte, dass Aiden sie aufmerksam von der Seite beobachtete. Doch als sie ihm ihr Gesicht zuwandte, sah er schnell weg.

Irgendwie war der Zauber ihres Kennenlernens gebrochen. Anna wirkte sehr nachdenklich.

Und Aiden schellte sich als dumm und unvorsichtig, dass ihm dies passiert war.

Er wusste, er musste besser aufpassen in Zukunft und sich nicht hinreißen lassen von Wonnegefühlen und musste immer konzentriert bleiben, wenn er nicht alleine war.

Doch er hatte sich schon lange nicht mehr so wohl gefühlt, wie in Annas Gesellschaft gerade. Er hätte noch Stunden mit ihr auf dieser Parkbank sitzen können, hier vor dem imposanten Chinesischen Turm im Park.

»Bist du morgen wieder hier?«, fragte Anna plötzlich.

»Ja, ich komme fast jeden Tag hierher.«

»Eigenartig, dass wir uns noch nie begegnet sind. Ich gehe auch oft durch den Park, meist nach der Mittagszeit, aber nicht jeden Tag.«

»Was machst du sonst so? Gehst du noch zur Schule?« Interessiert blickte Aiden Anna an.

»Nein, nein, ich gehe nicht mehr in die Schule. Schon ein Jahr nicht mehr.

Ich ging aufs Gymnasium und mit 18 Jahren, also vor einem Jahr, habe ich die Schule abgeschlossen.«

»Und was machst du jetzt?«

»Ich hatte vor, eine Lehrerinnenausbildung zu machen. Doch es ist sehr schwer als Frau, dafür an einer Universität zugelassen zu werden. Ich wollte nach Heidelberg gehen, dort hätte ich bessere Chance gehabt. Doch daraus wurde leider nichts, da meine Mutter krank geworden ist und ich zuhause bleiben und sie pflegen muss.« Unglücklich blickte sie Aiden an.

»Das tut mir leid. Es ist sicher nicht leicht für dich, dass deine Mutter krank ist und du deine Pläne nicht verwirklichen kannst.«

»Ja es ist nicht einfach. Aber ich muss für meine Mutter da sein. Mein Vater ist im Krieg und ich bin jetzt das einzige Kind. Mein Bruder ist vor einem Jahr gefallen an der Westfront.«

Tränen traten ihr in die Augen, bevor sie weitersprach.

»Meine Großmutter ist schon zu alt, dass sie sich um meine Mutter kümmern könnte.«

»Was fehlt deiner Mutter?«

»Das ist schwer zu sagen. Es ist ihr Gemüt. Sie sitzt nur noch da und es ist kein Lebenswille mehr in ihr. Dies ist so, seitdem wir die Nachricht vom Tod meines Bruders bekommen haben. Es ist, als ob sie seither in einer anderen Welt lebt. Mein Vater kommt so oft es geht nach Hause von der Front. Doch nicht einmal mehr ihn nimmt sie wahr, wenn er da ist. Sie lässt sich auch nur von mir helfen, beim Essen und beim zu Bett gehen. Ansonsten sitzt sie in ihrem Stuhl und starrt vor sich hin. Wir haben sie schon zu verschiedenen Ärzten gebracht.

Doch jeder schüttelt nur den Kopf. Sie sagen, dass sie in einer Art Schockstarre ist, die sich vielleicht irgendwann wieder lösen könnte.«

Mutlos senkte sie ihren Blick.

»Alternativ könnten wir sie in eine Anstalt geben, doch das wollte mein Vater auf keinen Fall und so bin ich hier gebunden und musste meine Pläne aufgeben. Wer weiß, wie lange der Krieg noch andauernd wird und ob mein Vater diesen unbeschadet übersteht, was ich zutiefst hoffe. Aber dann wird es für mich zu spät sein und ich werde mir wohl einen Ehemann suchen und Ehefrau und Mutter werden. Ist ja auch nicht das Schlechteste.«

Resigniert zuckte sie mit ihren Schultern.

Aiden tat es in der Seele weh, als er die Traurigkeit spürte, die Anna erfasste. Am liebsten hätte er den Arm um ihre Schultern gelegt.

Doch er traute sich nicht und unterließ diesen Drang. Er wollte ihr nicht zu nahe treten.

»Aber jetzt Schluss mit den Wehklagen. Wie alt bist du? Und was hast du gemacht, bevor du in den Krieg gezogen bist?«

Wieder fühlte sich Aiden sehr unter Druck, ausgelöst durch ihre Fragen.

Was sollte er Anna erzählen? Er hatte ja nichts gelernt, nur seinen Eltern auf den Feldern geholfen. Sein Vater war in früheren Jahren Schreiner und zeigte ihm einiges von diesem Handwerk und er half ihm oft, wenn er einen neuen Stuhl oder einen Tisch schreinerte.

»Ähmm…ich bin 19  Jahre alt und arbeitete als Schreiner.«, antwortete er dann schnell und knapp.

»Schreiner, was für ein schöner Beruf.«, rief Anna erfreut.

Aiden erzählte weiter.

»Aber ich habe nur kurz gearbeitet bei meinem Vater, dann kam der Krieg und Vater bekam keine Aufträge mehr, da das Geld bei Allen immer knapper wurde. Wir haben hauptsächlich unsere Felder bearbeitet und die paar Schafe gehütet, die uns gehörten.«

»Schafe? Ihr habt Schafe zuhause. Keine Kühe oder Schweine?«, fragte Anna neugierig nach.

Aiden lief es kalt über den Rücken. Hatte er etwas Falsches gesagt? Er wusste nicht, ob es in Deutschland auch Schafhalter gab.

Instinktiv beschloss er, einfach in diesem Fall bei der Wahrheit zu bleiben.

»Ja wir haben eine ganze Herde von Schafen zuhause und verkaufen die Wolle.«

»Ach ja, das ist ja interessant. Da musst du mir mehr erzählen darüber.«, neugierig musterte Anna ihn.

Aiden erschrak, denn er wusste nicht, was er erzählen durfte und konnte ohne dass sie misstrauisch wurde.

Schließlich entschloss er sich für den spontanen Rückzug.

»Ich muss jetzt leider nach Hause gehen Anna. Elisabeth wird bald von der Arbeit kommen.« schnell erhob er sich bei seinen Worten, als ob er es nicht erwarten konnte, sich zu verabschieden.

Anna sah überrascht, ob seines plötzlichen Aufbruchs, zu ihm hoch und stand dann ebenfalls auf.

»Ich wollte dir nicht zu nahe treten. Entschuldige dass ich so neugierig bin.«

Aiden trat verlegen von einem Fuß auf den Anderen. Er fühlte sich gerade total überfordert mit ihren Fragen. Er hätte diese Dinge noch besser mit Elisabeth besprechen und festlegen sollen. Das musste er unbedingt noch nachholen.

Gleich heute Abend würde er sich mit Elisabeth hinsetzten und alle möglichen Fragen, die ihm gestellt werden könnten, durchgehen.

»Mach dir keine Gedanken. Es ist schon okay. Ich muss nur jetzt los.«

»Sehen wir uns wieder?« Fragend sah Anna ihn an, als er seine Krücken hochnahm und sie sich unter seine Achseln klemmte.

»Ja natürlich, gerne. Ich bin morgen zur selben Zeit wieder hier.«, antwortete er hastig. Denn nichts war ihm lieber, als in der Gesellschaft dieses schönen Mädchens zu sein, trotz der vielen Fragen die sie stellte.

»Dann auf Wiedersehen und vielleicht bis morgen.» Sie drehte sich um und schlenderte mit ihrem Korb davon.

»Danke für den Kuchen. Er war wirklich sehr gut.«, rief ihr Aiden hinterher.

Anna winkte ihm noch einmal kurz zu, bevor sie auf dem schmalen Weg zwischen den Bäumen verschwand.

Aiden begab sich ebenfalls auf den Nachhauseweg. In seinem Inneren tobte ein Sturm der Gefühle. Er fühlte sich wie ein Betrüger, was er ja auch irgendwie war. So gerne würde er ihr die Wahrheit sagen, über ihn und seine Familie und alles was passiert war. Aber die Gefahr war einfach zu groß und er würde sie nur in Gefahr bringen mit seiner Lügengeschichte. Das wollte er auf jeden Fall verhindern, falls er doch eines Tages auffliegen und festgenommen werden sollte. Man würde unwillkürlich alle bestrafen, die von der Sache gewusst haben. Es war schon schlimm genug für ihn, dass er Elisabeth in große Schwierigkeiten bringen konnte.

*

In der Wohnung wieder angekommen, setzte er sich auf das Sofa und streckte seine Füße aus.

Seine Gedanken wanderten zu Anna und es wurde ihm ganz warm ums Herz, als er an ihr Lächeln dachte. An diese süßen Grübchen, die sich auf ihren Wangen abzeichneten, wenn sie lächelte oder lachte.

So gerne hätte er mit seinen Händen ihre Locken aus ihrem Gesicht gestrichen. Alles an ihr hat in ihm nie gekannte Gefühle hervorgeholt.

Er war vorher noch nie richtig verliebt gewesen.

Ja vielleicht ein bisschen, in die Schwester seines Freundes aus der entfernten Nachbarschaft. Aber das war nicht zu vergleichen mit dem, was er gerade hier mit Anna empfunden hatte.

Es war als ob seine Seele in ihm ganz laut 'Ja' gerufen hätte. Erst jetzt dachte er bewusst an dieses laute 'Ja', das er in sich gehört hatte. Was war das? Es fühlte sich so erfüllt, groß und weit an in seinem Inneren.

Ausgestreckt auf dem Sofa liegend, schlug er die Arme ineinander, grinste vor sich hin und schloss die Augen, um diesem wundervollen Gefühl nachzuspüren.

Schließlich war er eingeschlafen und träumte von einem süßen, blonden Mädchen, das er bei der Hand nahm und mit ihr die grünen Hügel der Hills of Tara hinauflief.

Ihre Haare wehten im kräftigen Wind, der meist dort oben blies. Oben angekommen, ließ er sich mit ihr in das saftige, dichte Grün der Hügel fallen, beugte sich über sie und küsste ihren Mund, die vollen rosa Lippen, die sich ihm sehnsuchtsvoll anboten.

'Anna, Anna, Darling, tá tú chomh gleoite. (Liebling, du bist so süß)', wisperte Aiden in seinen süßen Träumen gefangen.

»Aiden, Aiden!«, hörte er seinen Namen, wie durch einen Nebelschleier.

'Anna! Seo anois mé' (hier bin ich), rief er in diesen nebeldurchtränkten Raum.

»Aiden, wach auf.«, hörte er wieder die energische Stimme.

Nur sehr schwer löste er sich aus seinem Traum, öffnete wiederwillig die Augen und sah Elisabeth, die sich über ihn beugte.

Erschrocken fuhr er hoch und setzte die Beine auf den Boden.

Elisabeth sah ihn lächeln an.

»Das muss ja ein schöner Traum gewesen sein. Ich hörte dich immer nur den Namen 'Anna' rufen.

Die anderen Worte habe ich nicht verstanden. Das war wohl irisch?«, augenzwinkernd sah sie ihn an.

»Ja das war ein schöner Traum.«, antwortete er verlegen und wusste nicht, ob er Elisabeth von seiner Begegnung mit Anna erzählen sollte.

Bevor er jedoch diese Überlegung zu Ende denken konnte, fing Elisabeth an ihn auszufragen.

»Wer ist diese Anna, von der du geträumt hast?«, erwartungsvoll lächelnd, sah sie Aiden an. »Hast du jemanden kennengelernt?«, ergänzte sie, jedoch mit etwas Besorgnis in der Stimme.

Die Gefahr, dass Aiden als Deserteur aufflog und noch dazu aus dem feindlichen Lager, lauerte immerzu. Bisher hatte sie sich nicht sorgen müssen um ihn, da er keine Kontakte pflegte und die meiste Zeit in der Wohnung verbrachte. Doch sie hatte schon bemerkt, dass es ihn immer mehr nach draußen zog. Dorthin, wo die Gefahr lauerte.

Und nun war es soweit. Er hatte wohl ein Mädchen
kennengelernt, bei seinen täglichen Spaziergängen.
»Ja, es ist ein Mädchen. Sie kannte Franz.«
Betroffen sah Elisabeth ihn an.
»Und dich kennt sie auch. Von der Schule, wie sie mir
erzählte.«
»Wie heißt dieses Mädchen mit Nachnamen?«
»Braun. Anna Braun heißt sie.«
Elisabeth überlegte kurz. Dann zeigte sich ein Erkennen auf
ihrem Gesicht.
»Ach, die kleine Anna. Ja natürlich kenne ich sie. Ein sehr
nettes Mädchen.«
Aiden erzählte ihr von ihrer ersten Begegnung auf dem
Bahnhof und von dem Wiedersehen heute im Englischen
Garten.
»Und, werdet ihr euch wiedersehen?»
»Ja, ich denke schon.«, antwortete er lächelnd.
»Pass bitte gut auf dich auf. Ich glaube zwar, dass man ihr
vertrauen könnte, doch wir wollen nichts riskieren.«
»Ich weiß, Elisabeth. Wir müssen unbedingt noch einige
Dinge über mich besprechen, da ich sonst in Teufelsküche
komme. Sie stellte mir Fragen zu meiner Familie und mir,
mit denen ich nicht gerechnet hatte und ich musste mir auf
die Schnelle etwas ausdenken, was mir nicht leicht gefallen
war.«
»Ich weiß nicht, ob es eine gute Idee ist, dass du dich näher
mit jemanden anfreundest.«, überlegte Elisabeth. »Aber ich
kann verstehen, dass du Gesellschaft suchst. Wer weiß, wie
lange der Krieg noch dauern wird. Es scheint, als ob er kein
Ende nehmen will. Aber versprich mir, dass du mehr als
vorsichtig bist. Es ist einfach zu gefährlich für dich.

Alles wäre umsonst gewesen. Und ich möchte nicht, dass dir etwas passiert.«

Aiden sah sie deprimiert an.

»Ja ich weiß Elisabeth. Ich verspreche dir, ich werde vorsichtig sein.«

»Komm, wir essen erstmal und dann werden wir dir eine komplette Vita erstellen, die du dann lernen und verinnerlichen kannst, damit du sicherer wirst, im Umgang mit Fremden.«

Aiden erhob sich und ging mit ihr in die Küche. Gemeinsam bereiteten sie das Abendessen zu und setzten sich danach an den Tisch.

Später holte Elisabeth einen Bogen Papier aus der Schublade und sie erstellten eine Vita für Aiden, an der er sich in Zukunft orientieren konnte.

*

Tags darauf ging Aiden wieder in den Park, setzte sich auf die Bank und wartete auf Anna. Doch als sie nach fast zwei Stunden immer noch nicht vorbeigekommen war, setzte er enttäuscht seinen Weg fort, bevor er wieder nach Hause ging.

Dies wiederholte sich in den nächsten Tagen. Immer wartete er fast zwei Stunden auf der Bank, am Chinesischen Turm, wo er feststellen musste, dass sie nicht kam und er zog enttäuscht von dannen und ging nach Hause.

Nach einer Woche hatte er die Hoffnung schon fast aufgegeben, als er zur Parkbank schlenderte. Würde er heute wieder umsonst warten? Das Schicksal wollte es wohl, dass sie sich nicht mehr begegneten, oder aber, Anna wollte ihm nicht mehr begegnen. Diese negativen Gedanken schossen ihm durch den Kopf bereitete ihm ein panisches Gefühl. Wenn sie ihm absichtlich aus dem Weg ging, dann konnte sie ihn vielleicht gar nicht leiden?

Kurz setzte er sich auf die Bank und sah den Kindern zu, die fröhlich um den Turm herumrannten und spielten, unter der Aufsicht ihrer Mütter, die auf den Bänken verteilt saßen und sich unterhielten.

Nach einer Weile stand er auf und wollte gerade seinen Weg fortsetzen, als er plötzlich hinter ihm, jemanden laut rufen hörte.

»Fritz, Fritz, warte auf mich.«

Er drehte sich schnell um und sah, dass Anna auf ihn zulief. Ihre Wangen waren vom Laufen gerötet und sie blieb atemlos vor ihm stehen.

»Anna, ich habe schon gar nicht  mehr daran geglaubt, dass ich dich noch einmal sehen werde.«, rief er erleichtert.

»Ich konnte die letzten Tage meine Mutter nicht alleine lassen. Ihr ging es sehr schlecht und ich musste bei ihr in der Wohnung bleiben.«, erwiderte sie traurig.

»Aber jetzt bist du ja hier. Komm, setzen wir uns auf die Bank.« Und deutete dabei auf die am Wegrand stehende Parkbank.

Als sie saßen, erzählte Anna, dass ihre Mutter versucht hatte, sich das Leben zu nehmen, als sie vor einigen Tagen beim Einkaufen unterwegs war. Es gehe ihr sehr schlecht und sie hatte sich das ganze Röhrchen Tabletten, die sie gegen ihre Depressionen einnahm, in einem Wasserglas aufgelöst. Gerade noch rechtzeitig war sie nach Hause gekommen und konnte Schlimmeres verhindern.

Aiden nahm ihre Hände in seine und drückte sie mitfühlend.

Auf einmal brach Anna in Tränen aus und lehnte ihren Kopf an seine Schulter. Er legte den Arm um sie und drückte sie beruhigend an sich während ihre Tränen flossen.

So saßen sie eine Zeitlang, bis sich Anna wieder etwas beruhigt hatte.

»Ich weiß nicht, wie ich ihr helfen kann. Der Doktor meinte, wir sollten sie in die psychiatrische Anstalt bringen. Doch das will ich auf keinen Fall. Dort wäre sie nur eingesperrt. Und ich bin sicher, mein Vater würde das auf keinen Fall zulassen.

Ich habe ihm schon einen Brief an die Front geschickt, doch es wird wohl dauern, bis er ihn erhält. Ich weiß nicht was ich tun soll.«, erzählte sie verzweifelt.

»Wo ist deine Mutter jetzt?«

»Meine Großmutter ist gekommen und passt auf sie auf, solange ich unterwegs bin. Sie meinte, ich müsste unbedingt ein bisschen an die frische Luft. Und da habe ich mir gedacht, ich sehe nach, ob du hier bist.«

»Ich war jeden Tag hier und habe auf dich gewartet.«, sagte Aiden leise.

»Das tut mir leid. Aber ich konnte dich nicht benachrichtigen.«

Schweigend saßen sie aneinander gelehnt  da und genossen die Nähe zueinander.

Plötzlich hatte Aiden eine Idee.

»Denkst du, ich kann dich bei dir Zuhause auch besuchen?«

Mit gespannter Erwartung sah er sie an.

Anna hob den Kopf und sah ihn an und zuckte dann leicht mit der Schulter.

»Ja, warum nicht. Meine Mutter wird dich vielleicht gar nicht wahrnehmen oder es ist ihr egal, so teilnahmslos wie sie ist.«

»Dann besuche ich dich morgen Nachmittag. Was hältst du davon?«

»Ja gerne. Wir wohnen in der Elisabethstraße 25 im zweiten Stock. Ich sage meiner Mutter, dass ich Besuch zum Tee erwarte und werde dann schon sehen, wie sie oder ob sie überhaupt reagiert. Ich sage ihr einfach, dass du ein alter Schulfreund bist, der gerade verletzt aus dem Krieg zurückgekehrt ist.«

»So machen wir es. Und falls sie doch etwas gegen meinen Besuch einzuwenden hat, dann werde ich einfach wieder gehen, damit du keine Schwierigkeiten bekommst.«

Anna lächelte glücklich, ob dieser Aussicht, nicht mehr mit ihrer Mutter alleine in der Wohnung verbringen zu müssen.

Aiden drückte sie nochmal fest an seine Brust und fühlte sich wie ein Ritter, der seine Prinzessin schützend in den Armen hielt.

»Jetzt muss ich gehen und meine Großmutter ablösen.« sagte Anna und stand schweren Herzens auf und verabschiedete sich von Aiden mit einem langen Händedruck. Er ließ ihre Hand nur ungerne los und hielt sie länger als nötig, bevor sie sich auf den Weg machte.

Als sie aus seinem Blickfeld verschwunden war, nachdem sie sich noch ein paarmal umgedreht und ihm zugewinkt hatte, blieb Aiden noch sitzen und freute sich wie ein kleiner Junge, auf das Wiedersehen mit Anna.

Sein Herz machte Luftsprünge und die Schmetterlinge in seinem Bauch tanzten um die Wette und bereiteten ihm ein warmes Gefühl.

*

Am nächsten Nachmittag machte er sich auf den Weg, nachdem er sich seine beste Hose und sein bestes Hemd angezogen hatte.

So nach und nach hatte Elisabeth die Hemden und Hosen von ihrem Mann Franz den Maßen von Aiden angepasst und verkleinert. Sie war sehr geschickt im Umgang mit der Nähmaschine.

Seine rotblonden Haare kämmte er sich fein säuberlich zurück und nahm etwas Pomade, um die wilden Strähnen zu bändigen. Seine sonst sehr feinen Haare waren nach der Kahlrasur an der Front viel dichter nachgewachsen und eine ordentliche Mähne, mit leicht, welligen Locken hatte sich auf seinem Kopf gebildet.

Als er im Badezimmer in den Spiegel sah, war er zufrieden mit seinem Anblick und grinste, voller Vorfreude in den Spiegel.

Du benimmst dich wie ein verliebter Idiot, sagte er zu seinem Spiegelbild, aber das Grinsen blieb ihm auf den Lippen hängen.

Eine halbe Stunde später stand er vor der Wohnungstür im 2. Stockwerk, in der Elisabethstraße 25 und drückte auf die Klingel, über der der Name Braun in goldenen Buchstaben stand und tanzte vor Aufregung auf seinen Krücken herum.

Anna öffnete freudestrahlend die Tür und ließ ihn eintreten. Beide fühlten sich etwas unsicher und wussten im ersten Moment nicht, was sie sagen sollten.

Doch die Freude über das Wiedersehen stand ihnen ins Gesicht geschrieben.

»Meine Mutter sitzt im Wohnzimmer.«, flüsterte sie ihm zu.

»Ich habe ihr erzählt, dass du zum Tee kommst, doch sie hat mich nur angesehen und nichts dazu gesagt.

Also sei nicht überrascht, wenn sie nicht auf dich reagiert.«, warnte sie ihn vor.

Dann betraten sie das Wohnzimmer und Anna ging zu einem großen, alten Ohrensessel, in dem eine hagere, zusammengesunkene Frau saß. Ihre fahlen, grauen Haare waren zu einem Dutt hochgekämmt, das graue Gesicht war von Falten durchzogen, die Augen, die bestimmt einmal genauso blau gestrahlt hatten, wie Annas Augen, stachen wässrig blau aus den tiefliegenden Augenhöhlen und starrten stumm vor sich hin. Der Mund war verkniffen geschlossen. Sie trug ein schwarzes, knöchellanges Kleid, das hochgeschlossen ihren dünnen, faltigen Hals halb verdeckte. Die Hände ineinander verkrallt, lagen in ihrem Schoss.

»Mutter, das ist Fritz.«, sagte Anna sanft zu ihr und deutete auf Aiden.

»Guten Tag Frau Braun. Wie geht es ihnen.«

Aiden stand etwas unbeholfen vor der Frau und streckte ihr seine Hand entgegen.

Ilse, so der Vorname von Annas Mutter, zeigte keine Reaktion und übersah die ausgestreckte Hand von Aiden. Einzig ein sehr kurzer, verwirrter Blick streifte ihn, bevor sie die Augenlieder wieder senkte.

»Komm Fritz, setzen wir uns erst einmal.«, forderte Anna ihn auf.

Aiden zuckte immer noch innerlich zusammen, wenn er mit dem Namen Fritz angesprochen wurde. Würde er sich jemals daran gewöhnen?

Der Wunsch, Anna die Wahrheit zu erzählen, wurde jedes Mal stärker in ihm, wenn er mit ihr zusammen war.

Doch nie ergab sich der richtige Moment, in dem er den Mut fasste.

Sie setzten sich an den Tisch, der mit einem buntgeblümten Teeservice gedeckt war. In der Mitte des Tisches stand ein Kuchen, bereits in große Stücke geschnitten.

»Mutter, setzt du dich auch zu uns an den Tisch?«

Anna kniete sich vor den Ohrensessel und fasste ihre Mutter an den gefalteten Händen. Doch sie reagierte nicht, senkte ihren Kopf nur noch tiefer auf die Brust und schloss die Augen.

Anna stand auf und zuckte hilflos mit den Schultern, bevor sie sich zu Aiden an den Tisch zurücksetzte und den Tee einschenkte.

»Ist sie immer in diesem Zustand?«, flüsterte Aiden.

»Ja, die meiste Zeit. Ganz selten hat sie hellere Momente. Dann spricht sie auch ein paar Worte. Aber das kommt sehr selten vor. Mein Vater war vor zwei Monaten für zwei Wochen zuhause. Nicht einmal bei ihm hat sie reagiert. Meine Großmutter versucht immer, sie mit lauten Worten und Schütteln aus dieser Starre zu lösen. Aber auch das hat keinen Sinn. Die Ärzte meinten, wir müssen viel Geduld haben.«

»Das tut mir sehr leid, Anna.«

»Wenn ich sie nur dazu bringen könnte, mit mir einen kleinen Spaziergang zu machen, damit sie aus der Wohnung rauskommt. Vielleicht würde das etwas helfen. Doch sie ist nicht dazu zu bewegen.«

Aiden blieb über zwei Stunden bei Anna und sie unterhielten sich leise, bevor er sich schweren Herzens verabschiedete und nach Hause ging.

Aber nicht bevor er Anna versprochen hatte, am nächsten Tag wieder zu kommen.

Und so kam es, dass Aiden jeden Nachmittag zwei, drei

Stunden bei Anna verbrachte und sie es sehr genossen zusammen zu sein, auch wenn die Umstände traurig waren.
Wenn Annas Großmutter in der Wohnung war, dann machten sie einen Spaziergang in den Park, ansonsten saßen sie am Wohnzimmertisch.
Nie ging ihnen der Gesprächsstoff aus und wenn es stumme Momente gab, sahen sie sich tief in die Augen und lächelten sich an.
Anna blühte auf in seiner Gesellschaft und konnte so das Leid ihrer Mutter besser ertragen und hinnehmen.
An manchen Tagen zerbrach er sich den Kopf darüber, wie er aus dieser verfahrenen Situation herauskommen sollte. Wenn doch nur dieser Krieg endlich sein Ende finden würde.
Elisabeth hatte ihm Papiere besorgt, mit denen er seine neue Identität bestätigen konnte. Aiden war ihr so dankbar, für alles, was sie für ihn bisher getan hatte. Und wenn der Krieg zu Ende ist, konnte er nach Irland zurück, zu seiner Familie, in seine Heimat. Dies war sein Ziel.
Und vielleicht konnte er Elisabeth überreden, ihn zu begleiten. Dies wäre sein größter Wunsch.
Doch je mehr Zeit er mit Anna verbrachte, desto schwerer gefiel ihm die Vorstellung, auch sie verlassen zu müssen. Und er nahm sich wieder und wieder vor, ihr die Wahrheit zu erzählen.

*

So vergingen die Wochen und Monate und der Kalender schrieb schon Anfang Juli 1917. Der Sommer war ungewöhnlich warm.

An manchen Nachmittagen, wenn sie die Wohnung verlassen konnten, lagen Aiden und Anna auf einer mitgebrachten Decke im Park und genossen ihr Zusammensein.

Es gab Tage, da waren sie ausgelassen, wie kleine Kinder und Aiden setzte Anna auf das Karussell mit den holzgeschnitzten Tierfiguren, am Chinesischen Turm.

Anna erzählte ihm, dass der Bau im Jahr 1913 neu errichtet und wieder in Betrieb genommen worden war, nachdem der Vorherige ausgebrannt sei.

Musik strömte aus der Walzenorgel, sobald sich das Karussell drehte und Anna saß auf einem Pferd und lachte glücklich, während Aiden sich neben sie stellte und mit ihr die Runden drehte.

Dies waren ganz besondere Momente, die sie miteinander verlebten und alles andere um sich herum vergaßen.

*

Seine Abende verbrachte Aiden mit Elisabeth, die ihn unermüdlich weiter unterrichtete in der deutschen Sprache und dem Schreiben.

Mit der Zeit fand er großen Gefallen daran, zu Schreiben.

Für Anna schrieb er jetzt oft kurze Gedichte und heimlich hatte er begonnen, eine Liebesgeschichte zu schreiben. Als Vorlage nahm er seine Gefühle, die er für Anna empfand und die immer stärker wurden.

Bisher hatte er noch nicht gewagt, ihr näher zu kommen und

sie zu küssen. Obwohl er oft das Gefühl hatte, sie würde nur darauf warten.

Dies zeigte sich, wenn er manchmal den Arm um sie legte und sie an seine Schulter zog, wenn sie traurig war. Dann hob sie ihr hübsches Gesicht zu ihm auf und sah ihn mit einem eigenartigen Blick an, der Aiden fast um den Verstand brachte. Doch schnell wandte er immer seinen Kopf ab und ließ sie los. Eine eigenartige Schüchternheit erfasste ihn jedes Mal, wenn sich die Gelegenheit bot, Anna so nahe zu kommen.

Später, wenn er sich daran erinnerte, nannte er sich einen Feigling und er ärgerte sich über sich selbst.

Elisabeth beobachte Aidens Beziehung zu Anna mit gemischten Gefühlen. Sie mochte das Mädchen sehr gerne, doch war es schwierig, zu entscheiden, ob sie Anna in das Geheimnis einweihen konnten.

Oft redete sie mit Aiden darüber, doch immer wieder kamen sie zu keinem Entschluss.

Aiden aus dem Grund, da er um die Liebe fürchtete, die ihn mit Anna verband.

Er hatte große Angst davor, dass sie ihn abweisen und wegstoßen würde, wenn sie erfuhr, wer er wirklich war.

Doch er glaubte nicht, dass Anna ihn verraten würde.

Nein, das würde sie niemals tun, da war er sich sicher.

Doch Elisabeth schien daran ihre Zweifel zu hegen.

In diesen Zeiten konnte man niemandem trauen, sagte sie immer.

Aiden hatte Elisabeth gegenüber ein schlechtes Gewissen, denn falls ihre Zweifel berechtig waren, würde er sie damit in große Schwierigkeiten bringen.

Dies waren zwei gewaltige Gründe, warum er bisher geschwiegen hatte.

*

Der Sommer zeigte sich von seiner schönsten Seite. Der August verlief ebenso heiß, wie schon der Juli und die Menschen trieb es nach draußen in die kühlen, von Bäumen gesäumten Parks.

Ein Ende des Krieges war immer noch nicht in Sicht.

Der Zustand von Annas Mutter verschlechterte sich zusehends und sie machte sich große Sorgen. Deshalb verbrachte Aiden nun jeden Nachmittag mit Anna und ihrer Mutter in deren Wohnung und leistete ihr Gesellschaft und bald waren beide unzertrennlich.

Eines Abends, als er mit Elisabeth gerade beim Abendessen saß, klingelte es an der Wohnungstür.

Elisabeth stand auf und öffnete.

Greta stand, völlig aufgelöst vor der Tür. Es kam nur noch sehr selten vor, dass sie zu Besuch kam. Greta hatte seit einiger Zeit einen neuen Freund, mit dem sie viel Zeit verbrachte. Elisabeth war froh, dass Greta abgelenkt war und nicht immer nachbohrte, wie lange Fritz noch bei ihr wohnen würde oder warum er immer noch nicht zurück an die Front geholt wurde. Sie blieb die ganze Zeit sehr misstrauisch Aiden gegenüber und das beunruhigte Elisabeth sehr. Sie kannte Gretas Hartnäckigkeit und ihr Misstrauen.

Nun stand sie vor der Tür und wollte hereingelassen werden. Elisabeth sah dass ihre Augen gerötet waren und sie sehr blass und müde aussah.

»Greta, wie siehst du denn aus? Was ist passiert?«, fragte Elisabeth besorgt.

«Darf ich hereinkommen?«

»Ja, natürlich.«, antwortete Elisabeth, wenn auch etwas zögerlich und machte die Tür ganz auf, um Greta hereinzubitten.

Diese trat in den Flur und brach sofort in Tränen aus.

»Was ist passiert?«, fragte Elisabeth bestürzt und fasste sie sanft an den Schultern. »Aber komm erst einmal herein.«

Sie nahm Greta die Weinflasche aus der Hand, die sie festumklammert an ihr Herz gepresst hielt und führte sie ins Wohnzimmer.

Aiden saß am Esstisch und starrte Greta verwundert an, die immer noch weinend hinter Elisabeth ins Zimmer trat und nun Aiden entgeistert ansah.

»Ich lasse euch dann lieber mal alleine.«, sagte Aiden verunsichert, stand auf und ging in sein Zimmer.

»Greta, nun sag mir doch, was passiert ist.«

Besorgt schob sie Greta zum Sofa und sie setzten sich.

Erneut brach diese in Tränen aus und Elisabeth ließ sie weinen und wartete, bis sie sich wieder etwas beruhigt hatte.

»Du lässt den Jungen immer noch bei dir wohnen? Muss er denn immer noch nicht an die Front zurück?«, waren dann die ersten Worte die Greta an sie richtete.

Elisabeth sah sie irritiert an.

»Ja, er wird solange bei mir wohnen, wie es nötig ist und ich werde alles tun, dass er nicht wieder zurück an die Front muss. Das habe ich dir doch schon oft gesagt.«, antwortete sie ausweichend. »Aber jetzt erzähle mir, was mit dir los ist?«

Völlig aufgelöst fing Greta unter Schluchzen zu sprechen an.

»Anton ist wieder an die Front einberufen worden.«

Ein erneuter Tränenstrom ergoss sich über Gretas Gesicht. »Es ist so ungerecht. Er hat immer noch große Probleme mit seiner Hand, die noch steif ist und die er nicht richtig bewegen kann. Er hatte doch bereits zwei Jahre an der Front abgeleistet, bevor er verwundet wurde. Und außerdem war er doch schon freigestellt und in der Maschinenfabrik beschäftigt, die Teile für die Rüstung der Gewehre fertigt. Ich verstehe es nicht? Warum haben sie ihn wieder geholt?«, schluchzend schlug sie die Hände vor ihr Gesicht.

»Ich verstehe es nicht.«, wiederholte sie. »Er hat vorgestern den Stellungsbefehl erhalten und war seither kaum noch ansprechbar. Und heute früh ist er mit dem Zug losgefahren. Wir haben kaum noch ein Wort miteinander gesprochen.«

»Ach Greta, das tut mir so leid.«, erwiderte Elisabeth erschüttert.

Ihr Freund, Anton, tat Greta so gut. Endlich schien sie den Mann gefunden zu haben, den sie sich immer gewünscht hatte. Und auch seine Verletzung, dass er eine verkrüppelte Hand hatte, hatte sie keineswegs gestört.

Einmal ließ sie sogar Elisabeth gegenüber verlauten, dass sie, sobald der Krieg zu Ende war, heiraten wollten.

Elisabeth stand auf und öffnete die Flasche Wein, schenkte zwei Gläser voll und setzte sich wieder zu Greta auf das Sofa und reichte ihr ein Glas.

»Komm, jetzt trink erst mal einen Schluck.«

»Danke Elisabeth.«

Greta nahm das Glas und trank einen großen Schluck.

»Ich kann es einfach nicht verstehen. Wann hat dieser Krieg endlich ein Ende? Ich kann es nicht glauben, dass er zurück an die Front muss. Angeblich brauchen sie jeden Mann, um Hilfsdienste auszuführen.

Was darunter zu verstehen ist, konnte Anton mir nicht sagen. Ich glaube, er wusste es selbst nicht genau.«

Elisabeth legte tröstend ihre Hand auf Gretas Schulter.

»Aber dann ist er wenigsten soweit geschützt, wenn er nicht mehr auf das Kampffeld muss. Und hat sehr gute Überlebenschancen, meinst du nicht?«

Greta zuckte mutlos mit ihrer Schulter und trank noch einen großen Schluck aus ihrem Glas.

»Es kann so viel passieren. Niemand ist dort an der Front sicher. Und Anton weiß, was auf ihn zukommt, dass macht es noch schlimmer. Er erzählt nicht viel, doch er sprach von der Hölle auf Erden, die er dort erlebt hatte. Und er war so dankbar, dass es für ihn vorbei gewesen war. Dafür nahm er seine verkrüppelte Hand gerne in Kauf, wie er sagte. Ach, es ist so furchtbar und so ungerecht.«

Kopfschüttelnd starrt sie auf das schwere Kristallglas, das sie in ihren Händen hielt.

»An diesem Krieg ist nichts gerecht, Greta. Jeder Einzelne von uns ist ihm ausgesetzt und hat sein Schicksal zu ertragen.«

»Entschuldige Elisabeth, ich weiß was du durchgemacht hast in den letzten Monaten. Und es tut mir unendlich leid, dass dein Franz gefallen ist.«

»Ist schon gut, Greta. Ich wünsche mir für dich, für euch Beide, dass Anton heil wieder nach Hause kommt. Ich bitte dich, für ihn zu beten und ich werde es auch tun.«

»Danke Elisabeth, du hast Recht. Ich versuche es.«

Sie trank nochmals einen großen Schluck Wein, bis das Glas leer war.

Plötzlich brach sie jedoch wieder in hysterisches Weinen aus.

»Ich will das nicht. Ich will, dass Anton hier bei mir ist und ich keine Angst haben muss um ihn. Was soll ich bloß tun? Meine Gedanken hören nicht auf, sich zu drehen und die Angst bringt mich fast um.«

Elisabeth kannte Greta sehr gut und wusste, dass sie sehr schwierig und egozentrisch sein konnte. Ihre Stimmung schlug manchmal unkontrolliert in Sekundenschnelle um.

Elisabeth konnte sich erinnern, als sie selbst todtraurig und verzweifelt darüber war, als Franz in den Krieg ziehen musste, dass Greta zu ihr emotionslos und rational gesagt hatte *'Das ist ein Krieg für unser Vaterland und dafür müssen nun mal unsere Männer in den Kampf ziehen.'*

So hatte Greta für alles, was sie selbst nicht betraf, eine klare Meinung und Bewertung.

Doch so wie aktuell, in ihrer Situation, wenn sie ebenso betroffen war, war alles ungerecht und schlecht.

Elisabeth kannte diese Sprunghaftigkeit von Greta nur zu gut und sie musste sich fast beherrschen, dass sie ihr nicht gehörig den Kopf wusch. Doch dies war nicht der richtige Moment dazu.

»Du hast keine Wahl, Greta. Du musst dich damit abfinden, wie wir alle es tun mussten und immer noch müssen.«, erwiderte sie beherrscht, obwohl es in ihrem Inneren nicht so ruhig war, wie sie nach außen gab.

»Abfinden? Abfinden. Ich will mich nicht abfinden.«, fast schreiend stieß sie die Worte aus. »Abfinden muss ich mich erst dann, wenn Anton tot ist.«

Aufgebracht sprang sie hoch und ging zum Esstisch, um sich selbst noch Wein nachzuschenken

Plötzlich drehte sie sich ruckartig zu Elisabeth um.

»Was ist eigentlich mit Fritz. Warum wurde er nicht wieder eingezogen? Hast du da deine Finger im Spiel?

Hast du vielleicht Beziehungen zu gewissen Stellen, von denen du mir nichts erzählt hast?«

Empört sprang Elisabeth ebenfalls vom Sofa hoch.

»Greta, was redest du da. Ich habe keine Beziehungen, die verhindern könnten, dass dein Anton an die Front muss. Das Bein von Fritz ist noch nicht ausgeheilt und er muss noch an den Krücken gehen, wie du gesehen hast.«

Innerlich brodelte es jetzt in Elisabeth.

Was fällt Greta eigentlich ein, sie oder Aiden dafür verantwortlich zu machen, dass ihr Anton an die Front musste.

Greta war jedoch so in Rage, dass sie sich nicht mehr beherrschen konnte.

»Das glaubst du doch selbst nicht. Ich habe ihn schon einige Male gesehen, wie er ohne Mühe die Treppen im Treppenhaus hinuntergelaufen ist. Dazu brauchte er keine Krücken.«

Böse warf sie Elisabeth diese Worte vor die Füße.

»Ich habe von Anfang an gewusst, dass mit diesem Jungen etwas nicht stimmt. Warum versteckst du ihn hier in der Wohnung?«

Elisabeth musste sich unglaublich beherrschen, um nicht die Nerven zu verlieren und Greta ebenso anzubrüllen, wie sie es tat. Doch sie wusste, sie musste Ruhe bewahren und nichts Unüberlegtes sagen, was Aiden irgendwie gefährden könnte.

»Greta, so rede ich nicht mit dir und ich verbiete dir, dass du so mit mir sprichst. Du bist egoistisch und trotzig, wie ein kleines Kind, das nicht bekommt, was es will. Jetzt beherrsche dich. Ich kann deinen Schmerz zu gut verstehen, glaube mir.

Aber wir sitzen alle im selben Boot und teilen dasselbe Schicksal. Dein Anton ist noch nicht gestorben und er hat eine gute Chance diese Zeit an der Front zu überleben.«

»Jetzt lenke nicht immer ab, Elisabeth.«, schrie Greta mit hysterisch lauterer Stimme zurück. »Du willst mir nur nicht sagen, warum du Fritz immer noch bei dir in der Wohnung versteckst.«

»Ich verstecke ihn nicht. Er geht jeden Tag alleine nach draußen, macht Besorgungen und bald wird er auch eine Arbeit haben und so weiter dem Kriegsgeschehen dienen, soweit es für ihn möglich ist. Er hatte ein erhebliches Trauma zu verarbeiten, konnte nichts mehr hören und auch nicht sprechen und musste sich alles erst wieder erlernen. Aber das weißt du alles. Und ich muss mich nicht rechtfertigen, wen ich in meiner Wohnung aufnehme.«

Elisabeth war erschüttert darüber, wie sehr sich hier gerade ein Streit mit Greta entfacht hatte.

Sie wusste, das war ein sehr gefährliches Terrain. Denn Greta war in ihrer Wut und ihrem Hass unberechenbar. Und sie, Elisabeth und Aiden, hatten wahrhaftig etwas zu verbergen.

Greta war anfangs schon sehr misstrauisch, doch es war dann lange Zeit, bis jetzt, kein Thema mehr zwischen ihnen. Und jetzt, durch diese Begebenheit, dass irgendetwas in Gretas Leben nicht so lief, wie sie sich das vorstellte, ließ sie um sich schlagen und sie suchte Schuldige und Jemanden, an dem sie ihre Wut auslassen konnte.

»Nein, du kannst es nicht rechtfertigen, dass er zuhause bleiben kann, während mein Anton gehen musste.«, schmetterte Greta ihr entgegen. »Aber irgendetwas ist faul an dieser Geschichte mit deinem Fritz.

Und ich glaube, du hast doch Beziehungen in den obersten Reihen und du willst nur mir und Anton nicht helfen, sondern nur den Hintern dieses Jungen retten.«

Greta wurde immer beleidigender. Elisabeth hatte sie schon oft wütend erlebt, doch bisher waren immer andere Grund und Opfer ihrer Aggressivität.

Am liebsten hätte Elisabeth sie aus der Wohnung geworfen. Doch eine innere Stimme sagte ihr, dass sie Greta nicht noch mehr provozieren durfte.

Für sie und Aiden stand zu viel auf dem Spiel.

Greta war zu allem fähig und es wäre furchtbar, wenn sie Aiden durch so einen unnützen Streit an die Behörden liefern würde.

Sie konnte ihr nicht gestehen, dass Aiden niemals einen weiteren Stellungsbefehl erhalten wird, da er nicht gemeldet ist und als Feind hier in Deutschland, bei ihr, untergetaucht war.

»Greta, jetzt beruhige dich doch. Das hat doch alles keinen Sinn. Mach nicht andere dafür verantwortlich, dass Anton erneut eingezogen wurde.«, versuchte sie Greta zu beschwichtigen.

»Ich muss mich nicht beruhigen. Wie könnte ich auch. Es ist alles so ungerecht.«, wiederholte sie sich. »Ich gehe jetzt wohl besser. Und wenn du dich entschließen solltest, dass du mir doch helfen willst, damit Anton zurückkommen kann, kannst du dich ja bei mir melden.«

Wutentbrannt leerte sie ihr Glas, durchquerte das Wohnzimmer, schnappte sich im Flur ihren Mantel, riss die Wohnungstür auf und knallte sie laut hinter sich zu.

Elisabeth atmete erstmal tief durch, bevor sie sich erschöpft und zitternd mit einer Hand am Tisch abstützte.

In dem Moment steckte Aiden seinen Kopf durch die Tür und sah Elisabeth erstaunt an.

»Was war das denn?«

Bestürzt ging er zu Elisabeth.

»Warum hat Greta so laut geschrien?«

Elisabeth brauchte eine Weile, bis sie mit ihrem Bericht begann. Sie wollte Aiden auf keinen Fall beunruhigen, doch sie mussten auf der Hut sein. Falls Greta sich nicht beruhigte, war er in großer Gefahr. Und wenn die Behörden ihn einmal unter die Lupe nehmen, dann wird ihnen ihr Geheimnis um die Ohren fliegen. Dem würden vielleicht auch die falschen Papiere nicht standhalten.

Aiden hörte ihr erschrocken zu. Er hatte zwar an der Tür gelauscht, jedoch viele der Worte, in dem hektischen Wortgefecht, nicht verstanden.

»Ich denke es wäre besser, wenn ich von hier verschwinde. Ich möchte auf keinen Fall, dass du in Schwierigkeiten kommst. Du hast mir schon so lange geholfen, doch nun wird es zu gefährlich werden.«

»Nein, auf keinen Fall Aiden.«, rief Elisabeth entschlossen. »Wir warten jetzt erst ab. Ich werde morgen zu Greta hochgehen und sehen, ob sie sich beruhigt hat. Das ist jetzt der erste Schock, der sich bei ihr in Wut und Aggressivität ausdrückt. Wir kennen uns schon so lange und sie wird nichts tun, das mir schaden könnte.«, sagte Elisabeth und versuchte sich ihre Zweifel nicht anmerken zu lassen.

Dieser Krieg verdirbt so viele Menschen. Man konnte niemandem mehr vertrauen.

\*

Als Elisabeth am nächsten Abend nach Hause kam, erzählte sie Aiden, dass Greta mit ihr kein Wort gewechselt hatte, als sie sich im Straßenbahndepot zum Dienstantritt getroffen hatten.

Nach dem Abendessen machte sich Elisabeth mit einem mulmigen Gefühl auf den Weg in Gretas Wohnung. Sie wollte noch einmal mit ihr unter vier Augen sprechen.

Aiden sah ihr besorgt nach, als sie die Wohnungstür hinter sich schloss.

Anna kam ihm in den Sinn. Am Nachmittag war er bei ihr gewesen und besorgt sah er, wie sich der Zustand ihrer Mutter jeden Tag verschlechterte.

Mittlerweile lag sie den ganzen Tag im Bett und war nicht mehr fähig, sich im Wohnzimmer in ihren Lehnstuhl zu setzen.

Alle paar Tage kam der Arzt vorbei, doch auch er schüttelte hoffnungslos den Kopf.

Anna erzählte ihm, dass der Arzt ihr erklärt hatte, dass ihre Mutter einfach nicht mehr leben will. Dass sie sich aufgeben hätte.

Anna lag weinend in seinen Armen.

Sie hoffte so sehr, dass ihr Vater bald nach Hause käme, doch immer noch hatte sie keine Antwort auf ihren letzten Brief von ihm erhalten.

Noch in Gedanken an den Nachmittag versunken, hörte er, dass die Wohnungstür aufgeschlossen wurde.

Eilig stand er auf und lief in den Flur. Elisabeth kam gerade herein und sah Aiden niedergeschlagen an.

»Sie war nicht zu beruhigen. Sie hat sich richtig festgefahren in ihrer Wut und Verzweiflung und will mich nicht mehr sehen, da ich ihr nicht helfe, so wie ich dir helfe, meinte sie.«

Elisabeth ging in die Küche und kochte Tee. Nachdem sie mit zwei dampfenden Tassen, die sie auf den Esstisch stellte, zurückkam, setzten sie sich schweigend.

Aiden rührte nachdenklich in seiner Tasse.

»Es wäre besser, wenn ich von hier verschwinde. Es wird zu gefährlich für dich, wenn die Möglichkeit besteht, dass Greta uns bei den Behörden anschwärzt.«, teilte er Elisabeth seine Gedanken mit.

»Nein, auf keinen Fall, Aiden. Wo willst du denn hin?«

»Ich werde schon eine Lösung finden. Besser ich tauche unter, bevor wir beide eingesperrt werden.«

»Jetzt mal langsam Aiden. Wir wollen nichts überstürzen.«

Doch Aiden sprang erregt vom Stuhl hoch.

»Elisabeth, ich möchte nicht, dass du wegen mir bestraft wirst. Du hast schon so viel für mich getan. Ich will dich nicht noch mehr belasten, als ich es schon getan habe.«

»Du belastest mich nicht, Aiden.«, rief sie verzweifelt.

»Ich habe das gerne getan und tue es immer noch. Du warst der letzte Mensch, der meinen Franz lebend gesehen und gesprochen hat. Es war sein letzter Wunsch, dass ich dir helfen werde. Er wollte es dir ermöglichen, zu überleben. Und ich mache das auch aus Liebe zu meinem Franz. Ich weiß, dass er von da oben, vom Himmel, über uns wachen wird. Bisher ist alles gutgegangen und wir werden es auch weiterhin schaffen, bis dieser elendige Krieg zu Ende ist.«

Bei ihren letzten Worten versuchte sie die Tränen, die in ihr aufstiegen, verzweifelt zu unterdrücken.

Aiden lief zu ihr und kniete sich vor sie hin und nahm ihre Hand. Elisabeth legte ihm mütterlich die andere Hand auf seinen Kopf und strich ihm zärtlich über seinen rotblonden Haarschopf.

»Es tut mir so leid, Elisabeth.«

»Dir muss nichts leidtun Aiden. Ich werde noch einmal mit ihr sprechen. Sie wird zur Vernunft kommen.«, sagte sie mit fest entschlossener Stimme. »Ich werde mir etwas überlegen. Denk an deine goldene Münze.«, versuchte sie ihn aufzumunternd zu überzeugen. »Sie hat dir geholfen, aus der ausweglosen Situation an der Front und wird es weiterhin tun. Der Glaube versetzt Berge, wie es bei uns heißt. Du wirst sehen.«

Immer noch strich sie beruhigend über seinen Kopf und tiefe Liebe erfüllte ihre Seele, die ihr Mut gab. Sei stand auf und nahm Aiden fest in den Arm.

»Jetzt muss ich aber ins Bett gehen. Ich bin erschöpft.«, sagte sie und wandte sich um.

Sie musste alleine sein und sich etwas überlegen. Irgendwie musste sie es schaffen, Greta wieder zu beruhigen.

*

## München
## September 1917

Der September hielt Einzug. Die Tage wurden kürzer und die Luft kühler. Die letzten Wochen verbrachten Elisabeth und Aiden sehr angespannt. Aiden erwartete, dass es jeden Augenblick an der Wohnungstür klingelt und jemand vor der Tür stand und ihn festnahm.

Fast genau vor einem Jahr begegnete er Franz auf dem Schlachtfeld in Frankreich. Nun, an seinem Geburtstag in einigen Tagen, jährte sich der Beginn seines ungewöhnlichen Weges, den er gegangen war.

Anna gegenüber erwähnte er nichts von dem Vorfall mit Greta. Was sollte er ihr auch sagen. Immerzu war er hin und hergerissen, ihr die Wahrheit zu gestehen.

Er wurde immer in sich gekehrter und Anna nahm ihn eines Nachmittags, als er mit ihr auf dem Sofa saß, am Arm und sah ihn fragend an.

»Was ist mit dir Fritz? Du bist so still seit einiger Zeit.«

Aiden wusste nicht, was er ihr erwidern sollte.

»Nichts ist, Anna. Mach dir keine Sorgen.«, versuchte er sie zu beschwichtigen und setzte ein verkrampftes Lächeln auf.

Anna sah ihn nachdenklich an, dann kuschelte sie ihren Kopf an seine Schulter und schmiegte sich an ihn.

Bisher waren sie nie weitergegangen, als sich aneinander zu kuscheln, sich zu umarmen, an den Händen zu halten und zu reden. Sie waren sehr vertraut miteinander, aber zu mehr, war es bisher nicht gekommen.

Anna liebte es, wenn sie so neben ihm saß. Sie fühlte sich geborgen für die wenigen Momente und angekommen in unendlicher Nähe zu ihm.

Er war ihr Engel, ihre Kraftquelle in dieser schweren Zeit, die sie mit der Pflege ihrer Mutter und der Sorge um sie verbrachte.

Seine Anwesenheit entschädigte und tröstete sie dafür, dass sie alle ihre Pläne zu studieren, um Lehrerin zu werden, aufgeben musste.

Und nun saßen sie wieder ganz eng aneinander gekuschelt da und sie wünschte sich, dass er sie küssen würde.

Mutig hob sie ihr Gesicht zu ihm hoch und sah ihn an.

»Du würdest es mir doch sagen, wenn dich etwas belastet?«, fragend blickte Anna ihn an.

»Natürlich Anna. Es ist wirklich nichts.«

»Wenn dich die Situation hier mit meiner Mutter erdrückt, musst du es mir sagen.«

»Nein Anna, wirklich nicht.«

»Oder wenn es dir zu viel ist, jeden Tag vorbeizukommen? Es wäre schon in Ordnung, wenn du deine Nachmittage woanders verbringen willst.«

»Anna, nein. Es gibt für mich nichts Schöneres, als die Nachmittage mit dir zu verbringen.«,

»Wirklich?«, skeptisch sah sie ihn an.

»Ja, wirklich. Mach dir keine Sorgen«

Er drückte sie fest an sich und gab ihr einen Kuss auf ihr blondgelocktes Haar, dessen Duft er liebte.

Erwartungsvoll hob sie ihr Gesicht noch einmal und ihre Nasenspitzen berührten sich ganz sachte.

Beide verharrten in dieser Nähe, die sich plötzlich in erregte Spannung wandelte.

Beide konnten sich nicht abwenden voneinander, beide wollten, dass dieser Moment, dieses Gefühl, nie enden würde.

Anna schloss ihre Augen und wartete sehnsüchtig, auf das, was jetzt kommen sollte, was sie sich sehnlichst wünschte.

Aiden zögerte nur einen kleinen Moment, dann senkte er seine Lippen auf ihren leicht geöffneten, erwartungsvollen Mund. Ihre Lippen trafen sich und es war, als ob sich ein Licht in ihren Herzen entzündete.

Sie entfernten sich für einige Zentimeter voneinander und sahen sich in die Augen, bevor sich seine Lippen wieder mit ihren vereinten.

Zuerst war es eine kleine Flamme, die sich jedoch von Sekunde zu Sekunde mehr entzündete und zu einem hellen, lodernden Licht, voller Leidenschaft entfachte, je länger sie nicht voneinander lassen konnten.

Aiden schlang die Arme um ihren Körper und Anna ließ sich hineinfallen und von ihm, von Wolke zu Wolke tragen.

Beide sprachen kein Wort, da es keiner Worte bedurfte, um diesen Augenblick vollkommen zu machen.

Anna schwebte in ungeahnten Gefühlen. Dies war ihr erster richtiger Kuss. Und sie wusste in ihrem Herzen, dass es genau der richtige Mann war, dem sie diesen gewährte.

Sie wollte, dass es nie enden würde und verlor völlig das Bewusstsein über Raum und Zeit.

Plötzlich wurden sie jäh durch einen Schrei aus ihrer Versunkenheit gerissen.

Anna schreckte hoch und sprang vom Sofa hoch.

»Mama,«, rief sie ängstlich und eilte aus dem Raum zu ihrer Mutter ins Schlafzimmer.

Aiden stürzte ihr hinterher. Als er im Schlafzimmer ankam, sah er wie Anna neben ihrer Mutter kniete, die aus dem Bett gefallen und wimmernd auf dem Boden lag.

»Mama, was ist passiert?« schrie Anna verzweifelt.

»Ich hole den Arzt.«, rief Aiden.

»Warte, zuerst legen wir sie wieder auf das Bett.«, antwortete Anna panisch.

Aiden kam näher und nahm Annas Mutter vorsichtig unter den Schultern und Anna ergriff ihre Füße.

Mühsam hievten sie die immer noch wimmernde Frau auf das Bett. Anna setzte sich zu ihr und streichelte ihr verzweifelt über die feuchte Stirn.

»Ich laufe schnell los und hole den Arzt. Brauchst du noch etwas, dass ich dir bringen soll.«

»Nein, ich warte hier. Bitte beeil dich.«

Aiden stürzte aus der Wohnung und lief zwei Straßen weiter, wo sich die Praxis von Doktor Schneider befand.

Es dauerte fast eine halbe Stunde, bis er mit dem Doktor im Schlepptau wieder in der Wohnung in der Elisabethstraße ankam.

Nachdem der Arzt Annas Mutter untersucht hatte, kam er zu ihnen ins Wohnzimmer.

»Was ist mit ihr? Sie war bis jetzt immer sehr apathisch und fast bewegungslos im Bett gelegen.«

»Anna du musst jetzt sehr stark sein. Es geht zu Ende mit deiner Mutter. Das ist der letzte Kampf, den sie mit sich im Inneren kämpft und da kann es schon mal dazu kommen, dass sie wie wild um sich schlägt. Ihr Geist wehrt sich und will nicht gehen. Du musst jetzt aufpassen und versuchen sie ruhig zu halten, damit sie nicht noch einmal aus dem Bett fällt. Es wird sicher noch einige Stunden dauern, bis sie ruhiger wird und dann erlöst gehen kann.«

Anna schlug weinend die Hände vor das Gesicht, bevor sie zu ihrer Mutter an das Bett stürzte und ihre Hand nahm.

»Mama, du darfst jetzt nicht gehen. Papa kommt doch bald

nach Hause. Du musst auf ihn warten.«, rief sie herzzerreißend und unter Tränen.

Doch ihre Mutter konnte ihre Worte nicht mehr hören. Sie befand sich schon im letzten Todeskampf und wälzte sich unruhig hin und her.

Der Arzt trat mit Aiden in den Flur.

»Können sie bei Anna bleiben? Es kann noch die ganze Nacht dauern.«

»Natürlich werde ich bleiben. Vielleicht sollten wir Annas Großmutter verständigen. Sie möchte sicher auch die Totenwache bei ihrer Tochter halten?« fragend sah er den Arzt an.

»Ich kann ihr Bescheid geben. Sie wohnt nicht allzu weit von mir entfernt.«

»Vielen Dank, Doktor Schneider. Können wir noch irgendetwas tun, um es ihr etwas leichter zu machen?«

«Bleiben sie bei ihr und unterstützen sie Anna. Bitte geben sie mir morgen früh Bescheid, wie sie diese Nacht überstanden hat. Falls sie sie übersteht.«, fügte er noch hoffnungslos an.

»Ja, das werde ich machen. Vielen Dank noch mal.«

Aiden brachte den Arzt zur Tür und sie verabschiedeten sich voneinander.

Der Arzt drehte sich noch einmal um, bevor er aus der Tür trat.

»In welchem Verhältnis stehen sie eigentlich zur Familie Braun? Sie waren schon oft hier, als ich Frau Braun aufgesucht habe.«, interessiert sah er Aiden an.

»Ähmm… ich bin ein Freund von Anna.«, antwortete er dann ganz ehrlich.

»Ach, dann sind sie kein engerer Verwandter der Familie?«

»Nein.«, antwortete Aiden wahrheitsgemäß und leicht verlegen.

«Dann ist es wohl besser, wenn die Großmutter gleich kommt. Es würde sich nicht schicken, wenn ein fremder, junger Mann die ganze Nacht alleine mit Anna hier in der Wohnung verbringt.»

Streng sah er Aiden an und ging davon.

Aiden sah ihm irritiert nach. Was dachte sich der Arzt eigentlich? Dass er Anna in der Nacht, wenn ihre Mutter nebenan stirbt, verführen würde? Aiden konnte es nicht glauben. Er sollte jetzt gehen? Nein, das würde er sicherlich nicht tun. Er wollte Anna beistehen und sie auf keinen Fall alleine lassen.

Er schloss die Wohnungstür und ging ins Wohnzimmer.

Es war schon fast 5 Uhr am Nachmittag. Eigentlich musste er nach Hause. Elisabeth wird sich Sorgen machen, wenn er wegblieb, ohne ihr Bescheid zu geben.

Er würde, wenn Annas Großmutter hier war, schnell zu Elisabeth laufen und ihr alles erklären und dann wieder zurückkommen.

Als er ins Schlafzimmer zurückkam, saß Anna immer noch am Bett ihrer Mutter und hielt ihre Hand, die sie ihr aber immer wieder entriss und wild um sich schlug und sich hin und her warf.

Anna versuchte sie unter Tränen festzuhalten und sie zu beruhigen, was ihr aber nur schwer gelang.

Aiden ging zu Anna und legte ihr beruhigend eine Hand auf die Schulter. Anna sah mit tränennassem Gesicht zu ihm hoch.

Hatten sie doch noch vor weniger als zwei Stunden den schönsten Augenblick zusammen, den man miteinander erleben konnte. Und jetzt war alles wie erloschen und weit weg.

Doch sie war so dankbar, dass Aiden hier blieb bei ihr.

In dem Moment beugte er sich zu ihr herab und küsste sie auf ihre blonden Locken und schmiegte beruhigend seine Wange in ihr Haar.

»Ich bleibe hier bei dir heute Nacht und stehe dir und deiner Mutter bei, wenn du das willst?«, flüsterte er ihr ins Haar.

Anna sah dankbar hoch zu ihm.

»Ja, bleib hier. Ich brauche dich. Ich weiß gar nicht, wo mir der Kopf steht. Ich kann es nicht begreifen. Ich wusste ja, dass es ihr nicht gut geht, aber dass sie gleich sterben wird, daran hatte ich nie gedacht. Was soll ich tun?«

»Doktor Schneider schickt nach deiner Großmutter, damit sie auch kommt. Vielleicht hast du eine Kerze, die wir anzünden können?«

»Ja natürlich. Kannst du bitte in der Küche in der letzten Schublade im Hochschrank nachschauen? Dort müssten Kerzen sein und auch Zündhölzer.«

Aiden ging in die Küche und suchte nach den Kerzen.

Auf dem Nachtkästchen stellte er zwei Kerzen auf und zündete sie an.

Anna saß immer noch regungslos am Bett und hielt immer wieder die Arme und Beine ihrer Mutter fest, wenn sie wild um sich zu schlagen begann.

»Wenn deine Großmutter hier ist, dann werde ich kurz zu Elisabeth gehen und ihr Bescheid geben, dass ich mit dir Nachtwache halte.»

«Danke Fritz.» Dankbar sah sie ihn an.

Aiden ging in die Küche und kochte eine Kanne Tee und schmierte ein paar Brote mit Butter und Marmelade.

Beides nahm er mit ins Schlafzimmer.

«Komm, trink einen heißen Tee.», bot er Anna besorgt an.

*

In Aiden kam die Erinnerung hoch, als vor langer Zeit sein Großvater gestorben war. Er selbst war damals vier Jahre alt. Er wusste noch, dass für ihn alles ganz surreal war, was da passierte in dem kleinen Cottage, in dem man alles mitbekam.

Der Großvater lag in dem kleinen Zimmer, das später zu seinem Zimmer wurde. Sein Vater saß an seinem Bett und wischte ihm mit einem feuchten Lappen über die Stirn. Wie ihm seine Mutter später erzählte, litt der Großvater an hohem Fieber.

Eine Woche später war er gestorben. Aiden hatte damals alles beobachtet, was geschah. Er konnte sich erinnern, dass seine Mutter immer Tee gekocht hatte und sich liebevoll um ihren Mann kümmerte, währenddessen dieser am Bett seines Vaters Wache hielt. Die beiden waren sehr eng miteinander verbunden. Und obwohl es die Aufgabe der Frauen war, sich um Alte und Kranke zu kümmern, übernahm sein Vater diese Aufgabe wie selbstverständlich, um seinem Vater die letzte Ehre zu erweisen, mit ihm über Dinge sprach, wenn er klare Momente hatte, die vorher nie ausgesprochen wurden. Er wollte etwas seinem Vater zurückgeben in Liebe und ihm in seinen letzten Stunden beistehen.

An all das erinnerte Aiden sich jetzt und er versuchte genauso für Anna da zu sein, wie er es damals bei seiner Mutter beobachtet hatte.

*

Anna nahm ein paar Schluck Tee, doch die Brote lehnte sie ab. Aiden stellte den Teller griffbereit auf den Nachttisch.

Nach einer weiteren halben Stunde hörten sie, dass die Wohnungstür aufgeschlossen wurde.

Annas Großmutter eilte ins Schlafzimmer und zu ihrer im Bett liegenden Tochter.

»Was ist passiert? Doktor Schneider überbrachte mir die Nachricht, dass ich schnell hierherkommen soll, da es sehr ernst um Ilse steht.«, bestürzt sah sie auf ihre Tochter hinab, die sich immer noch sehr unruhig hin und her wälzte.

»Mama wird sterben, Großmutter.« flüsterte Anna mit tränenerstickter Stimme.

Wiederstrebend erhob sich Anna und überließ ihrer Großmutter den Platz an der Seite ihrer sterbenden Tochter. Diese setzte sich und strich weinend über das im Todeskampf verzehrte Gesicht ihrer Tochter.

»Ich habe es kommen sehen. Sie verfiel immer mehr. Sie hat sich aufgegeben. Mein Mädchen, ich bin hier, deine Mutter.« Sie beugte sich nahe zu ihrer Tochter und redet leise auf sie ein.

Anna nahm Aiden bei der Hand und führte ihn aus dem Zimmer.

»Lassen wir sie einen Moment alleine mit ihr, dass sie sich verabschieden kann.«

Im Wohnzimmer setzten sie sich auf das Sofa, auf dem sie vor einigen Stunden noch ihren ersten Kuss empfangen durfte und sie so glücklich war.

Sie zog Aiden ebenfalls zu sich hinunter, lehnte sich an seine Schulter und weinte leise vor sich hin.

Eine Stunde später eilte Aiden zu Elisabeth in die Agnesstraße, die schon außer sich vor Sorge war, weil er nicht nach Hause kam. Er erzählte ihr in Kurzform was passiert war und dass er die ganze Nacht bei Anna und ihrer sterbenden Mutter bleiben würde.

Elisabeth drückte ihn voller Mitgefühl an sich und ließ ihn wieder gehen nach einigen Minuten. Aiden wollte Anna keine Minute länger als nötig alleine lassen.

In den frühen Morgenstunden war es soweit, dass Annas Mutter ihre letzten Atemzüge machte und schließlich einschlief.

Nach einigen Stunden, an denen sie noch Totenwache hielten bei der Verstorbenen, machte sich Aiden auf den Weg, um Doktor Schneider zu holen, der den Totenschein ausstellte.

Anna und ihre Großmutter wuschen die Verstorbene und bahrten sie im Bett auf. Lange konnten sie sie jedoch nicht in der Wohnung belassen.

Auch jetzt im Spätsommer war es noch sehr warm und deshalb erforderlich, die Beerdigung so schnell wie möglich zu organisieren.

Anna setzte sich am Nachmittag an den Küchentisch und schrieb einen Brief an ihren Vater. Sie wusste, dass er den Brief erst erhalten würde, wenn die Beerdigung, die drei Tage später stattfinden wird, schon vorbei sein würde.

Aiden blieb die meiste Zeit bei Anna und half ihr so gut er konnte bei den Vorbereitungen. Anna erledigte alles wie in einer Trance.

Manchmal, wenn ihre Großmutter nicht anwesend war, schmiegte sie sich an Aiden und weinte still vor sich hin.

Die Andacht und das Begräbnis fanden in aller Stille statt. Nur wenige Bekannte waren anwesend.

Anna war unglaublich stark und stand ihrer Großmutter bei, die es immer noch nicht glauben konnte, dass ihre Tochter nun vor ihr gegangen war.

*

Drei Wochen später kam Annas Vater von der Front nach Hause. Als er den Brief von seiner Tochter erhalten hatte, machte er sich sofort auf den Weg.

Aiden zog sich nun etwas zurück und ließ die Familie für sich sein, was ihm sehr schwer fiel. Am liebsten würde er Anna keine Sekunde alleine lassen. Doch er respektierte, dass er nicht zur Familie gehörte.

Erst jetzt, nachdem er seine Abende wieder mit Elisabeth verbrachte, erzählte er ihr die Details, was geschehen war und auch, dass er sich unsterblich in Anna verliebt hatte.

Elisabeth sah ihn besorgt an.

»Du weißt, dass das keine Zukunft hat Aiden?«

»Ja Elisabeth, ich weiß. Aber ich komme nicht gegen meine Gefühle an. Was soll ich bloß tun?« Schiere Verzweiflung stand ihm im Gesicht.

»Ich weiß es nicht Aiden. Wir können jedoch nichts riskieren. Greta ist immer noch sehr aggressiv mir gegenüber.«

In dieser ganzen Zeit, die er bei Anna verbracht hatte, hatte Aiden sich keine Gedanken mehr darüber gemacht, was die Sache mit Greta betraf. Er fragte Elisabeth, ob sie ihre Drohungen noch einmal wiederholt hätte.

Diese erzählte ihr, dass Greta kein vernünftiges Wort mehr mit ihr wechselte.

Beide hofften, dass sich Greta beruhigen und ihr Bräutigam

Anton unbeschadet von der Front heimkehren wird.

Doch Elisabeth traute dem Frieden nicht. Sie kannte Greta. Und so wie sie sich ihr gegenüber verhielt, war hier nichts im Reinen. Sie teilte ihre Sorge jedoch nicht mit Aiden, da sie ihn nicht weiter beunruhigen wollte.

Annas Vater blieb eine Woche, bevor er an die Front zurückkehren musste.

Schweren Herzens ließ er seine Tochter in ihrer Trauer um die Mutter alleine zurück. Auch in ihm war die Trauer um seine Frau kaum auszuhalten. Hatte er doch den Verlust seines Sohnes ebenso noch nicht verarbeiten können.

Doch die harten Zeiten an der Front ließen keine Gefühle und Emotionen zu. Und so verdrängte er alles Schwere, das in ihm war, so gut es ging. In manchen Momenten hatte er das Gefühl, als würde er vom Schwachsinn übermahnt und sein Innerstes wurde starr und hart wie Stein, damit er es aushalten konnte.

Doch nun musste er zurück, der Krieg kannte keine Trauer und zeigte kein Erbarmen.

Anna und Aiden begleiteten ihren Vater zum Bahnhof und Anna verabschiedete sich unter Tränen.

»Und du, Fritz, passt gut auf mein Mädchen auf.», bat er Aiden. »Auch wenn es sich nicht schickt, dass du alleine so viel Zeit mit ihr verbringst, bin ich froh, dass sie dich hat. Wenn ich zurückkomme, sprechen wir über deine Absichten, falls du welche ihr gegenüber hast. Und ich vertraue sie dir jetzt an und hoffe, du enttäuscht mich nicht und bist ehrenhaft und respektvoll ihr gegenüber.«

Eindringlich sah er Aiden an.

»Papa, ich kann ganz gut auf mich selber aufpassen. Du musst dich nicht um mich sorgen.

Aber ich bin froh, dass Fritz bei mir ist und ich ihn immer um Rat fragen kann, wenn ich nicht mehr weiter weiß.«

»Ich habe dir auf den Küchentisch etwas Geld hingelegt. Ich weiß nicht, wie lange es reichen wird. Aber du kannst jederzeit zu deiner Großmutter gehen, das weißt du.«

»Ich habe dir gesagt, dass ich mir Arbeit suchen werde, Papa. Mach dir keine Sogen.«

Nochmal umarmte sie ihn innig, bevor er in den Zug stieg und ihnen noch einmal winkte und dann in den Gängen der Abteile verschwand.

Traurig sah Anna ihm hinterher. Auch als sie ihn nicht mehr sehen konnte, wandte sie ihren Blick nicht ab.

Aiden wartete mit ihr, bis sich der Zug langsam in Bewegung setzte.

Dann machten sie sich auf den Heimweg. Anna wollte zu Fuß nach Hause gehen und langsam schlenderten sie die Straßen entlang, bis sie in der Elisabethstraße, vor Annas Wohnung standen.

»Kommst du noch mit hinauf?«, bittend sah sie Aiden an.

»Wenn du mich noch bei dir haben willst, komme ich gerne mit«, antwortete Aiden.

Nach einer Tasse Tee und belegten Broten, die Anna zubereitet hatte, saßen sie wortlos am Tisch und sahen sich an.

»Was willst du jetzt machen, Anna?«

»Ich muss mir Arbeit suchen.«

»Ich könnte Elisabeth fragen, ob sie dich beim Straßenbahndepot vorschlagen könnte. Dort werden immer Leute gesucht.«

Anna zuckte niedergeschlagen mit den Schultern.

»Meine Großmutter meinte, dass sie im Hofbräuhaus, in der

Stadtmitte, noch Kellnerinnen suchen. Dort werde ich morgen hingehen und mich vorstellen. Mit den Trinkgeldern kann man dort ganz gut verdienen.«

Aiden sah sie skeptisch an.

Er mochte sich Anna nicht vorstellen, wie sie sich mit Bierkrügen und Essensteller abrackern musste.

Aiden kannte das Hofbräuhaus bisher nur von Elisabeths Erzählungen. Immer wenn sie Aiden in der deutschen Sprache unterrichtete, gab sie ihm zugleich eine genaue Beschreibung der Stadt München mit.

Mittlerweile kannte er alles, was es in München an Sehenswürdigkeiten und Kulturellem gab, wenn auch hauptsächlich im theoretischen Sinne. Auch die Geschichte Münchens war ihm bereits vertraut und es fühlte sich für ihn fast so an, als ob er hier geboren worden wäre.

»Lass uns morgen darüber sprechen. Ich will jetzt nichts mehr denken und bin müde.«, riss Anna ihn aus seinen Gedanken, stand auf und reichte ihm ihre Hand.

»Komm, setzen wir uns ein bisschen auf das Sofa.«

Aiden folgte ihr und eng aneinander gekuschelt saßen sie eine Zeitlang schweigend da.

Plötzlich hob Anna ihr Gesicht zu ihm hoch und sah ihn an.

»Bitte küss mich, Fritz.«

Aiden sah sie erstaunt an. Seit dem Abend, an dem ihre Mutter verstorben war, waren sie sich nicht mehr nahe gekommen und so vertraut gewesen. Oft hatte er an den Moment vor fast vier Wochen zurückgedacht und davon geträumt, dass es sich wiederholen möge.

Langsam senkte er sein Gesicht, dem ihren entgegen und streifte zart ihre Lippen mit den Seinen.

So verharrten sie eine einige Minuten.

Immer wieder streichelten sie sich gegenseitig mit ihren Lippen.

Anna hielt ihre Augen geschlossen, Aiden beobachtete sie dabei, wie sie sich fallen ließ und die sanfte Berührung genoss.

Er spürte, es war nicht die Zeit für Leidenschaft und wilde Erregung.

Mit seiner Hand streichelte er zart über ihre Wange, bevor er sie darauf liegenließ.

Anna schmiegte sich sogleich in seine warme Hand und küsste seine Handfläche leicht und besinnlich.

Durch Aidens Körper lief ein angenehmer Schauer und er schloss ebenfalls seine Augen.

So saßen sie da und erkundeten sich gegenseitig vorsichtig, wenn auch noch sehr schüchtern und einfühlsam.

Aiden ließ behutsam seine Hände über ihren Körper gleiten. Strich mit seinen Händen über ihre Arme, während er weiterhin zart an ihren Lippen knabberte. Anna genoss die Berührungen und kuschelte sich enger an ihn.

Seine Hände wurden immer mutiger und streichelten nun sacht über den rauen, schwarzen Stoff ihrer Bluse und schweratmend ließ er sie auf ihrer kleinen festen Brust liegen, die er unter dem Stoff spürte.

Seine Hände hielt er abwartend still, weil er nicht wusste, wie sie reagieren würde auf diese sehr intime Berührung. Doch Anna drückte sich noch enger an ihn und ließ ihn gewähren. Plötzlich hob sie ihren Blick zu ihm.

»Darf ich dir dein Hemd ausziehen und deine Haut berühren.« Schüchtern sah sie ihn an.

Aiden nickte und half ihr, die Knöpfe seines blau, weiß gestreiften Hemdes aufzuknöpfen.

Zuerst aus den Ärmeln schlüpfend streifte er das Hemd ab, nachdem er seine Hosenträger von den Schultern genommen hatte. Unter dem Hemd trug er nichts, da es sehr warm war an dem Tag.

Anna legte ihre Wange an seine nackte Brust und streichelte mit ihrer Hand über seine Haut und schloss abermals die Augen.

Aiden legte den Kopf zurück und versuchte mit seiner Erregung klarzukommen, die ihn übermannte.

So lagen sie eine Weile schweigend zusammen, bis Aiden spürte, wie Anna ganz still wurde. Er sah zu ihrem Gesicht, das bewegungslos auf seiner Brust lag und bemerkte, dass sie eingeschlafen war.

Er blieb ganz ruhig sitzen und streichelte über ihr blondes Haar. Wie sehr er doch diese Nähe zu ihr genoss und er fühlte sich überhaupt nicht mehr unsicher, was seine ersten Erfahrungen mit einer Frau betrafen. Er spürte, dass er nur seinem Gefühl folgen muss.

Seine Gedanken schweiften ab und er dachte an Zuhause, an seine Familie.

Bilder tauchten vor seinen Augen auf, wie er mit Anna an der Hand, vor dem Cottage seiner Eltern steht und an die Tür klopfte. Wie seine Mutter die Tür öffnete und er in ihre Arme sinken wird, um ihr dann anschließend Anna vorzustellen. Er sah seinen Vater und seine Schwester an die Tür kommen, weil sie seine vertraute Stimme gehört hatten und alle lagen sich in den Armen und weinten vor Glück, über das Wiedersehen. Und mitten unter ihnen war seine Anna, mit der er anschließend auf die Hügel der Hills of Tara stieg und ihr sein Land zeigt.

Das war in seinen Gedanken in dem Moment, als Anna

voller Vertrauen an ihn gekuschelt, eingeschlafen war. Er spürte wie sich ihr Körper immer mehr entspannte in seinen Armen und er erinnerte sich an eine Geschichte, die ihnen seine Mutter oft vorgelesen hatte.

Es war die Geschichte von zwei Liebenden, die sich auf wundersame Weise begegnet waren und bald festgestellt hatten, dass sie zwei Hälften einer Seele waren, die sich wiedergefunden hatten nach vielen getrennten Jahren.

Und die Aufgabe der Beiden war, dass sie sich gegenseitig heilen sollten, von Ängsten und von vielen inneren Verletzungen, die sie auf ihrer langen, getrennten Reise erfahren mussten.

Seine Mutter erzählte, dies könnte die Geschichte von unserem Vater und ihr sein. Deshalb liebte sie diese Geschichte. Und sie gab uns mit auf den Weg, dass wir es spüren und wissen werden, falls wir der zweiten Hälfte unserer Seele eines Tages begegnen werden.

Aiden fragte sich, ob Anna seine zweite Hälfte war. Für ihn fühlte es sich so an. Was er empfand für dieses Mädchen, war weitaus mehr, als Freundschaft oder sexuelle Erregung. Schon bei ihrer ersten Begegnung auf dem Bahnhof hörte er seine Seele laut rufen. Er konnte es damals nicht einordnen. Zu angespannt war er vor der ungewissen Situation, der er ausgesetzt war.

Doch jetzt, in diesem Moment dachte er an dieses Gefühl, an diesen Ruf in ihm und er wusste jetzt, was er bedeutete.

Wieder drückte er einen sanften Kuss auf Annas Haare und schmiegte seine Wange in ihr Haar.

Dann schloss er ebenfalls seine Augen, den Arm fest um Anna geschlungen, die immer noch friedlich an seiner Brust schlief.

Aiden schreckte hoch, als eine Hand sanft über seinen Oberkörper streichelte. Er blinzelte ein paarmal bis er richtig wach wurde. Anna sah ihn an, fuhr jedoch unbeirrt fort, seinen Oberkörper zu erkunden. Immer wieder senkte sie ihren Kopf und hauchte leichte Küsse auf seine Haut. Dann richtete sie sich auf und hob ihm ihren Mund entgegen, den er sogleich in Besitz nahm.

Und zum ersten Mal öffneten sich ihre Lippen und sie spielten mit ihren Zungen. Tasteten sich immer weiter voran und endete in einem leidenschaftlichen Kuss, der Aiden aufstöhnen ließ.

Als sie sich wieder in die Augen blickten, sprachen diese die gleiche Sprache und ließ sie abermals, in stürmischer Vereinigung der Lippen, zueinander finden.

Die Erregung wuchs und Aiden suchte, immer mehr in Erregung verfallend, mit seinen Händen nach einem Flecken Haut von Anna, die er unter ihrer Bluse ertasten konnte, als er an ihrem Hals, mit der Hand unter den Stoff glitt.

Anna setzte sich auf und öffnete langsam die Knöpfe ihrer Bluse. Mit geröteten Wangen und einem leicht verlegenen Blick auf Aiden, streifte sie ihre Bluse ab. Darunter trug sie ein leichtes Unterhemd, mit dünnen Trägern.

Aiden streichelte die Haut an ihren Schultern, fuhr mit den Fingern zärtlich über ihr Schlüsselbein hin zu ihrem Hals, an dem die Pulsader heftig pochte.

Seine Hände wanderten zurück auf ihre Schultern, dann abwärts zu ihrer Taille und er zog das Hemdchen aus dem Rockbund und sofort streiften seine Hände über ihren nackten Rücken.

Anna fasste nach dem unteren Rand des Hemdchens und zog es sich über den Kopf.

Etwa beschämt hielt sie das Hemd vor ihre nackte Brust.

Aiden sah sie an und zog ihr sanft das Hemd aus der Hand und warf es auf den Boden.

Er stand auf und zog Anna hoch, nahm sie in die Arme und küsste sie leidenschaftlich.

Seine Hand strich wieder über ihre zarte, feine Haut, unter ihren Armen bis zur Taille und streifte dabei leicht ihren Brustansatz, dass sie hörbar einatmen ließ.

»Ist das in Ordnung für dich?«, flüsterte er ihr fragend ins Ohr.

»Ja, bitte hör nicht auf.«, hauchte sie mit zitternder, erregter Stimme.

Aiden hob sie auf seine Arme und legte sie auf das Sofa, kniete sich vor sie und küsste jeden Millimeter ihrer nackten Haut. Er verließ sich ganz der Führung seiner Gefühle und Lust. Zärtlich und ohne Eile.

Noch einmal hob er den Blick zu ihren Augen und sah die Zustimmung und Erregung, die sich darin wiederspiegelte, die er genauso empfand.

Raum und Zeit war vergessen, es gab nur noch sie Beide. Anna ließ ihn gewähren und genoss es, wie sehr er sie verwöhnte. Alles war so neu und doch so, als ob es schon immer so war. Alle Scheu war verflogen.

Alles geschah so natürlich und es gab keine inneren Hindernisse oder Barrieren mehr.

Sie gaben sich einander hin, in vollkommenem Einvernehmen und in gemeinsamer Lust, die sie ihren ersten Höhepunkt erreichen ließ.

Einige Zeit später lagen sie nebeneinander auf dem Sofa, nackt, erschöpft und in vollster Zufriedenheit, hielten sie sich an den Händen. Sie hatten das intimste miteinander geteilt, das sich zwei Liebende geben können. Getragen von Geben und Nehmen. Und in diesem Augenblick entfachte sich die Liebe zueinander, im Bewusstsein, dass sie diese für immer festhalten möchten, bis in alle Ewigkeit.

Als Aiden am späten Abend nach Hause ging, war er erfüllt von Glücksgefühlen und Liebe, sodass er seinen Weg kaum wahrnahm, und er sich plötzlich vor der Haustüre in der Agnesstraße befand.
Er sah an der Hauswand hoch in den zweiten Stock und sah noch Licht im Wohnzimmer brennen. Elisabeth hatte also auf ihn gewartet. Schlechtes Gewissen machte sich in ihm breit, dass er ihr nicht Bescheid gesagt hatte. Doch er hatte selbst nicht damit gerechnet, dass dieser Tag so enden würde und hatte alle Zeit dabei vergessen hatte.

\*

Als er die Wohnung betrat, hörte er ein Schluchzen, das in sofort erstarren ließ. Er lief ins Wohnzimmer und fand dort Elisabeth weinend am Tisch vor.
»Was ist passiert Elisabeth? Entschuldige, ich konnte dir leider nicht Bescheid geben, dass es so spät wird.«, besorgt sah er sie an.
Elisabeth schüttelte den Kopf und wischte sich die Tränen von den Wangen.
»Greta war vorhin hier und hat mir eine schreckliche Szene gemacht. Ihr Freund Anton ist vor einigen Tagen schwer verletzt worden. Sie bekam heute die Nachricht. Sie warf mir wieder vor, dass ich ihr nicht geholfen habe, dass Anton

freigestellt wird. Ich wäre Schuld, wenn er womöglich sterben wird.«

»Sie ist doch verrückt. Wie kommt sie darauf, dass du Beziehungen zu solchen Stellen hättest, die verhindern könnten, dass jemand vom Frontdienst freigestellt werden kann?«

»Ich denke sie hat mitbekommen, dass ich Kontakt hatte zu jemanden, der die neuen Papiere für dich ausgestellt hat. Ich erklärte ihr, dass dies jemand vom Einwohneramt war und niemand, der irgendwelchen Einfluss hätte auf Stellungsbefehle oder der Wehrmachtsjustiz. Das hat sie mir natürlich nicht geglaubt.«

Elisabeth atmete tief durch, bevor sie weitersprach.

»Sie schrie mich an, dass ich einen Deserteur verstecke hier bei mir und dich als jungen Liebhaber halte. Ich konnte sie nicht beruhigen.«

Aiden bekam große Augen.

»Das denkt sie wirklich von dir?«

»Ich weiß nicht Aiden. Sie ist total verrückt geworden.«

»Was hat sie noch gesagt?«, ahnungsvoll starrte er Elisabeth an und ließ sich niedergeschlagen auf einen Stuhl fallen.

Elisabeth brach wieder in Tränen aus.

»Bitte sag mir, was Greta dir noch alles gesagt hat«, bat Aiden sie abermals eindringlich.

»Dass sie dich und mich verraten wird, sollte Anton sterben.« Ihre Stimme war nur noch ein Flüstern und sie schlug die Hände vor das tränennasse Gesicht.

»Ich wusste nicht, was ich noch sagen sollte. Ich konnte ihr nicht die Wahrheit sagen, sonst hätte ich alles nur noch schlimmer gemacht und sie hätte uns bestimmt heute noch die Militärjustiz auf den Hals gehetzt.«

In Aidens Kopf begannen sich die Gedanken zu überschlagen. Sein Puls raste und Angst beschlich ihn.

Er musste weg, so schnell wie möglich, war sein einziger Gedanken, den er in dem Moment denken konnte.

Wenn er dies jedoch Elisabeth sagte, dann würde sie ihn nicht gehen lassen, das wusste er. Doch was sollten sie tun. Sie würden Beide ins Gefängnis gehen?

In seiner Zeit an der Front hatte er so manches Gespräch der anderen Soldaten mitbekommen, die sich über Deserteure und Überläufer unterhielten, die gefasst wurden. Bis zu fünf Jahren Gefängnis stand darauf. Und auch für die Menschen, die diesen Deserteuren Beihilfe gaben, kamen nicht ungeschoren davon und konnte bis zu drei Jahren Gefängnishaft bekommen.

Es kam Aiden sehr eigenartig vor, denn er hatte sich bisher nie als Deserteur gesehen, hatte keinen Gedanken daran verschwendet. Erst jetzt wurde ihm dies mit einem Male bewusst.

Er wusste jetzt, er galt als nichts anderes, als ein Deserteur und Überläufer, der in ein feindliches Land geflüchtet war, um dem Frontkrieg zu entgehen und zu überleben.

Dabei sah er sich selber einfach als ein Mann, fast noch ein Junge, der große Angst hatte vor dieser Grausamkeit, die er dort erlebte und vor dem Tod. Und wahrscheinlich wäre er auch längst tot, wenn er Franz nicht begegnet wäre in diesem Bombenloch und wenn er ihm nicht diesen Vorschlag gemacht hätte.

Für Aiden fühlte es sich jetzt im Rückblick an, als ob alles gesteuert worden wäre.

Eins hat das andere ergeben. Es ist einfach so passiert, ohne dass er irgendetwas geplant hätte.

Aiden sah Elisabeth an, die immer noch wie ein Häufchen Elend auf ihrem Stuhl saß und ungläubig den Kopf schüttelte.

»Ich kann es nicht glauben, dass Greta so durchdreht.«, flüsterte sie mit erstickter Stimme.

Aiden blieb stumm. Er wusste nicht, was er sagen sollte. In ihm reifte der Gedanke immer mehr, dass er weggehen musste. Er musste es für Elisabeth tun. Sie hatte ihm geholfen und so viel gegeben. Er musste sie beschützen. Zuviel stand auf dem Spiel für sie.

Wenn er verschwindet und nichts mehr hier war, was beweisen würde, dass sie jemanden aus dem feindlichen Lager, bei sich aufgenommen hat, dann hatte sie wenigstens eine gute Chance, nicht bestraft zu werden, falls Greta wirklich die Militärjustiz verständigt.

Er sah dies als einzigen Weg, einer Katastrophe für Elisabeth zu entgehen.

»Mach dir keine Sorgen Elisabeth, wir werden eine Lösung finden.«, versuchte er sie zu beruhigen, obwohl es in ihm alles andere als ruhig war.

»Ja du hast Recht. Jetzt gehen wir ins Bett und morgen früh sprechen wir in Ruhe über alles. Es wird uns bestimmt etwas einfallen. Und ich gebe die Hoffnung einfach nicht auf, dass Greta doch nicht so weit gehen wird, uns auszuliefern. Noch dazu, hat sie ja gar keine Beweise für ihre Anschuldigungen. Und du hast Papiere. Auch wenn sie falsche Angaben enthalten, so sind es echte Papiere.«

Elisabeth stand auf und ging zu Aiden und nahm ihn in den Arm.

»Du bist mir so ans Herz gewachsen. Du bist ein guter Junge und ich möchte, dass du eines Tages, wenn der Krieg ein

Ende hat, nach Hause zu deiner Familie reisen kannst.«

»Danke Elisabeth.«, bewegt erwiderte er ihre Umarmung. »Und ich wünschte mir nichts mehr, als dass du mich dann begleiten wirst, nach Irland, zu meiner Familie. Damit sie dich kennenlernen und ich dir mein schönes Land zeigen kann.«

»Ja das werden wir machen Aiden. Ganz bestimmt.«, flüstert sie gerührt. »Gute Nacht.«

»Gute Nacht, Elisabeth.«, antwortete er mit brüchiger Stimme.

Wusste er doch, dass es kein Wiedersehen am Morgen geben wird, denn ihn ihm war bereits ein Entschluss gereift.

Elisabeth ging zur Tür. Aiden sah ihr traurig nach.

»Elisabeth!«

»Ja Aiden?«, antwortete sie und drehte sich zu ihm um.

»Danke für alles, was du für mich tust.«

Elisabeth sah ihn mit einem traurigen, jedoch sehr liebevollen Lächeln an und ging aus dem Zimmer.

Aiden blieb auf seinem Stuhl sitzen. Die Gedanken drehten sich in seinen Kopf.

Er musste weg gehen. Er hatte keine Wahl.

In Gedanken bei Anna breitete sich ein tiefer Schmerz in ihm aus. Was sollte er tun? Zu ihr gehen und ihr alles erzählen und sich dann verabschieden? Oder ihr gar nichts sagen und einfach verschwinden? Er verfiel in Grübeleien und fand keine Lösung, die sich richtig anfühlte.

Sollte er ihr einen Brief schreiben und ihr darin alles erklären? Er wollte sie jedoch auf keinen Fall noch weiter mit in diese Geschichte hineinziehen.

Die Arme auf dem Tisch verschränkt, legte er seinen Kopf in seine Hände und begann bitterlich zu weinen.

So saß er da einige Zeit und ließ seinen Emotionen freien Lauf und traf schließlich die Entscheidung, die ihm fast das Herz zerriss.

Doch er hatte keine andere Wahl, wenn der die Menschen, die ihm so nahe standen, schützen wollte. Er musste verschwinden und zwar sofort und lautlos.

*

In der Wohnung war alles still. Aiden sah aus dem Fenster. Die Dämmerung war noch nicht hereingebrochen. Es war drei Uhr am Morgen. Elisabeth würde um sechs Uhr erst aufstehen. Er lauschte an ihrer Schlafzimmertür. Schlief sie oder ließ ihr die Besorgnis keinen Schlaf? Doch als er sein Ohr an die Türe presste war drinnen alles still und Aiden hoffte, dass sie tief und fest schlafen würde.

Aiden ging in sein Zimmer und packte schnell seine paar Sachen zusammen und steckte alles in einen alten grauen Rucksack.

Er zog seine festen Schuhe an, die er auch aus Franz Nachlass übernommen hatte und schnürte sie fest zu und nahm eine warme Jacke aus dem Kleiderschrank. Die goldene Münze, die er sicher in seinem Nachttisch verwahrt hatte, steckte er in seine Hosentasche. Sie war ein kleiner Anker für ihn, an den er sich festhalten wollte und hoffte, dass er auf sie weiterhin vertrauen konnte. Ebenso die silberne Taschenuhr, die er von Greta zu Weihnachten bekommen hatte. Diese konnte er womöglich verkaufen, wenn er Geld brauchte.

Wie widersprüchlich dies doch war, dachte Aiden. Erst schenkte Greta ihm so ein wertvolles Geschenk und jetzt wollte sie ihn und Elisabeth verraten. Aiden erfuhr nun schon in sehr jungen Jahren, dass er mit Menschen sehr vorsichtig sein musste und bewusst darauf achten, wem er vertrauen konnte und wem nicht.

Anschließend ging er in die Küche und schmierte sich einige Brote, die er in altes Zeitungspapier wickelte. Aus einer Blechdose, in der Elisabeth etwas Geld sparte für den Einkauf von Lebensmitteln, nahm er einige Scheine. Er hoffte sehr, dass sie ihm das verzeihen konnte. Und packte dann alles in seinen Rucksack.

Dann sah er sich im Wohnzimmer um, ob irgendetwas herumlag, was ihm gehörte. Nahm die Hefte mit den deutschen Vokabeln, mit denen er gelernt hatte, das Buch von Oscar Wilde, dass er von Elisabeth geschenkt bekommen hatte und steckte alles in seinen Rucksack.

Aiden hatte keinen Plan, wohin er gehen und wie er überleben sollte. Wo er sich verstecken konnte? Aber eines wusste er ganz sicher, er musste gehen.

Immer wieder kreisten seine Gedanken um Anna. Seine Liebe, die er gefunden hatte hier in Deutschland und die er nun verlassen musste. Mit schwerem Herzen hatte er beschlossen, ihr keinen Brief oder eine Erklärung zu hinterlassen. Es wäre besser so für sie, dachte er. Sein Herz brach bei dem Gedanken, dass er ihr so wehtun musste, nachdem sie gerade ihre Mutter verloren hatte. Aber so würde sie ihn vielleicht hassen dafür, dass er so ein Mistkerl war und einfach verschwunden ist, nachdem sie sich zum ersten Mal geliebt hatten. Und es wäre leichter für sie, ihn zu hassen, als ihm nachzutrauern. So würde sie ihn schneller vergessen können. Mit seinem eigenen Schmerz musste er selbst klarkommen.

Ihm war völlig klar, dass seine Chancen gering waren, seine Flucht zu überleben ohne entdeckt zu werden. Aber besser war, er würde irgendwo alleine aufgegriffen werden, als hier bei Elisabeth. Er musste sie schützen.

Jedoch hoffte er immer noch, dass sich Greta beruhigen und Elisabeth in Frieden lassen würde, wenn er weg war. Das war sein einziger tiefster Wunsch.

Mit dem Rucksack auf der Schulter, sah er sich noch einmal in der Wohnung um, in der er so viel Zeit verbracht hatte und die ihm Sicherheit geboten hat. Nun musste er die Sicherheit verlassen und sich auf seinen Weg begeben, wohin dieser führen wird, das stand in den Sternen.

Als erstes musste er losgehen und dann würde er weiter sehen.

Mit tränennassen Augen schloss er leise die Wohnungstür hinter sich, stieg die Treppe hinunter und trat aus dem Haus auf den Bürgersteig und ging los, langsam in den herandämmernden Morgen in eine ungewisse Zukunft hinein.

*

## Anna
## München, November 1917

Ziellos irrte sie im Englischen Garten umher. Mit beiden
Händen hielt sie ihren viel zu dünnen Mantel fest um sich
geschlungen. Sie zitterte vor Kälte. Doch sie nahm es kaum
war. War sie doch schon seit Wochen innerlich wie erstarrt
und fühlte keine Wärme mehr in sich.
Sie konnte nicht zur Ruhe kommen. Gerade war sie bei
Doktor Schneider gewesen, der ihr eine unfassbare
Nachricht eröffnet hatte. Immer noch konnte sie es nicht
glauben. Sie dachte, dass sie sich so schlecht fühlte, weil sie
in solch tiefer Trauer und unsäglichem Kummer steckte,
dass sie weder essen, noch schlafen konnte. Und sobald sie
vernunfthalber ein paar Bissen zu sich nahm, musste sie sich
sofort übergeben.
Eine grausame Zeit brach für Anna in den vergangenen
Wochen an. Und von Tag zu Tag fühlte sie sich elender und
erschöpfter und sie wusste nicht, wie es weitergehen sollte
mit ihr. Tiefe Hoffnungslosigkeit überschattete ihre Seele.
Doch der Grund ihrer gesundheitlichen Probleme war nicht
alleine der Kummer und die Trauer. Es gab noch einen
anderen Grund, wie ihr Doktor Schneider gerade mitgeteilt
hatte.
Sie erwartete ein Kind.
Tief erschüttert kauerte sie sich auf eine Parkbank.

*

Als Anna die Augen aufschlug, lag sie auf einer Parkbank unterhalb einer befahrenen Brücke, neben der Isar.

Die Geräusche der vorbeifahrenden Fahrzeuge donnerten in ihrem Kopf wie Hammerschläge.

Wo war sie? Wie kam sie hierher? Wohin wollte sie? Wer war sie überhaupt? Was war passiert? Warum ist ihr so unglaublich kalt?

Nur mühsam kam sie zu sich. Ihr war furchtbar schlecht. Immer wieder entglitt ihr das Bewusstsein. Doch sie setzte alle Kraft ein, die sie aufbringen konnte, um wach zu bleiben. Waren es nur Sekunden, die sie immer wieder wegdriftete, oder waren es Minuten oder sogar Stunden?

Immer wieder hob sie mühsam ihre Augenlider und sah verschwommen die vorbeifahrenden Automobile und Pferdepritschenwagen auf der Brücke, die ihr wie fliegende Farbkleckse vorkamen, bevor sich ihre schweren Lider wieder senkten.

Alles drehte sich in ihrem Kopf im Kreis. Sie fühlte sich wie auf einer großen Schaukel, die hin und her schwang und sich gleichzeitig im Kreis drehte.

Mühsam unternahm sie den Versuch aufzustehen, doch sie schaffte es nicht. Ihre Beine gaben sofort nach und fast wäre sie zu Boden gestürzt, hätte nicht ein aufmerksamer Fußgänger, der gerade an der Bank vorbeigekommen war, sie im letzten Moment festgehalten und wieder sicher auf die Bank zurückgesetzt.

»Was ist mit Ihnen? Geht es Ihnen nicht gut? Soll ich einen Arzt holen?«, besorgt sah der schon etwas ältere Passant sie an.

Anna hob ihren Kopf und versuchte trotz des unglaublichen Schwindels den Blick auf den alten Mann zu richten, doch das Gesicht verschwamm vor ihren Augen.

Sie wollte etwas sagen, doch kein Ton kam über ihre Lippen.

Alles war gelähmt, nichts funktionierte so wie sie es wollte, sie fühlte sich wie zu Eis erstarrt. Sie fühlte sich gefangen in sich und konnte sich nicht daraus befreien.

»Sie sind ja ganz durchgefroren. Sind sie betrunken? hörte sie die Stimme des Mannes sagen, »Am helllichten Tage, schämen sie sich!«, rief er mit einem Mal entrüstet aus und ließ sie los.

Bevor sie irgendwie reagieren konnte, ging der Mann weiter und sie war wieder allein.

Weiter kämpfte sie mit ihrem Bewusstsein, versuchte immer wieder aufzuwachen aus diesem Alptraum. Doch immer wieder schleuderte sie der Schwindel, wie ein Wirbelsturm durch verschiedene Bewusstseinsebenen.

Eben noch saß sie auf der Bank, an der sie sich verzweifelt festhielt, doch nun merkte sie, dass sie fiel, weit nach unten, bis sie hart mit dem Kopf auf das Holz der Bank aufschlug. Dann wurde alles dunkel um sie herum.

»Hallo, Fräulein....aufwachen. Was ist mit Ihnen?« Wieder stand ein Mann vor der Parkbank und rüttelte sachte an Annas Arm.

Anna schlug mühsam die Augen auf und nahm wieder eine Gestalt war, die sich über sie beugte und an ihr rüttelte.

Sie wollte etwas sagen, doch als sie versuchte zu sprechen, kam kein Ton aus ihrem Mund.

»Sie sind ja halb erfroren.«, sagte der Mann. »Soll ich sie nach Hause bringen?«

Anna versuchte wieder, sich bemerkbar zu machen, doch sie war zu schwach und wollte nur schlafen.

Plötzlich durchzuckte ein fürchterlicher Schmerz ihren Unterlaib und sie krümmte sich vor Schmerzen.

Dann spürte sie, wie sie plötzlich von Armen gepackt und von der Bank hochgehoben wurde.

Aus ihrem Instinkt heraus, wollte sie sich wehren, doch auch hierzu fehlte ihr jede Kraft und hilflos überließ sie sich dem Griff des Mannes und sank wieder in eine tiefe Ohnmacht.

*Ende*

Wohin wird der Weg für Aiden führen? Wird ihm die Flucht gelingen? Welche Entscheidungen wird er treffen? Was wird aus Anna, die schwanger zurückbleibt? Und noch viele Fragen mehr sind offen.

Es wird noch einen zweiten Teil der Geschichte geben. Seien Sie gespannt was noch alles passieren wird, ich bin es auch. Ehrlich gesagt, weiß ich die Antworten darauf selbst noch nicht genau. Sie entstehen in mir im Schreibprozess, was das Schreiben für mich so spannend macht, wie bei Ihnen hoffentlich das Lesen meines Buches.

Über Rückmeldungen zum Buch würde ich mich sehr freuen. Christina-maria.schweiger@t-online.de

*Hinweis:*

Die Geschichte und alle Figuren in der Geschichte sind frei erfunden. Die Orte und Geschehnisse in Irland und im 1. Weltkrieg an der Westfront in Frankreich und Belgien jedoch, gab und gibt es in der Realität. Ich gab mein Bestes, um so originalgetreu wie möglich die Tatsachen in die Geschichte zu integrieren.

Ich begab mich auf Recherchereise nach Belgien und fuhr entlang der damaligen Frontlinie, auf der man die Geschichte der Schlachten an der Westfront verfolgen kann. Das Eintauchen in diese Umgebung, die geprägt und gesäumt ist von kleinen und großen Soldatenfriedhöfen, die Geschichten erzählen, lassen einen nur erahnen, welche Kriegsszenarien und Grausamkeit dort stattfand.

In Irland, am Meer, verbringe ich oft Zeit und arbeitete dort an meinem Buch, genieße aber auch dieses irische Leben, sowie die Menschen dort und werde immer wieder zurückkehren.

# *Danke*

Danken möchte ich meinem Sohn Stefan, der mir mit der Korrektur sehr geholfen hat und mir oft mit Tipps und wertvollen Hinweisen zur Seite stand.

Ebenso Danke an meine Testleser Gabi und Christian Markart, Claudia Hondl, Claudia Jungwirt und Stefan Schweiger für die wertvollen Hinweise und die Motivation, weiterzumachen. Vielen lieben Dank an Stefan Lindner, der mir wieder so schnell und unkompliziert das Buchcover zum Druck fertiggestellt hat.

Danken möchte ich besonders Michael J. Whelan, irischer Autor, Historiker und Keeper oft the Irish Air Corps Military Aviation Museum & Collection, für seine so wertvolle Hilfe bei den Recherchen über die Schlacht an der Sommé und dem Geschehen im 1. Weltkrieg. Er fungierte für mich einige Male als lebendiges Lexikon mit seinem immensen Wissen. Ich bin zutiefst dankbar dafür.

Michael J. Whelan ist Autor, unter anderem, von "The Battle of Jadotville" und seinem Gedichtband "Peacekeeper", das mich zu ihm geführt hat.

"Let me show you the world with my eyes.", steht im Vorspann zu seinem Buch "Peacekeeper".

Die Augen eines Poeten sind für mich der Transformator der Seele.

Den Krieg aus der Sicht eines Soldaten sehen und erleben, waren mitunter meine Motivation für das Buch.

Es beschäftigt mich schon ein Leben lang, was diese Männer, speziell im 1. Weltkrieg, erleben mussten, um gebrochen als Mensch wieder zurückzukehren, falls sie es überlebt haben.

# Weitere Bücher der Autorin:

# Die "Zeichen" Trilogie

Zu bestellen bei Amazon und in jedem Buchhandel

# Im Zeichen der Sehnsucht

2009   ISBN:9 783839 11 6067

### Das Buch

Sophia, 29 Jahre alt, fliegt für eine Woche von München nach Los Angeles, um vor den Zwängen ihres Lebens und vor ihrer unerfüllten Liebe zu Tom zu fliehen. Doch ihre Sehnsucht nach ihm lässt sie auch dort nicht los. Ein alter, verwahrloster Mann taucht in ihrer Nähe am Strand auf, immer wenn sie gerade an Tom denken muss. Was bedeutet das? Dann lernt Sophia am Venice Beach Maria kennen. Maria begegnet ihr in einer Hütte, in der sich viele Spiegel befinden. Seltsame Dinge passieren und bald merkt sie, dass diese Begegnung ihr Leben verändern wird....

# Im Zeichen der Hoffnung

2011  ISBN: 9 783839 167021

## *Das Buch*

Zehn Jahre sind vergangen, seit Sophia Tom das letzte Mal gesehen hat. In Tom war sie damals unglücklich verliebt. Nun hält sie nach dieser langen Zeit einen Brief von Tom in ihren Händen, in dem er ihr schreibt, dass er schwer krank sei. In Sophia kommen all ihre Erinnerungen und Sehnsüchte, die sie in den letzten 10 Jahren weit weggeschoben hat, hoch. Verzweifelt versucht sie, Toms Bitte nachzukommen und zu warten, bis er sich bei ihr meldet, falls, oder sobald er alles überwunden hat. Doch monatelang hört sie nichts von ihm. Lebt er noch?
In Jakob, einem Nachbarn, findet Sophia einen wahren Freund, mit dem sie über alles sprechen kann. Jakob fährt mit ihr auf eine Hütte in den Bergen, von der Sophia schon geträumt hat. In dieser Hütte befindet sich ein verschlossenes Zimmer, das viele Geheimnisse birgt, auf deren Spuren sich Sophia begibt.......

# Im Zeichen der Liebe

2014  ISBN: 9 783734 740541

## *Das Buch*

Endlich sind Sophia und Tom ein Paar. Nach Jahren, die von Hindernissen und Toms Krebserkrankung geprägt waren, haben sie doch zueinander gefunden und geheiratet. Ihre kleine Tochter Lilly machte ihr Glück perfekt.

Seitdem Tom vor wenigen Monaten aus beruflichen Gründen für ein Jahr nach Malaysia gegangen ist, verbringt Sophia mit Lilly ihre Wochenenden und die Ferien meist allein in ihrem Wochenendhaus auf dem Land. Ganz in der Nähe des Hauses befindet sich eine kleine Kapelle, in der Sophia eines Abends ein helles Licht leuchten sieht. Nachdem sie sich überzeugt hat, dass es sich um kein Feuer handelt, entdeckt sie dort einen schönen Stein, von dem aus dieses Licht, das Innere der Kapelle erstrahlen lässt. Als sie den Stein genauer betrachtet sieht sie darin plötzlich Bilder von Tom, die sie an ihrer Liebe zueinander zweifeln lassen und ihr Vertrauen in ihn zutiefst erschüttern. Doch bei diesem Ereignis bleibt es nicht: An dieser Kapelle lernte sie auch noch Theresa kennen, eine ältere Frau, die ein Geheimnis umgibt und das sie auf rätselhafte Weise mit der Kapelle und mit Tom.